國風の守護

山川弘至

國風の守護

山川弘至

装幀　棟方志功

序文

タシュケントあたり、荒漠とした中央アジアの砂漠の間を、戦乱の故国に向ってひた走る間、団々とした満月が、パミールに近い、ムスタブ・アダの氷河の上に輝いてゐた。死の様な風景の間にも、故国を思はせる水のやうな月の光りだけが夜を徹して、僕を慰めて呉れた。いくつかの死の様な風景を超えて来ねばならなかったのである。いや或る歴史の風景は、死よりももっと怖るべきものであった。故国に来て初めて、死ぬことの美しさ、と有難さが身に沁みた。ひたすら日本に急いで来たのは、其の死を超えた風景を見出すためであった。其の小《ささ》やかで果敢ない故郷こそ、どの様な風景にもまして強く、激しく、美しいと見つけたことであらう。一度そのことを身にしめて、最早どの風土にも生きようとは思はぬのである。文学とは、たゞ歌ひ、観るものだけではあるまい。戦ひの世紀の中に、不滅の故国の風土を樹《たつ》るものであってほしい。其の風景の光りなくて、僕らには、どの様な文学も、理念も、歴史もありはしないのである。風景を、人を、全て、あの様に強い光りとして、感じた僕ら民族の古典の詩人たちは、多分あまりにも其の光りに近く生きたからであったのであらう。それ故に、あの様に自分らを、使命として感じたのである。又「大君の辺にこそ」と言って、前線にあの様に急いだ今日の若い英雄たちも、恐らく死をもなほ撃つ要素をあまりにも多く、あまりにも近く、有ってゐたのであらう。僕らは未だそれほどの幸福に恵まれてはゐない。が僕らは二三の人の誠実な眼の中に、文学の中に、希望をつなぐのである。

初めて山川弘至氏が訪ねて来られた時、僕を打ったのは、氏の心の中の純潔な色の焔であった。それは、今日もなほ変らぬ。又一層それは、鮮やかに燃えたぎらうとするであらう。それは日本の風景を、この様に輝かしてゐる、誠実そのものである。氏の文学は、古典の純潔さを伝へようとする所にあらう。新しい古典の復活こそ、国学の樹立こそ、氏の希ひであらう。而して疑ひもなく、恩師折口信夫先生に学びえた、氏の限りない誠実さ、条件を知らぬ献身さ、ひたむきに生きることこそ、国学の血脈を伝統するものであらう。而して、其の様な清らかさと、歴史するものの幼なさとが、歴史を新しくし、文学の生命をも新しくするであらう。今日の僕らの戦士らが日々に歴史を感動してゐる歴史の中の若さや幼さも同じものである。全ての賢しらや、合理的な漢心《からごころ》を超えた以前の風景である。あの唐土ぶりに見る神話のない、民族を知らぬ血統の否定と異郷の支配は君の文学からはあまりにも遠い出来事であった。

この様な純情さは、僕は、今日の風景の中にあまりに多くあるものとは思はぬのである。君を見てから、ひそかに僕は君と共に、民族の未来のために、精神の武器を磨いて来た。戦ひは日毎に又新しく、激しくなって行くからである。いや、僕らそのものを戦ひとし、文学そのものをも、僕らは戦ひとせざるを得ない。世界をもう一度、献身と誠実の以前にまで還元しない以上は、新しい秩序も、世界も生れ出ることは出来ない。君は宣長の言葉をひいて、「まことをせむる精神」を言ふ。まことに全ての古典の復活は、捨身によって生れたのである。戦ひこそ、僕らを古典に導く門であらう。戦ひのきびしさ、清らかな捨身は、端初の民族の出発の日を思ひ起させるに充分である。又千年のきびしい祝祭でもあらう。民族の古典を言ふ人は多いが、もしそこに人間の高さと、血統の位階を知らぬものがあれば、それは却って古典を汚すものとならう。神の信念を言ふ文学は、もっと人に対してもきびしいのである。たとへ今日の身構へとして、どの様に正当であらうとも、精神を失った群衆の、思ひ上った高貴さへの反抗等は、正義として認められぬのである。なぜなら今日の戦ひこそ、又民族の高貴さの解放戦でもあるからである。山川氏は、其の高貴な文学のための戦ひを、この評論の中にも、又先に出た『文藝復興の精神』の中にも男々しく伝承した。高貴なものの破滅を、古典の破壊を指向する、唯物の害虫も除かねばならぬ。「悪蛇を撃つ」と言ふ民族の神話が、この世紀に、又僕らの眼前の風景の中に、再び遂行されようとしてゐるのである。而して、僕らいつも悪蛇を撃つために生れた種族であり、僕らの血統は、悪蛇との戦ひに鍛へられたものであらう。ことによったら日本の民族は、さういふきびしい種族から成ってゐるのではあるまいか、と思はれる。荒涼として凍結した世紀の今日の風景の中に、この島にひとり文学の花が咲きつゞくと言ふ古来からの幸福はふしぎではない。

今山川氏は応召して由々しい旅の門出に立たうとしてゐる。新しい剣の文学の出発として、或いは、最も君にふさはしい門出であるかも知れぬ。文学はたゞ言葉だけではなく、古典は、山本元帥の身を以て示された「言挙げせぬ所」に却って開花するからである。古典とは、偉きな行為、又行為の切迫と連続から成り立ってゐる。未知の世界を、未踏の空間を、切り展いて東亜に新しい力を呼び醒まされるであらう君の門出を僕らは羨み、心から祝ふのである。何れにせよ、僕ら前線に立たねば、と思ってゐたのである。僕個人として言へば、暫らく君を失ふことは遺憾なことではあるが、再び君の還られる日の遅しさを待ちたいと思ふ。或ひは又運命は、僕らが前線にめぐり合ふことをゆるしてくれるかも知れない。君が偉大な日本を体験せられ、偉大な国学をもたらされることを祈って止まぬのである。

昭和十八年六月廿八日

芳　賀　檀

序

今日に於ける最大の問題は美の本質が何にあるかといふ事である。皇朝に於ては、それは国の道統にかゝってゐるものであって、既に分明してゐるのであるが、近代思想の概念は屡々美自身を破壊したのみならず、ひいては皇朝の伝統から総てを遮断しようとしたのである。

自然主義以来滔々としてみな然りであって、山川君がこゝに試みられたものも、多くそれらに対する批判であり、更に壮大なる時代への用意であったにちがひない。

国に殉ずるもの、何ものか高きものに到達しようとする努力、神慮の中に総てをよみとらうとする精神、これらの高貴にして純潔なる感情こそ、今日奪回せられねばならぬところのものであって、皇朝の美の概念の基底となるところのものである。

山川君はさきに詩集『ふるくに』を出して新しい時代の詩人としての気質と方向とを決定した。既に今日は過去の思想から明らかに訣別しなければならぬ時であって、これを批判するに怯懦であってはならぬ。自分は山川君の資質と決断とを知ってゐるが故に、今日のこの書に多くの期待を持ってゐるのである。

恐らくこの書は思想に於ける新しい多くの同志と知己とを作るにちがひない。志を同じくするものは団結して今日の国難にあたらねばならぬのである。山川君は去る七月三日突如お召をうけて欣然出発した。自分はこの小文を書きながら、山川君があわたゞしくこの評論集に『國風の守護』と題して行った事を意味ふかく思ってゐる。

こゝに山川君の武運の長久ならむ事を祈ると同時に、この書物が広く同志によって支へられ、一般に普及せむことを心から希望するものである。

昭和十八年七月十一日

中河與一

國風の守護

目次

序文……芳賀檀
序……中河與一

國風の守護

畏みて誌し奉る

峯つづきおほふむら雲ふく風の
　　はやくはらへとただいのるなり

今年一月お歌会始に拝した御製である。まことに畏いきはみといふ他はない。我が国柄の真のあり方と、日本文化の古代より連綿した精神は、思ふに、この一首の御製によって、充分に我々に示されたと拝し奉るも有難いこととといはねばならぬ。我が大和心の精華といふものは、つねにかかる未曾有の時にあって、史上遺憾なく発揮されるものなることは、今さら申すまでもないことがらである。思へば今や我が大和民族が、二千六百年にしてかつてない壮烈な聖戦を敢行し、大東亜の天地より、一切の夷狄《いてき》の侵略的文明を追放して、神々の光栄を地に布《し》く日に当り、至尊の御製かくのごときを拝誦し奉るは、思ふだに感涙を覚ゆるのは己一人ではあるまい。日本の文明の真の姿とは、まことにかくのごときものの現れであり、我が民族らが聖天子を上に仰いで、そのみ言のまにまに、八汐路の奥処《おくが》も知らず、遠く南海赤道を越ゆる大遠征を敢行したのも、只ひとつにこの精神の発露に他ならないことを、私ははっきりと申したいのである。そしてこの歌こそ、日本民族はもとよりこれを拝し奉って、感銘して奮って難におもむくべきであり、東亜諸民族もひとしくその皇化の広大に感泣すべきである。

世界万邦の人々一切、敵国の夷らも、この御製を拝誦して日本の正義の志に感じ、その非を悔悟すべきである。我が大和民族が剣を取って立つ時は、つねに世界の国土のうへを覆ふ黒雲が、大日輪の光をさへぎる時である。今や大東亜をさへぎる黒雲をはらって、我らは再びアジア文明の古の光栄を恢復すべき、歴史的雄渾の使命、有史以来かつてなき壮大な大業を開始したのである。我々の国の真の文明の決意が、天日をさへぎる黒雲を一掃して、真の平和を世界に布《し》くことにあることは、この御製一首を拝誦して、あまねく知るところであらう。今こそ我らが日輪の子であり東海日出づるところの民族であり、この民族こそ、黒雲にさへぎられて苦しむ世界の国民から、真の光を、真の太陽を取り返すべき民族であることを、我らは身をもって実証せねばならない。我らの国の剣の精神は、常に不動のものであった。それはつねに正義と平和の象徴であった。

我が国の皇軍は、橿原の宮の昔より、つねに平和のためのたたかひをたたかって来たのである。ここに日本の理想があった。それは、西欧の帝国主義侵略戦争とは全く軌を異にする、まことの正義の戦ひであることを、この御製一首は示して余りあるのである。我ら久しく西欧において戦はれて来た戦争と名のつくものが、果して如何なる性質のものであったかを、西洋史を読んで知るがよいのである。そして我が国の戦ひが、日の神のみ子であられる天子の、その天つ日嗣の御勅令によって、大和民族らが立ち上った時、その剣の精神は、つねに不動にして、平和の高邁な象徴であったことを、今こそ史をひもといて明知すべきである。そしてこれを近く言ったものはかの明治の岡倉天心であった。げにかの大伴の遠つ神祖の、「海行かば水漬く屍山行かば」の言立ては、かかる精神より出でた世界に比類ない精神の勇壮であることを知るがよい。そして真に之が世界に比類ないものであることを、如実に我が将兵らは、八汐路の遠い南海に、はたマレーのジャングルに、身をもって世界に実証したのである。我が皇軍の比《たぐひ》なく強い所以は、実にこの精神を奉じ、この御製のみ心を拝し奉ってゐるからに他ならない。かかる有難い軍は、どこにも他に存せぬのである。おそれ多きことながら、我が宮廷の高い文明に保持せられ、世々その高邁な統治の悲願によって伝へられ、至尊のみ心の奥深く、天孫の天降《あも》りされた古より、その現《あき》つみ神のみ心につたへられたこの精神は、つねにことあるごとにあらはれたのである。恐れ多きことながら、かの承久の変の院の御製を偲びまつるがよい。

　我こそは新島守《にひじまもり》よ隠岐の海の荒き浪風心して吹け

この悲痛のうちにもおほらかな至尊調を拝するならば、このうちに蔵される無限の日本文化の真のみ心を拝して、感泣しない草莽のみ民ら果してあらうか。まことに世々を至尊のみ心に伝はった高い日本文明のこの詩的象徴こそ、我ら日本詩人の仰いで以て宗とすべく、又ひとしく国民らの仰いで以て範とすべく、又身命を賭して奉戴すべきみ心と思ふのである。これこそつねに至尊のみ心を中心に奉じ奉って、日本の国民らにつたへられた日輪の出づる東海の国民のみの精神である。つねに天日をさへぎる黒雲をはらふために、嘆き歌ひつゝ剣をとった我が遠つ祖らの剣と詩の心である。遠く承久の昔、東夷の黒雲一時に八州を覆ひ、かしこくも至尊の御身でありながら、遠い北海の孤島に荒き沖の波風をなげかれた至尊の御製を拝誦し、その後の多くの国民らが、今又我ら昭和の詩人らが、はてしない感動にうたるゝのも、この日本の伝統を思へば無理からぬところである。この院のみ心がのち中世の隠遁流離の吟遊詩人の心のうちにつたへられ、ついで近世ルネッサンスの光のうちに、日本の近世国学開花の源流となったことは、まことに意義ふかい日本詩歌の文明史的意義であらう。岡倉天心の歌ったごとくに、かの幕末の志士たちも、み門と国民との間をさへぎる黒雲をはらふべく、誓って起《た》ったあの心情はまた遠くこの御製に因を有すると思ふのである。そしてかの明治維新の大変革の大業は、内にまつろはざる夷《えびす》もさることながら、滔々たる西欧帝国主義の侵略の荒波は、当時すでに安南支那を犯して、すでに我が日本に迫ってゐたのである。三千年の我が日本文明の光栄を支へ護るべく、この時かの孝明天皇の、

矛《ほこ》とりて守れ宮人九重のみ階《はし》の桜風そよぐなり

この美麗壮重の日本の詩は、この御製によって余すところなく示されてゐる。まことに我が日本の国民が矛をとる時はかの心なき夷らの侵略にたいして、美はしき御階《みはし》の桜を守るみやびの心

にあったことを知るがよい。これこそ日本の代々の詩人の精神であり、代々の武人の精神であった。代々の歌と剣との精神であった。かくの如く高雅の心をもって明治維新は、細戈千足《くはしほこちた》るの国と言挙げして断行せられたのである。そして我が久しい文明の光栄を、かの西欧の侵略の植民政策より守ったのであった。しかもこの戦ひは、かの明治の大御代を通じて行はれた悲しみであった。日清、日露の役《えき》もまたこの精神によって決行され、日東日出づる所の国民のみが、よくアジアの文明の古代の光栄を支へ護って、西欧の荒波に対し得たのである。しかもその御代の戦ひの精神は、やはり古の大御代のごとき高雅な心であった。

四方の海みなはらからと思ふ世に
　など波風の立ちさわぐらむ

かしこくも明治大帝の御製である。そして明治のたゝかひは、かくも世界に比類ない高雅なたゝかひのみ心によって、風雅な和歌の精神によって、世界唯一の文明の戦ひとして戦はれたのである。我が日本の戦ひが遠い橿原の遠つ御祖の古以来、常に外国の戦ひとことなるところである。ナポレオンの征戦とも、シーザーの遠征とも異るのである。

そして今や日本民族はすでにこの二千六百年の久しい文明の悲痛とその歌心の象徴とを、一挙に国をあげて、世界の光栄として地上に布《し》き、一挙に世界をおほふ黒雲をはらって、この地上に天日を赫《かく》々たらしめるべき日に到ったのである。この大業の達成のために、我らは身を投じて悔いない覚悟は、この精神のもとにこそ固めらるべきである。そしてこの壮大な征戦のためにこそ、この「はやくはらへとたゞいのるなり」の御製は宣《の》り下されたのである。はやくはらへとたゞいのる、とおほせられたみ心をおもふがよい。祈るとは、皇祖皇宗天神地祇《ちぎ》の御神明によってのみ大業の決行さるゝを示し給うたのである。この壮大なたゝかひの日に、この壮大の御製を拝し奉った日本臣民の光栄を思ふがよい。そしてかゝる日にこそ壮大美麗の文藝詩歌が、偉大な現実の歴史の抒情の象徴として生れるであらうことを、この御製を拝して確信した。我らはつとに日本浪曼派の立場から、この御製のみ心のごとき壮大の文学を予言しつゝ、つひにその日に際会したのである。そしてこの御製こそは、かの承久の院の御憂憤の御製とも、孝明天皇の維新宣《せん》下《げ》の御製とも、明治大帝の戦ひの御製とともに、拝し奉ってさらに雄大高明朗々たる日本の気宇の未曾有の雄大さを示し賜って畏いきはみである。以て我ら詩人の宗とすべきことであることを、畏いことながら謹記し奉った。

うひかうぶり

——みちのくのしのぶもぢずりたれゆゑにみだれそめにしわれならなくに——

宇治の流をわたって南にゆく、ともうあたりは大和路である。赤埴《あかはに》の路がひとすぢにつづいて、うらうらと春がすみの彼方に消える。あたりにはすでに若々しい木々の若芽が吹き出して、すっかり春であるのに、心も軽やかになってゆくのを覚えた。大和路に入るとあたりの風物も、新墾《にひばり》の山城路《やましろぢ》とは異って、なにがなしなつかしい故国といった感じをいだかせる。うつうつと歩いてゐるひまに、もう古《いにしへ》の奈良の都のあたりにほどちかくなってゐるのに、我ながらおさへきれぬよろこびのこみあげてくるのをどうすることも出来なかった。三笠山は昔にかはらず、初春のうら青い空にふっくらとそひふしてゐるのを見ると、なにかなし旅人にはなつかしい哀傷がこみあげてくるのであった。ふるさと、ふるきみやこ、といった感じが、何か父祖の郷国を回想するなつかしい心で、胸一ぱいにつきあげてくるやうなおもひであった。旅人はふと立ちどまって、ほっと吐息をつきながら目をとぢた。自分の祖父の頃までは、まだここはなつかしい都であった。咲く花の匂ふがごとしとうたはれた都であった。そして己の祖父もその父もその又父も、ずっとずっと先の己らの父祖は、みなこの大和の国で生をうけ、この大和の国の土にかへって行った。さう思ふと、ひとしほ古を尊び、古を思ふこゝろのふかいこの旅人には、たへられないまでに、この土地に日の本の都のあった世がなつかしく回想されるのであった。彼は目を閉ぢて、この国の歌聖といひつたへられてゐる古人の歌を口ずさんだ。

天離《あまさか》る夷《ひな》にはあれど、石走《いはばし》る淡海《あふみ》の国の、さざなみの大津の宮に、天の下しろしめしけむ、すめらぎの神の尊《みこと》の、大宮はこゝと聞けども、大殿はこゝと言へども、春草の茂く生ひたる、霞立つ春日の霧《き》れる、もゝしきの大宮どころ　見ればかなしも。

旅人はぢっと目を閉ぢて、心のうちでくりかへした。古びともかかるなげきをした。かゝるなげきは、心清いこの国の歌のこころを知るひとの胸のうちに、いつもうたひつがれてゆくなげきであらうか。淡海の宮と平城の都、その時と所とは異ってゐるが、旅人には古びとのなげきが、切々に親しいものにおもへてならなかった。遠い日の祖々のかなしみが、この日にあるかのごとくに心のそこに湧きあがって来た。

旅人は少年の日からいくたびか父母にともなはれて、この路をすぎた日のことをおもひ出した。ひとしほ古を尊ぶことのつよかった父の尊貴の血が、今の旅人の身内にもあたゝかく流れてゐるのをはっきり心に知ったのである。そしていくたびかこのみちを、少年の日以来大和から山城へ、また山城から大和へ越えたが、そのたびに年毎に荒れてゆく奈良の都であった。そして今ではもうかへりみるひとすらまれにもないではないか。この国の都が奈良から山城へうつされてから、日に日に時勢は移って行った。そしてあたらしい文化を追ひ流行を追ふことのみが、多くのこの国の貴族たちのうちにゆきわたった。そして古いことを尊び、古い心をいつまでも守ってゐる人々は、いつかかたくなな世間知らずとして、この世の春のよろこびからとり残された。時勢にさといもののみの出世する時代である。そして世間のどこかのすみで、いつまでもかたく古の心を守ってゐる人々は、いつか花を咲かせることなく髪白うなってゆくのであった。そしてもうこんな心強くかたくなにまで古ゆかしい人々も、こんな古代のひとも、いつか段々へって行って、山城の都には日毎日毎に、その折々の時勢を追って身の栄達をはかるもののみ多くなって行った。

この旅人の父も、いつまでも世のなかのすみで、かたく古を守る心のつよいなつかしいひとであった。そして多くのひとをしのぐ器量と才智と、たぐひない高貴の血すぢを誇りうる身分でありながら、この今の世にはそぐはぬ古ぶりのこのひとの父は、生涯世の表に立って栄えることもなくすぎた。そしてかたくななまでにゆかしく貴《あて》なこゝろふかいひとの血が、この旅人の身うちに流れ伝はった。旅人は少年の日から、父の影響で、この国の昔の歴史や昔の歌が好きであった。そして己も長ずるにしたがって、昔のあてびとのごとくにふるまひ、また心やりふかいむかしのあてびとのごとくに歌をよみ、また古の歌のこゝろをたっとびたいとおもふやうになった。世のなかは日を追うて新奇を求めてゐた。そしてもう古い心を守りついで、どこかで後の世に言ひついでゆかうと言ふやうなひとは、もう年よりにも若いものにも、ひとりもゐないやうな時勢になってゐた。旅人はぽつねんと世間から取りのこされたごとき悲哀が、しみじみと心にこみあげてくるのをどうすることも出来なかった。しかしひとりでこの国の古いこゝろを守ってゐるといふことは、矢張りひとりのみの知る誇りであった。時勢が日に日に新奇にうつって、目さきばかりを追うてゐるやうな徒輩が多くなって行った。このやりがたいいきどほりとものさびしさと、己の心を心として解してくれるひとも、ひとりのやみがたいうれひをうったへるひともないまゝに、旅人はしばしば都をのがれるやうにして旅に出た。時には古の歌枕に名も高い明石《あかし》の浦にも行った。時にはまだ都びともあまり知らぬ、ひともかよはぬと言はれた信濃の国にさすらひ出て、更科の月もみた。あのあれはてた浅間の山にたつけむりに、茫漠たる人の世のさびしさを味はったこともあった。あのひとにもあまりゆき会はぬふかい山の旅路をあるいてゐると、まだこの国の古代が残ってゐるやうにもおもへるのであった。

信濃なる浅間の嶽《たけ》に立つ煙《けぶり》をちこちびとの見やはとがめぬ

こんなうたをよんだのもあの旅であった。あのはてしない東の国の旅路では、一日も二日も路に人とゆきあはぬことも多かった。そして遠く浅間の煙をながめてゐると、その煙のみが世の人々をおもふよすがとなるほどのさびしい旅路であった。

しかしこんな大旅行は、なかなかいつもはむつかしかった。そして止みがたいうれひのこみあげた折は、大ていひとりふたりの心きいた伴びとをつれてぶらりと宇治の流れをわたって、この大和の古都の跡にあそぶのであった。そこで初めて旅人は、あらはに古人の息吹を感じ、あらはに古人のかなしみが胸によみがへって来た。そしてこの国の古い歌びとの名高い歌や、歌枕や、英雄や美女の悲しい物語が、少年の日父に聞かされた時のまゝに、温かく胸によみがへるのであった。かくしてこの旅人は、すでに若くして歌をおもひ、歌をよむひとかどの歌びととして成長して行ったのである。そのころこの国には、いづれも漢風の歌がさかんであった。海彼《かいひ》に勃興した大国の文明に、心もそらに胸ときめかした宮人たちは、いづれもあらそって、かの国の四六駢儷《べんれい》体や、五言、七言の律をまなんだ。そして神代から伝はった美しくおほらかなこの国ぶりの歌は、もはやその美しさもすてゝかへりみるひととてなかった。只わづかに宮廷の奥の年老いた女官、しひの媼などが、わづかに口づたへにつたへて、ぶつぶつとつぶやきながら、今の人ごころの古い代の手ぶりにうとくなってゆくのをかこちながら、ひまさへあればひとびとをとらへて、しひがたりに之を説くだけであった。しかも今は、このしひの媼《おうな》すら、段々人々からうるさがられ、はてはあざけられ、やがてはその存在すら忘られがちになって行った。そしてこの口づたへに古い歌をつたへて来たしひの媼たちも、すでに白髪もまじりそめてゐるものばかりとなった。今ではそんな古い女官も、その影さへ年毎にだんだんへって行ったのである。そんななかでひとりこの旅人は、この国に古から伝はる大和歌にのみ心をむけた。そしてそのころの漢風の歌や漢風の風俗や、漢風の心もちなど見むきもしなかったのである。このひとはそれだけ古代の心がふかく、遠い大和の祖々の血がよどんでゐた。旧弊を笑ふ世人の言葉は、しばしばこのひとの耳にも入って来た。和歌のみちにのみこゝろをそゝぎ、この国の文の古い心のみを心として生きてゐるひとに、恋ひうた詠みの、たはれ男のと、あることないことそしりあさむ声は絶えなかった。しかし世のひとのそしりやあざけりをよそに、このひとはいよいよ歌のみちに志ふかく、古をおもふ心のみ強くなって行ったのである。このひとはすでに年若くして己のこの世でなすべきものは、只々古い人々ののこしたこの国の文をとほして、古い人々のこゝろを知り、古い歌をとほして、この国に代々を伝はる遠い祖々のかなしみを知ることのみであることを、はっきりと今は悟ったのである。古い歌にふれてそのかなしみをおもふ時のみ、遠い父祖の英雄たちのやうな雄心のときめきが、この若いひとの身内にたぎりあがってくるのであった。

そして今日も今日とてこの若い旅人は、己のやるすべもないいきどほりをおさへて、漂然として大和の古都をおとづれたのである。若草山には霞がかゝってゐた。そして古都の春はいつしかすっかりたけてゐた。山麓の堂塔伽藍《がらん》もいかにも古き都といった物さびしさ、とりとめもないしづけさが、春たけた空の深いうら青さにともなって、しみじみと旅人の胸に喰ひ込んで来た。旅人の足はもう古い奈良の都の入口まで来ついてゐた。山城から入って来ると、大内裏の荒れはてた礎石のみが、古の栄華を語るかのごとく点々として荒れた草むらのうちに並んでゐた。そしてそこからずっとむかうには、まだ荒れはてたとは言へ、かつての大貴族の家々の主を失って立ち荒れのまゝにまかせた姿や、細々ながら今も保ってゐる社や寺の甍《いらか》が春陽にきらきら光って見えた。それらももう保護者を失った今とてはその多くは、さういつまでも続けてゆけさうには見えなかった。

あめつちのよりあひのきはみ、よろづ代に栄えゆかむと、思ひにし大宮すらを、恃めりし奈良の都を、あらた世の事にしあれば、大君のひきのまにまに、春花のうつろひ易《かは》り、群鳥の朝立ちゆけば、さす竹の大宮人の、踏みならし通ひし路は、馬も行かず人も行かねば、荒れにけるかも。

こんな古歌がふっと彼の心によみがへって来た。旅人は眼をとぢて今いちどこの歌を誦してみた。あたゝかい懐古の情が、腹のうちからつき上げて来て、ぬくい涙が胸一ぱいにしみ渡るやうななげきであった。旅人はあるきながら、古の歌びとは実によい歌を詠んだと考へてみた。するとこのうたを詠んだひとたちの生きてゐたこの都の時代が、まざまざと今もなつかしくよみがへって、そのかなしみが今のうつゝにおもへてならなかった。古のうたびとはまことによい歌を詠んだ。だが今の俺は……旅人はこゝまで心のうちでひとり言して、暗然となって歩みを止めた。今の俺には、こんな神のまゝのやうなこだはりのない歌はとても詠めない。さうおもふと日ごろものに屈せぬひとだけに、いよいよに暗い洞窟のうちに向って突き放されるやうな思ひがするのであった。今は世が悪いのだ。旅人はつきはなすやうに心のうちでくりかへした。そしてやっと暗さから救はれたやうな顔になった。しかし止みがたいいきどほりはいよいよ次から次へと頭をもたげて、旅人の心にひしひしと食ひ込んで来る。如何しようもないさびしさであった。それにしてもあの古びとのやうなおほらかな歌ごころは、そしてあのこだはりない神の心のやうな雄心のまゝの歌の時代は、もう遠い昔に去ったのだらうか。大倭の祖の古からうけついで来たこの祖先の血は、今も俺の体のうちに流れてはゐないのか。いや今は世が悪いのだ。ふと自嘲にも似た言葉が口の端にうかんだが、旅人はそれを怒ったごとくにつぶやきすてて、止みがたい心をふりすてるやうに歩いて行った。

旅人の足のむきは、いつしか若草山の方向に変ってゐた。あの青くなだらかな山容を見てゐると、彼の心もまたいつしかもとのやうに和《やはら》いでゆくのだった。そして晴れがましい気色《けしき》が又さっきのやうによみがへって来た。この旅人の面には何かあくがれるやうなほのかな微笑すら、ひとすぢのあたたかい表情をともなって浮んで来るのであった。旅人はその時もうあの日の回想にあたゝかく心のとけてゆくのを覚えた。しかしその心の底にはやるすべないさびしさが故知らずよどんでゐた。それはもう去年の春のことであった。去年はまだ今年とは異って、どこか子供子供したうひうひしさののこってゐるわかい感動が、今より多く漲《みなぎ》ってゐた。もう何か山城の都の、日毎に奇を追ひ新を求めるやうな気風にたいして、まったく己の気性とそぐはぬものを感じそめてゐた旅人は、やみがたいいきどほりとさびしさを抱いて、やはり去年のごとくに思ひ立って、この古き都をおとづれたのである。そしてそこで古い社や寺や、又まだちらほらのこってゐるくづれかゝってはゐるが、昔の豪族の邸跡など見廻ったりしてゐるうちに、いつかなつかしい古代の人と語るおもひがして来て心なぐさむのであった。旅人は去年のことをぢっと心に回想してみた。それは全く温いものが心を溶かしてゆくやうなおもひであった。世に容れられぬことを知った己であったが、この古き都に来て古い空気に親しんでゐる時だけが、自分の人生であるかの如くおもへ、遠い古人が只己の心中を知ってくれる友のごとくに思はれるのだった。ここにくるとこのひとは、はっきりと父のおもかげが目に浮んで来た。父もやはりこの古い都が好きであった。父の古代のおほらかな姿は、こゝにくるとふたゝびこのひとの心によみがへって来た。此所へくるのもひとつは今は亡い父に会ふといった気持も、このひとの心のどこかにほのかにこもってゐたのである。それに今度は又新しく位を頂いた自分である。このひとはつい先日初めて従五位叙爵のことがあった。このひとは本来ならばもうずっと昔に、その家柄からいへば、又その血筋からいへば、もっと高い位にある筈であったのが、当時都には権勢の門閥がはびこって、政を独占してゐたので、かゝる高い家筋でありながら、この年ごろに至って初めて位を頂いたのである。しかしとかく心の鬱々とむすぼれがちなこの旅人には、こんなこともなにかものめづらしいやうなよろこびには違ひなかった。世運の日に非なるをいきどほる志は、いつも火のやうに心中に燃えてはゐたけれど、かゝる些少のことにも心をまぎらすほかすべのない己であることが、今日はまた意気地なくさへおもはれて、はしやいだ気持の底から止みがたい苦笑がこみあげてくるのだった。おれも大分世の泰平に飽いたとみえる……とひとりつぶやいてみたりした。しかしこの血気青春の旅人には、別に今は乱を望む心がきざしてきたわけではなかった。このひとのこゝろはもっと遠い古の悲しみやもっとはるかな先の代のかなしみを見てゐたのである。そして心はいつも澄み切って、孤独なまゝにありえぬしづけさにみたされてゐた。そして今日も今日とてこんな心が、このひとを駆ってなつかしい古の人々や、亡き父に逢ひたいおもひをそゝったのである。この春陽の霧《き》れる古都にこのひとを立たせたのもこんなわけであった。彼はこの古い都に来てゐると、なつかしい古人やまた亡くなった祖父や父にあふおもひがしたのである。しかし旅人の心の底をほのかに温めてゐるものは、只にそれだけではなかった。このひとの心のそこには、まだたれにも秘して云はないよろこびとかなしみがあったのである。このひとは去年の春の、あの生をうけて初めてのやうなはげしい心のときめきをおもひ出した。そして足はいつか、その春日の里に向いてあるいてゐるのに気づいてゐた。

それは矢張り春もたけようとした去年の今ごろであった。今のやうに、大内裏の旧跡のあたりから、ぶらぶらと散じがたい鬱情を抱いて歩いて行った旅人は、おもはぬものの姿に心うばはれた。それは全く意外の光景であった。他でもない、この荒れた都にはおもひもよらぬ、二人の身分のいやしからぬ娘子の野遊びの姿である。二人のいかにも由《よし》ありげな娘子は、遠目もあでな風情に見えた。四五人の召使ひの女を伴につれて、このあたりの丘に摘菜に出てゐたものとおもはれたが、この荒れた古都にはついぞ見かけぬ身分高く輝くやうな都の貴公子が、こちらに歩いてくるのにおどろいたのか、いかにもはぢらはしげにそのあたりの小丘の陰に身をかくしてしまった。旅人はこの二人の娘子の、いかにもひとなれない素朴さに、ゆかしいものを覚えた。そのうへ滅多にこのあたりに見かけぬ貴い女性の姿に何か止みがたいなつかしさを覚えたのである。遠目に顔立ちはそれとは分らなかったが、あのあどけない物腰や、それでゐてどこか重々しく冒《おか》しがたいものをおもはせる身なりや、着物の色柄の古代めいた品のある姿などが、いかにもふかく心にのこった。それは古の奈良の盛時は知らず、今の荒れた古い都に、かゝる貴《あて》な女はらからを見かけるのは、いかにも不思議といへば不思議であった。それだけ余計にこのひとには、かの二人の女はらからが、いとゆかしいものにおもへたのである。それに今時、山城の都のその日その日の新奇を追ふ都の新貴族たちの娘子の、いかにも権勢と財力にあかせたといった風の軽薄でけばけばしい身なり服装や心ばへは、ほとほといやなものにおもへたこの旅人には、かゝる荒れた古い都に、いかにも古代のまゝにゆかしく落着いた身なりの、素朴なうちにどこか重々しく由ありげな二人の娘子の姿は、ふかく心ひきつけるものにちがひなかった。それは己のごとく世に容れられず、己のごとく俗世のひとに己が心は知られずとも、何かふるい心をぢっと守って、世の浮薄な移り変りをよそに、毅然としてひとりの己を持してゐる古代のひとが、どこかこの辺に住んでゐるさうにおもはれたのである。そして今の二人の娘子はそのゆかしいひとの娘にちがひないと、たのしい空想が旅人のこゝろに湧きあがって行った。之はだんだんあたたかい夢をそだてて行ったのである。止みがたいおもひにかられた旅人は、まもなく心利《き》いた家来のひとりに、つぶさにそのあたりに住むひとをしらべさせた。そしてかの二人の娘子の境遇は、まさしくこのひとの予想にたがはなかった。

新奇な俗流に迎合出来ない頑《かたく》なな保守の精神が、処世にわざはひしてひとりの己を清く持してゐる、もとはさる貴い身分の出である大貴族が、今はささやかにこの古都に世をしのぶ邸を構へてゐた。そしてこの旅人と同じやうな古の人々のかなしみを知り、古の人々のかなしみに相ふれつつ、ぢっとゆかしくなつかしい大和《やまと》歌《うた》の道を守ってゐると聞いた。そしてこの二人の娘子はそのゆかしい古代のひとの娘であることも確かであった。かうまで知ると旅人のこゝろは、もうぢっとしてはゐなかった。自分が日頃求めてゆきあひたくおもひつゝ、つひにうつゝの世ではゆきあへないとあきらめてゐた古代のひとが、いまのうつゝに、しかも旅人のいちばんすきな古い奈良の都の地に、ひそかに節を守ってゐると知った。之はまさしく大きなよろこびであった。その時以来この若いひとのこゝろは、とびたつおもひでこの自分よりは年長の娘子の父であるこの古代のひとに逢ひたいと思ふ心に満たされて行った。そしてかの野遊びのゆきずりにふと見かけた二人の娘子の姿は、そののち何時までも眼底に焼きついてはなれなかった。日がたつとともに、それはいよいよはっきりとひと恋ひしさのこゝろを意識してゆくのであった。若い旅人は山城の都に還ってからも、何度もおもひ切ってあの娘子の父なるひとに、刺を通じて交りを求めたいとおもった。むしろ己の唯一の話し相手となり、己をみちびいてくれるひとはこのひとひとりとおもへたのである。しかし四辺の情勢はこの若いひとの心を幾度もためらはせた。それは他でもない。世は藤原の一門が栄えはびこってゐたからである。今はたとへ根本からその勢力を奪はれたとは言へ、血統と言ひ家柄と言ひ、人格識見と言ひ、おそらく肩を並べるもののないこのひとの家と、これも今はおとろへたとは言へ名家の長として、かつては多くの人望と尊敬とを一身にあつめてゐた春日の里のかくれびとが、二人とも今は世捨人のごとき気易さとは言へ、ともかく交はりを結ぶといふことは、世間の聞えから言っても、又藤原の一族にたいしても、火中に栗を求むるに異らなかった。おとろへたりといへども、往年の名家の長たる名望の士と、今は都にかくれもないたはれ男とて、風流才子で通ってゐても、幼少の頃から才気煥発、物にこだはらぬ、古の大倭の英雄そのまゝの気質のごときこの若いひととは、やはり時代が日に日に非となればなるだけ、何時か周囲にはこの二人をとりまく勢力も出来てゐたし、それだけに世の人々のうちには望みをこゝにかけるものもすくなくなかったのである。このことを知れば知るだけにこの若い人は世間の目がはばかられた。かくてすでに一年春日の里の世捨人に交はりを通ずることもためらはれたのである。一方春日の里に世を忍ぶひとの方でも、いつかこの青年貴公子のうはさは耳にした。世に望を断って尾羽打ち枯らした己のうへを、ゆかしくおもひしたってくれる貴公子のあることに、いつか若々しい生き甲斐を感じてゐた。彼もこの青年貴公子がゆかしく思はれ、交はりを結びたいとおもったが、やはり世間の目がはばかられたのである。それにしてもたとへ世を捨て世にすねたとはいへ、このうへ老いてゆく己はよいとしても、これから先春秋に富んだ二人の娘のゆく末が思はれた。おとろへたりといへども又名家である。顔かたちとて世の常とは我が娘ながらおもへぬあでやかさである。しつけとても心きいて歌の道にも深い二三のさる家柄の出の女房をつけて、充分にまなばせてあるはずである。この二人の娘を、自分と同じやうに、日に日にあれてゆくこの古い都で、まるで世間に忘れられた草かげの女のやうに、田舎びととして生涯うもれさすのは考へるだけでもたへられなかった。齢の加はるにしたがって、かゝる愚痴めいた気持も心にのしかゝって来はじめた。

若いひとの方でも、その日のゆかしい娘子のうへが、いよいよ眼底にうかぶやうになって行った。お互に境遇といひ身分家柄といひ、その好みや考へ方といひ、ふたつの家はどうしても結ばれなくてはならぬ宿命のごとくに思はれた。そして己のいきどほろしく止みがたい孤独の生涯を力づよくなぐさめてくれるひとは、只この二人の娘子とその父のゆかしい古代のひとのごとき温かさよりないとおもはれたのである。かう考へてから今までの絶望感におほはれた人生に、何かやみがたい希望がわいて来た。若いひとはそれからのちも時々かの奈良の都春日の里のほとりに出かけて行った。春の初め秋の終りころと、時々の春日の里へのおとづれも、しかしそれからは、かの二人の女はらからにゆきあふこともなくすぎた。それとなくかの家のあたりをすぎてみたが、門はひっそりととざされて、如何にも世をすねた貴人といった形で、素朴なうちにも往年のゆたかなおちつきをしのばせる構へであった。内からはひっそりと音もなく、いかにも世捨人らしい住居がいよいよ若いひとのこゝろをゆかしいものにおもはせた。それからお互にまだ意を通じる機とてなかったが、両つのあひだには、何かあたゝかいものが段々と流れはじめてゐるかにおもはれたのである。

かくて何か心に期待をふかくいだきつゝ、その希望が何ものかにおほはれてひらかれぬやうなもどかしい一年がすぎた。山城の都にも寒い冬は去って、明るい春はおとづれ鳥はさへづりはじめたのである。ひとびとの心は空にうきたった。新しく新しくと都の流行をおふ貴族たちは、人目をひくいかにも派手なよそほひに身をこらし、今どき大陸渡来と人々の口にもてはやされた衣装をつけ、かの国のなにがしの詩人の句といったものを、いかにも学識ありげに口ずさみながら、今をときめく己の名誉をひけらかすやうに、馬を駆って郊外に野遊びをこゝろみはじめた。

しかしこのひとは、いかにしてもこれらの人々と一しょにこの世の春にうつゝをぬかす気もちにはなれなかった。それにしてはあまりにも止みがたい己のいきどほりが、ふかく心の底におどんでゐたのである。時流は日に日に非であった。古いこの国の精神を心中に堅く持し、遠い人倭宮廷の祖々からうけ伝へた詩人や英雄の血を、おほらかなうたごころにひそかに守ってゐるやうなひとは、今はもうどこにもみかけなくなった。かゝる今の浮薄の世には、かたくなとも見える保守の精神は、もとよりその日その日の栄達の手だてに、かの国の詩風の片言をまね、かの国の詩句の断片を口にして世俗の才を示す風流才子の多い今日此頃では、すでに世に容れられぬ存在であることは明らかであった。このひとはもはや誰とも語りたくなかった。もはやたれとも交はりたくなかった。ひとりの己につたはる大和の国の世々の祖々のかなしみは、その悠久の血の歴史は、今はもうたれも理解し得ない。かう考へてくると、すでにそれは絶望に似たさびしさであった。いきどほり多い日頃であった。このひとのいきどほりは、もとよりこのごろ世俗の口さがない京童《きやうわらは》たちが、よるとさはるとうはさしてゐる己の不羈奔放の原因としての、政治的不平とか、政権地位等への不満などがその重要な部分ではなかったのである。このかなしみを、このおのれひとりのかなしみを、たれも知りえないことは、より以上のかなしみであり、またたへがたいいきどほりであった。このひとはいよいよこのいきどほりを深くするたびに、ひたすらおのれのみちに深くあゆみ入って行った。このひとのかなしみはもとより、世間の現実のものへの不平やいきどほりは、只そのいきどほりの一部分にすぎなかった。もっとふかいかなしみやいきどほりが、心中ふかくおどみたぎってゐたのである。そのかなしみはもっと遠い世のものであった。そしてそのかなしみは、もっとはるかな永遠にかゝってゐた。遠い大和の国の祖々の血をつたって流れたかなしみが、このひとの血のうちにいつしか鬱勃として湧きとよみそめてゐたのである。そしてそのいきどほりはこの国の歴史の悠久の精神のゆるがざるものへの思慕につらなってゐた。それは世俗の考へる今日の現実でなく、もっと久しい過去や未来の歴史にあったから、そのかなしみはたれも知るよしはなかったのである。そしてこのひとは、いよいよ深く歌のみちに心をよせるやうになって行った。また心のむすぼれてひらけざるときは、ひとりだまって旅に出た。古の歌をよみ、己に歌をつくる時だけが、遠い祖々のかなしみにふれえたのである。遠い祖々の歴史を学び得たのである。

しかしこのひとはもうなげかなかった。いきどほりやうれひは、なべて永劫の己の宿命と観じたのである。そしてこのひとは、この己のやみがたいいきどほりを、永遠の運命の流れのうちにあってぢっとみつめることを、年若くして学び知ったのであった。そこに己の存在の悠久を感じたこのひとは、なにかゆゑしらぬよろこびをおもひ、いきどほろしい日頃のうちにも、己のいのちの悠遠をおもふやうになった。遠い大倭宮廷の祖々の血は、今も身うちにあつくたぎってゐることをうたがはぬ。世のなかが悪くなり、流行浮薄の度を加へるにつれて、いよいよにこの大和の魂は、不屈なまでに輝くを知ったからである。このひとは己のたへがたい志の奔騰のまゝにそれを三十一文字の古くからの歌の形にたくして述べた。この道に悠遠を感じたからである。世俗の流行を追ふ輩と別にこの道によって毅然として己の志の、永遠不滅を信じたからである。あたらしい春がめぐっても、このひとは多くの都人のごとく、郊外に我が世の春をたはける気にはならなかった。もっと永遠のかなたを、このひとの目はぢっと見つめてゐたからである。そして今日もひそかにこの古都をおとづれた。桜花の盛りにはまだ早かったが、年毎荒れゆく都の春日の霽《は》れるをながめ、ふっくらと早春の若芽をにほはして、うす萌黄の肌をうら青い空に浮ばせた若草山を見つめてゐると、古のひとに我あれや、といった感懐が、しみじみと胸につきあげてくるのであった。遠い祖々や祖父や父も、そこのどこかでほゝゑんでゐるかのごとくであった。それに今年は人知らぬおもひがこのひとの胸にあたゝかく通ってゐたのである。己の運命と使命とに、ひとつの毅然たる決意を自覚したこのひとは、もはや己の志における不滅を知って、何ものにもたじろがざる精神をつかんでゐた。今はもう何もはばかることはない。己の信ずるところにゆけばいい。世の権門勢家何かあらう。このひとは今日こそは、いよいよ一年心にかけてゐた、かの春日の里のほとりのゆかしい女はらからの父なるひとのなつかしい古代の心にふれたいとおもった。さう決心すると、若いひとのこゝろには、もう少年のやうなときめきがこみあげてくるのであった。かくて今日奈良の古都を訪れると、このひとはいよいよ心を決したかのやうにかの春日のわたりにむかって、真直にあゆみをすすめて行った。

若草山は去年のまゝにうら青い空にけむり、青々として霞につゝまれてゐた。若い旅人にはすでに世の俗流の滔々たる転変の姿など、はやとほい世界のものとおもはれた。かうしてあたたかい春のもやにつゝまれてぢっと去年の回想にふけりつゝあるいてゐると、それだけですでにうつくしいものが心をつゝんで行った。今の日にもとめてつひにもとめえなかったなつかしい古代のひと、そのひとたちのおもかげが、この古き都に来ては、いよいよせつに心にうかんでくるのである。そのひとたちにもやがて会はう。旅人はこゝにおのれの世界をはっきりみた。こゝにそのゆくべきみちをはっきり覚った。そこに不朽の使命を思って心ときめいた。悠久のみちを流れる日本の文学が、今このひとの一身に凝集し支へられ、そのまはりになにかあたらしい文学処世のみちが、あたらしい日のために開かれてゆくかのごとき予感がたへきれぬこゝろのよろこびをともなってわいて来た。そしてそのみちのために、おのれのおとづれてゆく古代のひとたちの姿が、そのためにあるかにおもはれたのである。若い旅人は、去年かのゆかしいひとたちにはからずもゆき会うたあの小丘のほとりに、いつかゆらゆらと歩みをはこんでゐた。かなたの岡を降ればもはや春日の里である。そこまでゆけばもはやかのひとの家も見えるのである。空はいよいようら青くしづかにかすんで早春の鳥がちゝと鳴いて過ぎて行った。若い旅人は去年かのひとに会うた小丘のほとりに来て、しづかに歩みを止めた。それはえがたくなつかしい回想であった。しづかな時が、かぎりないなつかしさのうちに、はてしなく流れるかとおもはれた。若い旅人が目をあげてながめるこの古都の山河は、今日、もう久しい前からこのひとを待ちうけてあるかのごとくおもへるではないか。それは大和の国の古い日の追想があたゝかい心をもって旅人の身をつゝんで行ったのである。かの葛城の連山はうら青い春の霞にとざされてゐた。古のひとにわれあれや、旅人は心中にほのかに口ずさんで立った。さうだ。古の人にわれあれや、これがこの国のすべての詩人の最も正しい処世である。何のかのと理論を言ひ、何のかのと意味ありげなみちをのべるものは、このごろの多少文のみちに気のあるものにも多かった。しかし、真に正しい大和の詩人の心を知るひと、今日のこの国に果してたれあらうか。いくたりかあるだらうか。古のひとにわれあれや、旅人はほのかに口ずさんでみた。古のひとにわれあれや。これでいゝのだ。

これでこそありがたいのだ。自分はたとへはかなく草にうもるゝことあるとしても、自分の高い身分や血統や、この高邁の志にそぐはぬはかない地位に、生涯さびしくたへてゆくとしても、古のひとにわれあれや、只これでいゝのだ。この心で古の人とかたり、この心で久しいこの国の詩の志をつげばいゝのだ。さすればこのはかないこの生涯の志は、たとへ草莽にうもるる身となるとも、はたまた遠く旅路にくちることあるとも、このうつそ身は亡んでも、古のひとにわれあれや、この己の志は、かならずたれかこの国のひそかな人々のあひだに、本当に心の素直でうつくしい人々のあひだに、ひそかに生きて長くつながる志となり詩となるであらう。なつかしい回想や希望が、この古都に来てこの小丘のほとりにたてば、ひとときき胸つきあげてくることであった。あれからすでに一年の歳月は過ぎた。そして己の心に固く持するを得たものは、只この志ひとつであった。旅人はあたゝかい心で、あかるい目をひらいて春の野辺のうら青みゆく表を見廻した。

そこにはすべて去年の回想があった。そこにはなべて遠つ世の古い姿があった。そして春の野は音もなく澄んだはなだの空の下で、古のまゝにしづかにうるんで息づいてゐるかのごとくであった。旅人は己のかなしみとよろこびをこの野辺に向って語りかけたい気であった。この早春の野辺のごとく、我が心も又ときめいてゐたからだ。旅人のこゝろはいまだ若い日のこゝろでみたされてゐた。その時若い旅人の目はふとひとつの点に向ったまゝに止ってゐた。あたかも去年の姿が再びかへって来たごとくに、かのふたりの娘子が、かの野辺に下りたってしづかに若菜をつんでゐるではないか。四五人の伴の女をつれ、去年のまゝにゆかしい野遊びの姿である。旅人ははたと胸つかるゝおもひであった。旅人の視線がひとゝころに注がれたとき、かの女はらからにも、去る年のおどろきとはぢらひが、あの日のまゝ若々しい心にかへってきたのであらう。去年かの丘のほとりにみかけた、貴公子の姿が、ふたゝびかのひとたちの目に入ったのか、何かひそかな動揺がそれと感ぜられた。しかしこの今日の日のくることは、この古都のすべてのものが知ってゐるかのごとくおもはれた。このうら青い春の野が、すべて期待してゐるかのごとくにおもはれた。かの二人の娘子も、また今日の日来るを一年をへて、待ちつづけ信じてゐたごとくにおもはれた。そしてこの若い旅人は今日の日のために去んぬる一年をかけた。そしてふたゝび春日の野辺に青く陽がけぶって、再び春は来たのである。つひに今日の日は来たのである。若いひとはもはや、胸つかれつゝも期したるごとくにおどろかなかった。かの二人の娘子も、もはや去年のごとくはぢてにげることはしなかった。若い旅人はこのうつくしい絵のやうな春の野の光景をながめてぢっと立ってゐた。ふとふるい詩の心が、ほのかに胸にかへって来た。すべてが歌となるひと時であった。若い旅人は、かのひとたちのいとなみをさわがすことは心ないことにおもへて、しばらくそこにたってたゞうっとりとその美しさにひたってゐた。やがてかのひとたちは、しづかにあたりにちらばっておかれた野遊の道具を片づけると、ひっそりと二人の娘子をうちにつゝむやうにして、かの春日の里の邸の方へかへりはじめた。若い旅人はうっとりと立ってうしろかげを見送ってゐた。そのときうしろに従った一行の宰領らしい品格のある老女が、あとをふりかへってしとやかに頭をさげた。若いひともみたされたこゝろに、かろく会釈をかへした。それは貴い客をむかへうながすためのあいさつであった。やがてかの老女は家にかへって、まらうどのための仕度などなにくれととりいそいで指図するのであらう。

若い旅人は、ほのかにぬくんだ春の野辺の手頃な石を見つけて、その円い肌ざはりのうへに腰をおろし、あたゝかい笑顔で従者をかへりみた。只でさへ心のねむくなるばかりしづかな春の野に、ひそかに今日の主人のよろこびを悟ったこの心利いた従者の顔も、久方ぶりに満面のよろこびにあふれてゐた。若い旅人は、この美しい春の野にふさはしい、おもむきのふかい着こなしの己の狩衣のその長い裾を切りとった。その狩衣は、いかにもこの心わかいひとの性をそのまゝうつしたやうに、古の歌枕に名高い、かのみちのくの信夫《しのぶ》の里の名物とて、都にも聞えた忍ぶずりの衣であった。それはかのみちのくの信夫の郡《こほり》、安積《あさか》の沼のほとりに生ふるむらさき草の根で摺ったといはれるゆかしい古代の色であった。若い旅人はやをら従者から匂ふやうな墨をふくませた筆をうけとって、しばらく黙って春の空をみつめてゐた。うら青い春日の野辺の若緑の草々が、ほのかに温い心をそゝって若い旅人の胸にくひ込んで来、このひとのおもひを千々にみだし、このひとのこゝろをかぎりないよろこびにひたすのであった。

かすが野のわかむらさきのすり衣しのぶのみだれかぎりしられず

やがてこのうたを、かの狩衣の裾にしたゝめ終ると、かたはらにひかへてゐた従者にわたした。この心利いた従者にも、今日の主人のよろこびが胸にかよってゐた。そしてこの主人のよろこびの文づかひに歓喜して、やがてかの女はらからの去った路の方へ、はたはたと春霞のうちに消えて行った。若い旅人はそのあとをぢっと見送りつゝ、心はすべてのよろこびもかなしみも、この美はしい春の野辺にかゝってゐるかのごとくおもはれた。旅人はしづかに円い石に腰をおろしたまま、かのかくれびとの主のむかへの使がやがてこゝにあらはれるまで、ぢっと坐ってこの長い春陽とともにあることにした。それは久しいよろこびとかなしみが、このひとときにあつめられた姿であった。うら青い春の野辺はかぎりない早春の息吹のうちに語りかけ、はなだの空がはてしない古代のかなしみを訴へてゐた。古のひとにわれあれや、旅人はほのかに口ずさんだ。遠い古代の回想が、その祖々のかなしみが、今日の日のよろこびとともにしみじみとあたたかくよみがへって来た。古のひとにわれあれや、何かあたたかいものが胸をつきあげて目頭が熱くなるやうなおもひであった。旅人はぢっと目をとぢて円石のあたたかい春のぬくみによひながら、さっき使ひにわたしたかのうたを今いちど口中に吟じてみた。

かすが野のわかむらさきのすり衣しのぶのみだれかぎりしられず

うら青い春の空は、はなだにかすんでこだまも反さなかった。しづかな古代のままの時であった。

この国の古いふみは、この歌のこゝろについて、

みちのくのしのぶもぢずり誰ゆゑにみだれそめにし我ならなくに

といふ歌の心ばへなり。むかし人は、かくいちはやきみやびをなむしける。

といとなつかしく註してゐる。

この春日の里をおとなうたなつかしい古代のひとは、申すまでもなく、我が国の高名の歌よみとして、今も我らの心にあたたかくつたはってゐる在原業平そのひとであったことはいふまでもない。かうしてこの時春日の里をおとづれた若い旅人は、そののち歌は益々うつくしく、心はいよいよ澄んで、その孤高の精神はたぐひなく高邁になって行った。そして、多くの相聞のうたを、こののちいくつかのなつかしいこの国の古典としてのこし、又いよいよ心うつ東路の羇旅《きりょ》の幾多の歌を、いまもなつかしい物語としてこの国にのこした。そしてその心はいよいよ清く、その歌はいよいよ美しく、日本の民の魂を、ふかい慟哭にゆるがすやうなひびきを増して行ったのである。

あゆみ来て　さみしき路と　おもへども　このみちを　わが　うたがはずあり

正岡子規と明治の精神

短歌革新論者としての子規、また俳句革新論者としての子規は、ここに今さら申すまでもなくあまりにも有名な存在である。しかし明治の精神のうへにおける子規の存在といふものは、いまだ必ずしも明確には決定をなしてゐないのである。子規はやはり、日本文学史上、偉大な変革を行為した最高峯の詩人のひとりである。日本文学の価値観は、正しく彼によって一変させられたといってよいのである。しかも在来のごとく子規を目して一介の写生主義の創始者と言ふは不可である。子規は偉大なますらをの歌の創始者であり、明治浪曼派の一方の先駆であったのである。子規をもって一介のリアリズム歌人に堕せしめたことは、大正文壇の自然主義的悪風の存在による。詩人子規の高邁な魂は、やはり世々の日本の大詩人の水準にあって、いささかも動じない壮烈果敢な存在であった。

明治維新以後、国内体制の一変と西洋文明の吸収とは、文藝において旧態依然たる歩みをゆるさなかった。未曾有《みぞう》の変革が我が日本文藝のうへにおとづれはじめてゐたのである。子規はかかる時代において、久しい日本の国風の歌を、その敗滅より救って、新時代の主要なる文藝とし、あたらしい文学の世界を開いたのである。しかも子規のうちに流れる精神に、我らは矢張り久しい日本の伝統と、悲しいますらをの志とを見失ふことはゆるされないであらう。明治といふ時代がひとつのかなしくいたましい二律背反の時代であったのである。若い聖天子明治大帝をいただいて、我が日本民族が、肇国以来かつて知らぬ果敢な遠征を敢行した時、我が民族は没落しつゝあったアジアの文明の古い精神を、わづかに東海の小島国日本の存在に支へねばならなかった。しかも帝国主義の思潮文物は滔々としてアジアの岸をかみ、我が日本の岸にせまり始めてゐたのである。

我が日本が古きアジアの精神を一身にささへ、しかも始めて帝国主義の最強軍隊、帝政ロシアの陸軍を満州の野に破り、「アジアは一なり」の精神の実現を開始した時、しかも西洋文明のはげしい荒浪は、止まることなく我が東洋と日本におしよせてゐた。

明治といふ時代の性格を考へるならば、たれしも此所《ここ》に思ひをいたさねばなるまい。アジアの危機を一手にささへ、東洋文明の古き光栄を守るべきものが、我が日本の使命であり、アジアは一なりの理想は、すでにこの時において開始されてゐたのであったが、しかしこの時において、泰西の新奇な文明開化の潮は、刻々に古い日本の精神と、久しい東洋の理想とを亡ぼしてゆきつゝあったのである。新しい日本の建設と古きアジアの変革、しかして東洋の理想の確立、ここに明治といふ時代の二律背反の悲しくいたましい時代があり、悲痛な変革の精神の存在が考へられるのである。

明治の精神のもつ悲しみといふものが、この時我々の心に切々としてせまってくる。そしてこの悲劇をのりこえて日清日露の両役は実行され、西欧の侵略は最後の一点において一応食ひ止められたかに見えた。明治の浪曼主義はこの新興日本の勃興とともに興り、新日本の前進が、一応明治四十年代をもって終った時において又止んだのである。しかも日本が新日本としてアジアの危機をささへる時に、古い封建日本の文明文化は、多く新日本への脱皮のために亡んで行ったのである。此所に明治の悲劇があった。英雄西郷は城山に倒れ、神風連の壮挙は空しく破れて一片の暴徒のごとくに見なされたのである。新しい文明開化の思想と、古い日本の国粋を守らんとするものと、そこにいたましいたゝかひがくりかへされ、明治の悲しみがくりかへされた。しかも古い攘夷派は、思想において必ずしも固陋でなく、進取の精神に生きたのである。そこにはすでに西洋唯物文化への強い反抗が存した。そして西郷城山に自刃ののち、かかる精神は一変して自由民権に転じ、また在野文筆の国粋運動となって、子規のよった「日本」といふ新聞はこの系統をひく言論の機関であったのである。そして子規の世に出るすこし前ころより、文科大学に古典科が出来、また皇典講究所が創立されてあたらしい古典文学の研究熱が、当時の欧化万能の思潮に対して勃然としておこりつゝあった。

明治大帝はこの変転多き時世に処したまひ、まことに恐れ多きことながら、ご一身に偉大なる悲痛を示したまうた。列聖皆その大御心を御製に示したまふことは世々我が国の伝統であるけれども、大帝のお歌のごとき沈痛のおん調べは又古今あまりに多しとはいへないのである。御製を拝して明治といふ聖代の如何に重大な時であったかを思ふべきである。しかもこの大御代の古き日本の精神と、新興日本の精神との、ともに背を合はせて存在した時、亡びゆくものと興りゆくものとの間に立って、真に創造の精神を敢行した多くの天才が存したのであった。そこに我々は明治といふ時代の意義を見、明治といふ時代の文藝と、この文藝を創造した天才たちを考へてみたいのである。そこには古い封建日本の悲しみとともに、新しい日本のインテリゲンチャの悲しみが、異様な二律背反の性格をもって立ってゐるのである。そこに近代日本の悲劇があった。そして鷗外や漱石やの西欧への悲しい関心や二葉亭や獨歩やの経世風の詩人調や、敏や樗牛や透谷やの性格と事業のうちに、たれか之をみとめないものがありうるであらうか。

今南方にある浅野晃氏は、かつて私に言はれた。天心のみが、岡倉天心のみが、この明治の悲劇のうへに超然としてありえたといふことを。「アジアは一なり」の精神は、かくして天心を以て初めて詩人の文業に示されうたはれたのであった。しかも鷗外や漱石は、あまりにもさびしい封建日本の遺風と、近代日本の新風との二律背反のうちに終始した。只子規は天心とは異ったけれども、古い日本の詩人のうちより、ますらをの精神を発掘することによって、あたらしい時代の文藝を樹立した。彼はすでにその一身に、多くの文明開化的合理主義を有してゐたけれども、中心となるものは古い日本のますらをの志であった。新派和歌の革新は、この創草期詩人の木目のあらい神経のために、いささか古王朝の詩美を抹殺したけれども、彼はまた蕪村の詩に美麗な純文藝の発想を見たのである。しかも子規のとなへ、また又実行したますらを調は、やはり明治前期の古い武士の精神が、新興市民社会のうちに没落し去った時に、在野の精神としてのこった悲しい古い日本の詩情であったのである。

子規を一介の写生派の創始者であるごとくいふことの当らないことは前にも言った。子規を単なる合理主義者人本主義者といふことの当らないことをこゝに特に申しておきたい。たしかに明治といふ時代には、合理主義は文明開化の代表する最高の思想であった。かの福澤諭吉の精神は主としてこれによった開化思想であった。しかし福澤の思想のうちにも、西郷をみとめ、西郷城山の悲劇にわかい悲痛の挽歌をそそぎ、西郷の経綸に、古い日本と東洋の精神の没落をみとめた福澤のこころは、やはり我々としては、つひに忘却してはならないものであった。彼も又一介の開化主義の合理主義者ではなかったのである。新しい西洋文明の流入は、ふるい封建日本の世界観を、根本からゆすぶるに充分であった。人本主義の思想は之に伴って勃然としておこりつゝあった。人間解放の叫びと、個性の自覚と、自由平等の思想が、政治において民権論となり、文藝においては、遠くは維新直後の東海散士の政治小説にあらはれ、さらに近代の自覚はのちに下っては坪内逍遙の『小説神髄』と、二葉亭四迷の『浮雲』にあらはれたのである。

こゝに古い伝統主義の惰性と、中世秘伝風の伝授思想と、個性を無視した類型的文藝は、忽ちにしてこの基礎を失ひはじめたのである。この古いものの破壊のうへに、新興文藝の苦悩が明白な形をとりはじめてゐた。明治の浪曼主義はかくしておこりはじめてゐたのである。しかし明治浪曼主義は、単なる西洋人文思想の影響による人間解放の叫びではなかった。そこには古い東洋の文人の理想と、没落しゆく古い封建の悲しみを背負った浪人の心にきざすますらをのしらべがあった。しかも之ら一切のものが、すべて新興日本推進の熱情となって、日清日露の峠をこえたのである。そして之はやがて天心の「アジアは一なり」の言葉となって象徴された。近代日本勃興の日、ここに明治文化の二律背反は多くの悲しい詩歌をのこしたのである。

子規の活動期間は明治前半期をもって終る。しかもこの事業の大半は、久しい病床の生活にあって行はれてゐる。子規は古い日本の詩歌のうちにおいて、只わづかに取ったものは万葉であった。万葉のみが子規の精神の変革期の英風にかなったのである。ここにおいても子規は、矢張り偉大なる古代の人であった。彼が王朝風の風雅の詩情を排撃して、言葉のもてあそびといつはりにすぎずとなし、古今集以後の歌よみは、貫之以下全部うそつきに候《さうらふ》となした意気のうちには、彼の短歌革新の壮大な抱負をみることが出来る。けだし当時において、草創期歌人の子規においては、古今集のみやびな詩情は理解する力において不足したものがあったであらう。これは概して明治の文人の壮士調のもってゐる長所にしてしかも欠点であった。透谷のごとき文人にしても之はまぬかれてゐない。逍遙、二葉亭みなしかりである。只女流一葉のみが、王朝の美麗を終りに示した正統派であった。文学理解者としての子規は、かくの如くまさしく落第の人物であった。彼の眼中に、日本文藝の正しい伝統理解が、もとより存したとはおもはれないのである。しかし文藝批評家としての子規の存在と精神とは、まさしく古今に誇る高峯であった。彼はまさしく俗流歌壇化してゐた因襲伝統派の旧派風流花月の歌人にたいして、真の文藝精神を日本の和歌に樹立したのである。古典文学の理解とは別に、このことはまさしく注目すべきことであるとおもふ。つまり子規によって、純文藝としての和歌、近代和歌の成立ははじめて成ったものといひうべく、その理論を確立したものは子規をおいて他にはない。

齋藤茂吉氏が実相観入といふ言葉で説いたことを、子規は写生といったのである。しかしこの写生とは、今日考へられる単なる作歌法としての写生論ではなかった。もしさうであればまことに今日あはれむべき理論にすぎない。それよりももっと主要なことは、子規の言ふ写生論は、久しい日本の文藝観を一変するための、文藝批評的な価値判断のうへにおいて意味があったのであゐる。旧派といっても主として当時盛んであった景樹派の和歌にたいして、その堂上花月風流の遊戯文学の打倒にあった。そして子規の精神は、此所において正しく偉大なる古代のひととしての英風を思はせるものがある。故に子規の写生とは大いに異ってゐた。合理主義的なうたを正道と言はないといふことのみに取ることは、『歌よみに与ふる書』を読んでよく味はったならば、到底思ひえないことである。彼が万葉にのみこの歌道の真精神を見、後世わづかに實朝においてこの理想を発見したといふことは、彼がますらをぶりの歌の明治における主唱者であったことをよく語ってあまりある。貫之以下旧派歌人のひとつの偶像となってゐる存在にたいしての彼の打倒は、もとより人本主義の表はれと簡単に片づけるのはあまりにも浅見である。久しい伝統破壊のうへに、日本文藝の再生と創造をはからんとした彼の精神は、ここに一個の大丈夫の志となって表現せられてゐる。伝統破壊は壮大なる復古精神の表はれであり、日本文藝の更新のための古代への回帰に他ならなかった。彼はかくて多分に眞淵を否定しつゝ眞淵の思想を受けてゐるものとおもはれるのである。

子規を一介のリアリストとなし、一介の文明開化的合理主義者としたのは、おほむね大正昭和の自然主義末流文壇の力であった。しかし之は偉大なる詩人の抹殺以外の何ものでもないのである。明治の精神の悲しみと、明治の精神の具現とは、よく文藝批評家子規の行動によって示されてゐるといってよい。彼も又偉大なる古代の人であった。偉大なる古代の人子規は、日本の古い時代の精神が、明治の文明開化の潮流の彼方に、遠く没し去らうとするとき、偉大な詩人の魂をもって之をうたひあげた第一人者であった。亡びゆくものへの壮烈な挽歌が、子規の文藝批評をつらぬく精神であった。しかしこの古代のまゝの日本の詩精神は子規の心を通して明治の時代において新しい創造の生命をもってよみがへったといへる。しかし大正昭和の多くの詩文は、この子規の古代精神を継承することにおいて全く無力であった。子規の精神は只門下左千夫において開花したにすぎなかった。子規の再発見は現代の若い詩人の使命のひとつである。

明治といふ時代の二律背反の悲しみについて、もっとも明白な詩人としての史観を語ったひとは、故萩原朔太郎氏であった。明治の時代といふもののもつ悲劇の姿を考へ、そこに表はされた詩人の精神を考へることは、子規を見るための大切な方法である。そして偉大な古代の人子規の精神といふものを、我々はこの時代の苦悩のうちに考へればよい。まことに子規は近代日本の生んだ古代の精神であった。「貫之以後真の歌よみはひとりも之なく候」と、彼が宣言した時すでに彼は痛烈な変革のために、古代精神の真意義を言ったのである。しかも子規の歌論において、尚文明開化の合理観はまぬかれないが、彼の実作を見るならば、その和歌において、真に詩人子規の人柄や志が、いかなるものであったかは明白にわかるのである。彼は近代まれにみる文藝批評家であったけれども、彼の真の魂はその実作上の足跡において、もっとも明確であったとおもへる。

彼が『歌よみに与ふる書』を書いて歌壇改革の大業を志したことは、後代日本文学評論史上に見る無比の偉観のひとつであらうが、そのうちで彼が言はんとしたことは、日本の和歌において久しく没却して忘れ去られてゐた古代精神の発掘と宣揚にあった。彼においては古代日本のますらをのかなしみが、生々として心中に流れてゐたのである。日本のますらをのうたといふことを、もっともはっきりと宣言したのは子規であった。彼が万葉集の精神をその最も理想としたことは、このますらをぶりの精神の発揚を志したところにあった。そして明治といふ時代が、大体においてかかる大丈夫の志にみなぎる時代であったのである。彼が人麿に遠い神人分離のころの古代さながらの詩魂のおほらかさを味はった時、在来の技巧と遊技の多い中世近世の歌壇にたいする弾劾となったのである。そして、「人麿ののちの歌よみはたれかあらむ、征夷大将軍源實朝」と歌ったことは、この薄命の青年詩人において、彼は悲痛なまでに壮烈な大丈夫の精神をみたからであった。只その詩情の本質にたいしては、尚明治草創期詩人のキメの荒さがあった。故に子規の實朝観はその悲劇の精神において充分でなかった。しかし子規は、人麿と實朝とのうへに日本文藝のひとつの伝統を発見したのであった。文藝批評の態度のうへにおいて、たをやめぶりの王朝精神と、月並流の俗流歌壇とを区別することの充分でなかったことは、もとより革新期の青年歌人としては、又やむをえないところであったかもしれないけれども、矢張り子規において、何か悲しい明治の慷慨風の書生調といったものを見のがすことは出来ない。

子規が万葉集を唱道して、古今調の低俗化を排撃したことは、根本において偉大な詩人子規の古代人そのまゝの魂の躍動に心うたれるのである。彼をとらへて世上多く、人本主義発展期の人間解放の叫びを代表するものとみなすことも、又こゝに根拠が存する。しかしこれのみでは詩人子規の悲劇の精神は解しがたいのである。明治浪曼主義の意義は、古い日本の文明と新しい西洋文化の流入のうへに描かれた新時代詩人の新声であった。子規の歌論のうへにある矛盾が、もっともこれをよく表現するのである。

子規が万葉を言ひ實朝を言ったことは、古代のまゝの日本のますらをの心からであった。彼は大なる叫びの歌を魂の深奥からの叫びの形においてうたひあげんとした。しかも彼が写生を言ひ理屈の歌をしりぞけたことは旧派の技巧より新時代の歌を、純文学の形において解放せんとする所に存したのである。彼が写生をいひ、旧派の理におちた歌を排撃するといふことは、結局古代精神の復興であり、人間精神のあるがまゝの美はしい真実なるものの表現と慟哭であり、真の文学の解放と発展をこゝにみとめた時に、すでに先達賀茂眞淵の万葉調すら、彼においては不充分な存在であるにすぎなかった。事実、眞淵は多く万葉調を言ひながら、作歌の大部分は古今調に止まるものが多い。しかも子規が、かかる見地から人麿と實朝を言ひながら、しかも単に写生というふ言葉による文明開化的な表現しか取りえなかったといふことは、文学評論の分野の発展といふことよりすれば、まさしく我が文藝評論史上彼をもって純文学の樹立の一方の始祖といふべきであるが、しかも彼の歌論においては、真の古代精神の、つひに神のまにまにあるおほらかな表現を発見し得ず、結局貫之以後の理詰めの歌の排撃と、写生歌論の唱道をもって止むに至ったのである。彼の出現も、明治詩歌のロマンチシズムの開花のあらはれにおける、偉大な表現のひとつに相違なかったけれども、ここにすでにいたましい二律背反の文明の悲劇が存したのである。しかもこの時代の悲しみをのりこえて、真の近代精神の充溢を、おくすることなくうたひあげた人は、ただわづかに明星の與謝野晶子一人であった。後の自然主義の勃興は、この子規の明治文明における二律背反の暗い一面のみを強調するいびつな表現におち入ってゆくのである。子規の心に流れた古い日本よりつたへたますらをの精神は、かくて完全に抹殺せられ去ったと言ってよいであらう。

子規は歌論においては正しくかかる矛盾につきあたらねばならなかった。偉大な文明批評家のもった古代は、すでにかくのごとき近代の精神によってゆがめられてゆくべき運命にあった。しかしながら子規のこの真の詩人としての面目は、やはり彼の作歌を見れば一見明白な古代の精神である。彼はまさしくうたがふことなく古代のまゝの壮大な日本文藝の魂を、彼の作歌のうへに表現したのである。彼の作歌のうへには、尚そののちの多くの近代歌人にみるごとき表現とは全く別のますらをのかなしみが、古代のまゝにうたはれてゐる。平賀元義を近世の大歌人として推称し、橘曙覧《あけみ》を発見したのは彼であった。曙覧の勤王歌人としての精神を強調し、さらに曙覧の詩精神のうちに草莽隠遁の孤高な詩人の魂の、おどろくべき表現を発見したのも彼であった。しかも曙覧の歌のうちに、近代精神のすでに早い表現を見出したのも彼であった。平賀元義や橘曙覧のうちに見たものは、すでに早く示されたこだはらぬ清新な近代の精神であるとともに、そこには古代のまゝのおほらかな慟哭の詩情をうたひあげてゐるのを知ったのである。しかもこの近代と古代との背反するものの総合のうへに、短歌革新家としての、偉大な文明批評家子規の精神の存在があった。これらのものを通じて感ずるものは、やはり明治といふ時代のもった古い日本と新しい日本のうへに、詩人の描かねばならぬますらをぶりの悲しみの表現である。何かいたましい悲劇が古い日本を象徴するやうなますらをぶりのうちに、子規の詩人としての生涯をつらぬいて流れてゐた。しかし之は古代にも近代にも徹し切れぬ二律背反のうへにあった。元義も曙覧もかかる表現のひとつのよりどころとおもはれるのである。

真の近代を表現したものは、わづかに文学界の透谷と明星の晶子と上田敏の詩論と訳詩であった。しかも透谷は楚囚の詩を作って、やはり明治初期のますらをの心にひとしく流れたかなしい草莽の精神をうたったのである。

曾つて誤って法を破り
　政治の罪人として捕はれたり
余と生死を誓ひし壮士等の
数多あるうちに余はその首領なり
　中に余が最愛の
　まだ蕾の花なる少女も
　国の為とて諸共に

この一節で始まる透谷の詩は、やはり雲井龍雄や神風連に通ずる封建日本とその移行の時の悲しみのあらはれであった。子規の想ひ、又行はんとした精神は、つひに與謝野鐵幹の詩と行動とによって明白に示されたのである。しかも子規のうちにあった近代と、鐵幹のうちにあった近代とは、きはめて相反する表現をとったのである。写生の論と虎とすみれの歌とは、かくて近代詩発生の時における楯の両面であった。しかも鐵幹は子規のごとくに又透谷のごとくに、近代初期におけるインテリゲンチャではなかった。彼はより以上に東洋の古のまゝの詩人であったので、そのうたは、又子規のごとき苦悩なくして、朗々と日本のますらをぶりの詩情をうたひあげ、明治浪曼主義の先駆をなした。しかし子規の有するごとき古代の精神は、鐵幹においては必ずしも、明白な自覚とならなかった。彼は心のまゝに東洋の詩人の古の姿を歌に示しえたけれど、古代精神への自覚においては、なほ子規を以て一日の長と考へなければならぬ。実行者鐵幹と文藝批評家子規との区別を此所におもふべきである。しかも子規のうちには近代と古代とが、その一身の内部に相剋して、すでにいたましいまでに早い近代のインテリゲンチャであったのである。

子規鐵幹不可並称説は、明治文壇における最も著はれた問題である。しかも子規も鐵幹もともに憂国の志に燃えてともに大陸に渡って、そこに詩人の魂を燃焼せんとしたのである。之は國木田獨歩や二葉亭四迷の経世風の一面とも又一致する精神である。鐵幹は韓国にことをあげんとし、子規は病躯をおして、征清の軍に従ったのである。明治の詩人のもった憂国の精神は、今日の詩人のかへりみて身に体すべき精神である。そしてこのころ佐佐木信綱は黄海の戦ひの歌を歌ひ、新派和歌の創始者といはれる国文學者落合直文は、桜井の別れの悲歌を、あの明るいうちにもものがなしいしらべにたくし、明治の若者の心のうちにうたひあげたのである。

子規は明治二十八年、軍に従って満州の野に至る。為に病とみに革《あらたま》り、つひに帰国後立つあたはざるに至った。その出発するに当り、

かへらじとかけてぞちかふ梓弓矢立たばさみ首途《かどで》すわれは

とうたってゐる。歌人子規の精神のうちに流れるものに、日本詩歌の伝統のあり方を知るべきである。子規のよってゐた新聞「日本」は、古い日本の精神が西郷や神風連とともに没落した日に、国民の心に草莽の精神となって流れつたはったもののあらはれのひとつを代表するもので

あった。その同志に陸羯南や、かの菅沼貞風とともにフィリッピン計略の雄図にもえた福本日南があったのである。子規のあたらしい近代インテリゲンチャの詩情のおくに、やはり古い日本の草莽の歌人や志士のかなしみが、かくのごとくにして流れつたはりつゝ表に現はれたのであった。彼はかくのごとき血統に立って曙覧の隠遁歌人としての勤王の精神を理解したのである。

当時はまだ古い幕末維新期の国学の精神といったものが、文明開化の波のむかうに、どこかとりのこされて強くいたましくのこってゐた。維新生残りの国学者矢野玄道が、

橿原の宮の昔に還るとはあらぬ夢にてありけるものを

と、世あらたまってしかも王政復古の精神は全く地におち、新文明のみ滔々と世上の表面にはびこるをうたっていきどほりをのべたのもやはりこのすこし以前である。まだ明治維新の平田学風のもつやうなはげしい純日本の熱意と変革の思想とが、つよく社会のどこかにただよってゐた。そして彼が征清従軍のわづか十八年前、神風連の首領大田黒伴雄は、

己れ知る人にしあればえみしらがしわざ学びもあだならめやは

と歌って壮挙にたふれた。一見頑迷固陋の代表者のごとく見える大田黒の精神はすでに文明開化

明治日本のもった二律背反の悲劇のうちに、すでに、いたましいインテリゲンチャの悲劇を描いてゐた。そして大田黒が剣によって守らうとした古代の精神を、天才子規は意識せずして筆によって守り、国風の和歌によって支へたのである。鐵幹はあまりにも東洋豪傑風の詩人であった。無心のごとき少年のしらべがあった。しかし子規には明治といふ時代の文明よりおはされたいたましいインテリゲンチャの悲劇が存したのである。子規の和歌と、鐵幹の

弱きを扶けて義のある所火を踏むは
市井の無頼長兵衛も知りたり
二十七八年の役
何が故に父祖の子孫を殺して
高麗半島の山は
空しく北夷の蹂躙に委したる

この一節をもってはじまる鐵幹のうたにはつひに詩人子規の苦悩はない。しかも鐵幹の近代への感覚が、次の

詩人の行動は天馬空を行く
不道徳や無頼や風俗壊乱や
悪語頻りに父祖の国に誤らる
ああ人間《ひと》の縄を以てわれに強ふるか
迫害の時代に抗するは愚なり
われ遂に居るべからず

の詩にあらはれてゐることは、子規のふかい苦悩と比して又面白い対象である。しかもいづれも偉大なますらをぶりの詩人であった。かかる日すでに清新な近代の新声が透谷に発して藤村の『若菜集』の古い王朝のしらべにもられて開花してゐたのである。

子規の背負った苦悩は明治文明のもった偉大ななげきが、詩人の一身に背負ったふかい悲劇となって表はされたのである。しかも彼は人麿と實朝との系譜を知って、此所に日本文藝の危機をささへたのであった。しかし文明批評家としての子規の苦悩ふかい矛盾のうちに、彼の近代と古代とに橋かけんとした変革期インテリの苦悩をみる。しかし詩人子規の真面目は彼の歌の実作で読めばよいのである。彼の歌論はまさしく偉大であるがしかも悲しい失敗であった。しかし俳論において子規は極めて易々として成功したのである。和歌に比して俳句は歴史あたらしく、しかも近代文学論に一見近きものを有してゐた、しかも子規を一介のリアリストと考へるまへに、蕪村への彼の傾倒と、その価値観への彼の斬新な批評を見るがよい。こゝにも近代の唯美主義は、すでに上田敏氏や鷗外の訳詩訳文の運動に応じて出現しつゝある。彼の俳諧の価値批判はまさしく近代の新声であった。子規にはすでに藤村の『若菜集』に比するとき、『若菜集』の清新なしらべに比して、あまりにもいたましい老成のしらべがある。之は病人子規について考へねばならぬゆゑんである。

昔見し須磨の松原思へども夢にも見えず須磨の松原

いたましい近代日本の精神の成長は、かくて子規の病中の歌のしらべに闘病苦悩のうちに成長しつゝあったのである。それは若い透谷の苦悩の新生とも異ったものあり、藤村の美はしい青春の詩情の謳歌の彼方に、すでに久しい伝統のうちに孤座して沈潜しはじめてゐた近代文明への悲劇であつた。彼もまた明治浪曼主義勃興期の大詩人といふべきか。

神話の精神

偉大な民族の存在ほど、偉大な理想と光栄の歴史を護持せんとする民族ほど、そこに深い慟哭の存するはいふまでもない。民族の慟哭のふかさは、ひいては民族の偉大と高貴との意義である。古く柿本人麿は、

天地《あめつち》の始めの時し、ひさかたの天《あま》の川原に、八百萬《やほよろづ》千萬神《ちよろづかみ》の、神集《かむつど》ひ集ひいまして、神謀《かむはか》り計りし時に、天照す日靈女《ひるめ》の尊《みこと》、天をば知《しろ》しめすと、葦原の瑞穂の国を、天地の寄り合ひの極み、知ろしめす神の尊《みこと》と、天雲の八重掻き分けて　神下《かむくだ》り坐《いま》せ奉りし、たかひかる日の御子《みこ》は、飛鳥《とぶとり》の浄見の原に、神ながら太敷《ふとし》きまして、皇祖《すめろぎ》の敷きます国と、天の原磐戸《いはと》を開き、神上り上り坐《いま》しぬ。

と歌ってをり、そこにすでに悠遠の神のまゝなる日本歴史への回想と慟哭とが発見せられる。

これは一人の人間の慟哭ではなく、偉大なる歴史の慟哭である。我が日本の民族に伝承し、つねに歴史の指標となるものは、かくのごとき神代ながらの神話の精神である。そこに古よりかはることなく、語りつぎ言ひつぎゆかむとする深い願ひと慟哭が存する。古よりの神の道を、悠遠にわたって護持せねばならぬ意義が存する。人麿はこの深遠な歴史の精神を、深い悲しみにたくしてうたひあげたのである。日本の歴史とか文学とかのまことの精神は、おもふに此所に存せねばならない。皇統が連綿として万世に一系してましますといふことは、歴史の精神においても、また神代のまゝの神聖な神意が、天地悠久をつらぬいて万世に流れてゐることである。これが歴史の精神となってあらはれ、これが文学の道となってあらはれるのである。民族の深部に存在する深い使命感がこのうちをつらぬくものを高貴にしてゐるのである。我々が歴史の精神を守り、歴史の悠久を支へて、さらに之を拡大してゆかねばならぬのは、この民族が万世一系に把持してゐる歴史の使命への献身のために他ならぬのである。此所につまり神話の初発《はじめ》の志が、変ることなく伝へられねばならぬ意義が存する。人麿のうたったのは、この深い歴史の精神であった。故にこれは大和民族全体にわたる深い民族の慟哭に他ならないのである。我々の文学が民族の血統から遊離し、風土や伝承を喪失したのは、極めて近い時にぞくする。民族の慟哭の深さをうたふ以外に、我が日本においては深い高い文藝は存しえないのである。そこに歴史の精神が存するのである。之は我が日本のごとき、万邦に比なき国史を有する国においてのみゆるされた光栄の使命であり、我が国詩精神の特筆すべき精神である。民族の慟哭は、この精神の護持相承のために存する。

西洋諸民族の嘆きを之に比するときは、この意義は極めて明白となる。神々が民族の祖先としてあった日の美はしい神話から流離して、民族の神話から切断遊離したもののなげきであり悲劇である。そして之に代ったものが、天上の神の楽園を追放されし日の嘆きをもった、神より追はれ、神より罪せられたものの嘆きである。我々の民族の慟哭は、かかる歴史の発想法とは、根本において異なることを峻別しなければならぬ。天つ神のみこともちとして、かの八重棚雲をおし分け、稜威《みいづ》の千分きに千分きて、高千穂のくしふる嶽に天降《あも》りましたのは、神の志を地に布《し》くための神話の相承拡大の精神であった。罪負はされし民族の永劫すくはれざる文明ではない。しかもかくのごとき文明は、シュペングラーによれば、すでに二十世紀において没落せねばならぬのである。口に自由平等を云々《うんぬん》し、博愛を云々し自由主義と民主主義との擁護を云々しつゝある国は、その仮面をはがれて歴史の真理のまへに没落せねばならない。之は彼らの文明観より言って必然のなりゆきである。そして、つひに民族の神話の恢復を言ひ、超人の出現を志したゲルマンの民族が、わづかに二十世紀西欧の闇黒を打たねばならぬこととなった。ヘルダーリンの民族神話への意慾やニーチェのキリスト教会制度への痛烈な批判と、民族生命の健康のための超人の出現の志とは、この先駆として存したのである。大和民族が、この時なすべきことは自づから明白である。我が民族の歴史観は、神より追はれ、神より罪せられた民族の歴史観ではないのである。我らの民族の歴史観は、神とともにあり、悠久の神々の加護のもとにあり、また天つ日の神の志を、地上に一貫して布き広める歴史の精神を有する民族である。このことはさきの人麿のうたをみても明白なところであらう。神々の志とともにあり、悠久の神話の精神を護持相承して、代々を承《う》けてさらにまつろはざるものに布くにある。これが我が皇国の歴史観の根本である。このことを否定しうるものが今日存するとせば、そは今回決行しつゝある天業恢弘の聖戦の真意義を理解せず、又之にたいして批判を加へるものといはねばならない。我々民族が決死の覚悟をもって決行しつゝある、この聖業のためにこの詩的大業のために、この根本のところははっきりと言っておかねばならない。この民族の光栄の使命を否認しうるものありとせば、内外を言はず、日本の国史の精神への反逆である。何故ならば我々の血に流れ、我々の血に脈うってゐるものは、単なる抽象的人間の血であってはならないし、又ありえない。しひてありうるといふ人は、すでに民族の発想を喪失した人である。我らの血に流れるものこそは、所謂人間の血でなく大和民族の血である。しかも世界無比の日本歴史観の血である。神話の神々の神聖とともにある浄らかな血であり、神話の日からそのまゝにして今に至った浄らかな父祖の血液である。我々はこの血の浄らかさを混濁する精神に対して、あへて民族精神の健康のための立法を言はねばならぬであらう。我々は決して単なる民族の肉体の血のみを言って安んずるものではない。その血のうちに流れる悠久の精神を言ふのである。悠久の日本の精神とは、終局のところ神話への信仰であり歴史への信仰であり、それへの捨身と献身であり、その護持相承のためのふかい慟哭のうたである。その大きな流れへの没入である。己を滅して壮大な民族の歴史の流れに没入することである。かの万葉の名もない防人が、召されて遠く遠旅に出で立つ日、「大君のみ言かしこみ」と歌ったのは、この偉大な日本歴史への没入の慟哭以外の何ものでもないのである。この歌をうたってはるかに西辺の防衛に向った人は、名もない草かげの人にすぎなかったが、その人が無名であればある丈に、この歌は切々として我らの心をうつ。この歌は決して有名の人によってうたはるるを要しない。何故ならば日本の詩歌は、民族の慟哭であって、一個人の天才のもののすさびではないからである。民族の慟哭である時においてのみ偉大にして深いのである。名もなき民の言葉であるだけに、より広くより深部であり、民族本然の慟哭となりうるのである。我が日本の歴史観は、日神のみ言の遂行といふ以外の何ものでもないのである。之はかつて神話の日に神々とともにあり、そののち悠久に神々とともにあって、その神の理想を実現するものであることを知るならば、自づから明白なところであらう。かかることを言ふときに、世上多くのインテリゲンチャは、或ひはこの言を理解しうる心がまへと教養とを欠くかも知れない。神秘を理解し、神秘とともに語りえぬものは、未だ真の詩人ではないことを、この人々はよく理解すべきである。我々の信仰は、唯ひたすらに日本の神のまゝなる歴史への献身と没入以外になにものもありえないのである。かの特別攻撃隊の行動は、そのまゝに神話の歴史観を実行し、皇国の歴史の流れのうちに献身して、その護持相承のために殉じたのである。之を神秘といふならば神国であるから神秘があるのである。それを理解しえないものは、すでに歴史のわからぬものである。今日の西洋補助学の二三でも、紙背に徹して学んだならば之は理解しうるであらう。外国の学問の真髄に、一つでよいからせまって入りえたら、自づから彼らの本質もわかり、己の本質も又わかるのである。そして我々の時代はむしろこのやうな方法で日本を知った時代であったことを、自分を考へても感ずるのである。今日西田哲学の組織の大きさに、無暗におどろいてゐるインテリには、真の科学さへわかってゐない輩が多い。こんなところから出発した多くの日本学等と称するもののつまらなさは、大体此所に存するのである。歴史をつらぬく神々の命をつかんでゐないからである。つまり真の科学さへわからない観念主義を真の科学と心得てゐるから、時代が変れば何々日本学などと理論を一応立てればいいと考へるのである。さらに今日流行の本地垂迹的日本主義に至ってはすでに取るに足りない。我々が神話の精神に徹せよといふのは、今日あまりに巷間に多い流行便乗の日本学をすてて、素直な心で純粋な日本本来の歴史観に帰れといふことにすぎないのである。

神々から見放されたり、罪負はされたり、追放されたりした人間の歴史観をいくら背負ってゐたところで、所詮真の神は見えないのである。真の歴史はわからないのである。大体、古より日本を害毒した歴史観は、かの易姓革命によって、天命すでに抽象化し、天命すでに断絶して、宣長翁の言葉を借りれば、天命すでに実在せずして天命を言ひ、道なくして道をとなへた国の歴史観であった。道なくして道をとなへ、天命すでに人間と無縁のものとなってゐながら、聖人と称しても、かかる国では、それは自己を大衆欺瞞の方便に用ふるための手段に過ぎないと宣長翁は言ってゐるが、一系した神の心を失った国においては、この言必ずしも極端のものではないであらう。この頽廃のうちにあって、老子は大道すたれて仁義ありと言ったのである。孟子が詭弁学派であったことは人すでに知るところの定説であるが、孔子のごとく純粋の人は、天下に容れられず、諸国を流浪せねばならなかった。何故ならば、すでに天命を失った国々に、真の天命を発見せんとするのは、大変に不可能のことである。儒教にもられた復古趣味は、そのふかいなげきを記してゐる。それはすでに失はれたものへのなげきである。宣長翁は、儒教道徳の人為的煩雑を笑ってゐるが、それは天命を失った民の人工の煩雑を言ったのである。近世我が国に国学勃興して、からごころを排さねばならなかったのはこのゆゑである。常にこの歴史観が我が国の歴史を乱し、大義名分を誤ったからである。武家時代の忠が多く大君のみ言かしこみでなく、主あってその主あることを知らざる忠におち入り、それに容認をあたへたのもこの歴史観であり、之が結果論から善政を言ふ唐心をみちびいたにすぎなかった。結果論から善政を言ふことが真の学者や歴史家の役目でない。かかることは、徳川幕府の御用学者の仕事にすぎぬ。真の大義名分を正すことが日本の学者の使命である。我々は今日の文藝文化の問題においても部分的な善事をもって、大義名分にもとるものをゆるすことは、文明批評の立場からゆるしがたいのである。例へば北條氏が三上皇を流したてまつったことは、根本の不忠であり大義を知らないものである。のち如何なる善政ありともゆるされぬのである。今日の思想の問題等もかかる点においてあやまりを犯しやすいものは多大にある。民族の神話の精神に照らして、これに反するものは大義名分といふ点においても、民族精神の健康のためにもゆるされぬのである。民族は今日、生死をかけて決死のたたかひをしてゐるからである。

例へば楠公が永遠の存在でありえたことは、国体の歴史の悠久に投じて其に殉じたからである。その時代の表面現象にとらはれずして、神国日本の根本信念に徹したからである。楠公は中世の封建的武士社会をはるかに越えて悠遠な精神に生きたから、今において我らの詩心に生きるのである。封建的な社会観をはるかに止揚してゐたのである。神話の精神に生きたからである。中世封建時代の暗黒な世界を、親房《ちかふさ》とか正成《まさしげ》とかの人々は、正さうとしてゐたのである。だからこそこの人々は国民精神の灯明となりえたのである。今日においても之は大変に困難な問題であるが、我々は結局歴史の精神を確把する以外に方法なく、神話への志に生きることが第一のことである。楠公は中世的な闇黒を止揚して、永遠絶対につらなってゐたから偉大なのである。永遠絶対の歴史の精神といふのは、神話の血統を体得して、原初の出発点に立ち帰るといふことである。原初始発の時を考へるといふことは、永遠なるものを思ふといふことである。永遠を把握しないでからごころを追うてゐる世の学徒には真の神はわからない。永遠を考へるといふことは、帰するところは、真の詩精神に立ちかへるといふことである。詩のうちに流れる神々の生命を知るといふことである。詩精神とは永遠につらなるものであるからである。日本の歴史は、永遠に神々と神話とにつらなる歴史の精神であるから、日本の詩精神は神話とともにあらねばならないのである。神話とは永遠を意味する。しかし神より追はれ、神より罪せられたと考へてゐる歴史観を根本としてゐる神話においては、神話は己とともに存在出来ないのであり、歴史は一貫しないのである。故に彼らの間の小数の天才は、民族が歴史を失った時の悲劇を知って彷徨した。二十世紀西欧の没落は此所に意義が存在する。そもそも遠い古にすでに神を失ってゐた民族は、すでにそこで所謂宿命に呪はれてゐたのである。故に彼らの歴史は切れ切れで一貫してゐないのである。遠い古において天命を失って、易姓革命になった国においても之は同一である。今日の彼等の民族的頽廃を現前に見るがよい。そして西洋においては、之を救ふものがギリシャ的ゲルマン的神話の断片である。西洋のルネッサンスはかかる意味において存したのである。ギリシャ的なものとキリスト的なものとの対立は、久しい西欧支配の根本の意義であるが、すでにギリシャの神話は断絶して科学のみが伝はったのである。ギリシャ神話は単に詩的憧憬のために存する丈で、民族の血ではないのである。ゲルマンの神話もこの点において同一である。しかしあたらしい血統の歴史観をうちたてるためには、神話の一貫性こそ、もっとも根本の問題である。我々の国の歴史観と神話観とは、此所において、全く本質的に意義を異にする。我々は神とともに悠久にあり、神話の精神の拡大のためにこそ国史の精神は護持せられねばならぬのである。即ち天日の理想を地に布くことは、遠く肇国の古に、天つ神の言よさしたまうた神勅の精神を、今において護持相承してゆくべきことにある。日本民族の世界観は一切此所より始められねばならない。故にこそ我ら今世界の闇黒を撃ってゐるのである。決死のたたかひを戦ってゐるのである。世界の文化の没落を救ふための、深い決意が必要である。我々のたたかひはつねにこのためのたたかひでなければならぬ。かかるところに歴史の使命観がなければならない。即ち歴史の悠久とか永遠とかいふことは、結局我々のごとき立場にある民族においてしか理解しがたいのである。歴史の中断されてゐる民族や国家における永遠や悠久は、結局その民族の血や歴史とともにありえないから、つひに国際主義になり、個人主義になり、虚無主義になり唯物史観におち入るのである。国家や民族とともにある悠久の血や歴史や使命を考へえないからである。即ち民族の神話がないからである。彼らの思想が終始一貫して国際主義を脱しえなかったのはこのためである。ゲルマン民族が、今日徹底した血と土とを言ってゐるのはこのためである。我が民族には、すでにこの精神は悠久の神代より存してゐたのである。さればこそ我々はかつて古代の神々のごとく、勇を鼓して今日の頽廃と闇黒から光をうばはねばならぬ。かつて古、天つ日の神天の岩戸にかくれ給うた時に、世界は常夜《とこよ》ゆくありさまとなり、ために木の根草の片葉《かきは》に至るまでものいうた。この時大和民族の祖先の神々は、天の河原に神集ひ集ひまして、神はかりにはかりまして、民族協力一団となって、闇黒を追放し光をとりかへした。之は決して遠い古の物語ではない。我々は再びゆかねばならぬ。そしてかの罪と闇黒とを地上にもたらしたる、神に追放されし邪悪なるものを撃たねばならぬ。彼らの文明観を撃たねばならない。私が個人主義について言ったのは、今日流行の全体主義についての対立として言ったのではない。我々と本質的に異る文明の発想を持つ民らの考へ方について言ったのである。個人主義であったから全体主義になったり、自由主義であったから民族主義になったりするのではない。我々の歴史観はその時々の変化必要に応じて、次々に変化するやうな考へ方ではなく、歴史に一貫する神の生命を見ることである。

我々は永遠悠久なる神話の血が、今日も血のうちに流れてゐるのを見ねばならぬ。つまりインテリゲンチャが、今日ともすれば見失はんとしつゝあった民族の神を、我が国土の風土と伝承のうちよりうばひかへさねばならない。それにはまづ己に光を点じてのち外部の闇をはらはねばならない。即ち我が民族の遠征と慟哭の精神は此所に存する。我々の闘ってゐる闘ひは、決して単なる武器と武器との闘ひではないのである。彼らの世界征覇の野望のための価値観を一変して、我が神話の歴史観を、闇黒を救ふ光としてもたらさねばならぬ。今日のたたかひは、つひに精神と精神とのたたかひであり、価値転換のためのたたかひである。さればこそ邪悪を撃って真の文明観を樹立せねばならないのである。故に我らは英米を討つのである。即ち歴史観変革のためのたゝかひである。芳賀檀氏は、之を新しい神を創造しつゝあるものは、今日大和民族とゲルマン民族である、と語ってゐるのである。我々はこの時日本の歴史的使命を考へて民族の詩を描かねばならない。歴史的使命感の自覚に捨身せねばならない。即ち今日においては、すでにひところ流行の既成哲学や、既成宗教の文明開化的論理は、又その神は、もう実在しない抽象なることを明らかにした。今日まことの歴史観とまことの信仰こそ、新しい詩と奇蹟との開眼となるであらう。我々の民族が眼前に表現しまた今後のあたらしい世界の精神のためにうちたてねばならぬ歴史的使命への殉教的高貴さは、すでに如何なる在来宗教家の殉教や法難などと称するものの壮烈といへども、はるかに及ばない壮烈を顕現するであらう。そして我らは、すでに現実のうちに、この予想もしなかった果敢な価値の変革を、はげしい捨身の殉教的奇蹟のうちになしとげつゝある。そして我々の血のうちに呼ぶ遠い祖先の叫びと、民族の神々の誓ひを聞かねばならない。

畝傍山　聖《ヒジリ》の宮の遠き代も、よきにもとるは、懲《キタ》めたまひき

ひむがしに　美《ヨ》き国ありて、海しらす　国土《クニ》しらす神　そこに立たせり

東の文化は　常に　戦ひによりて興りぬ。伐《ウ》ちてし止まむ

日の本の古き文化も　凡《オホヨソ》は　戦ひとりて、かく浄らなり

釋迢空先生の右の歌をよむと、自づから我らの歴史の精神が、つよい使命観を奏でるのである。我々は己自身でさへ思ひえなかった程の光栄の使命に捨身せねばならぬ時に立ち至ってゐる。これはかつてない詩的浪曼的歴史の時代である。我々はこのために己の力を計量したのではない。歴史の精神の命ずるところ、己の崇高の使命を奉行し決行したのである。思はざる程のみ民われ生けるしるしある時代である。

天地に力施すすべなきを　言出《コトデ》しことは、昔なりけむ

と迢空先生は歌ってをられる。まことにかくのごとき未曾有の時代なのである。我々ははげし

いたたかひのうちに、あたらしい生命の光を生み出してゆかねばならない。民族の神とともにある神業の創造に捨身せねばならない。

人われも　今し苦しむ。大御《オホミ》祖《オヤ》かく悩みつゝ　神は生《ア》れけれ

之は今も古もまた同じ歴史の使命達成のための苦闘である。この迢空先生の歌のごとく、我々は今日の闘ひのうちに、悠遠の祖神の血と志とのうちより、新しい神を生まねばならない。

我々の父祖たちは悠久の神話の精神の護持と拡大とのために、よく守りよく征きよく死したのである。大伴の家持はこの歴史の精神の護持相承の使命をうたひ、

大伴の遠つ神《み》祖《おや》の奥津城《おくつき》は著《しる》く標《し》め立て人の知るべく

と歌ってゐるのである。

我々は父祖の殉国の奥津城のまへに、再び名誉と光栄とを失ってはならない。日本に神代の古より語りつがれた神聖な詩の言葉を守りつぎ描かねばならない。我々は幾代もの父祖たちが、国の歴史の精神に殉じた慟哭の詩を聞きまた歌はねばならない。又それを今日の真実として記さねばならない。このために我々の神話はすでにこの悲痛を語ってゐるのである。遠い肇国の聖業

は、畝傍山に宮柱打ち立てるためには、すでに多くの悲歌を奏でたのである。また之は今後における民族の使命である。人麿は、「大君は神にしませば天雲の雷《いかづち》のうへにいほりせすかも」と、すでに悠久の民族の神話を詠じてゐる。山部赤人は、「天地の分れし時ゆ、神さびて高く尊き、駿河なる富士の高嶺を、天の原ふりさけ見れば、渡る日の影も隠ろひ、照る月の光も見えず、」と詠じて、天地のはじめの時より神さびて永遠に尊い我が国土の精神をほめ、そこに民族と国土の神いますことを言ったのである。

今日の精神の危機のために

芳賀檀氏の西方ドイツよりの帰朝談が、雑誌「文藝」にのった。芳賀氏は今日世界において新しい神を造りつゝある民族は、日本民族とゲルマン民族であると、その談のうちに語ってをられた。私はこの一章を読んで特に心うたれたのである。まさしく今日において、世界史に新しい神話を創造し、新しい神を造りつゝあるものは、我が大和民族とともにゲルマン民族である。又この考へ方によってのみ、真の世界史的転換といふことは可能なのである。今日の世界戦争が、単なる所有権の変革であり、単なる支配権の変転であるとするならば、それは我が肇国の心にかなふものではない。我が皇軍の動くところにおいては、常に世界の民らは、新しい神の創造を見なければならないのである。芳賀氏の見解は、この意味においても誠に深いものを蔵する言葉である。この悲痛にして深刻きはまる大変転の日が、果して有史以来一度でもあったらうか。そして我々の世代は、まさしくこの大変転のさなかに立ってゐるのである。我々自らがこの大変転を、捨身して敢て行使しなければならぬ時なのである。この時人々は、新しい神と神話とを見ないでは、果して何をなすことが出来るといふのであらうか。人類が神を失って彷徨することすでに久しい。特に西欧諸民族の悲劇は、神の喪失における近代の悲劇である。英雄的天才ニーチェの悲しみは、この悲劇を身をもってゐがいたのである。今日真に生命にあふれ、真に天地の理に協《かな》はんとする真実な若者たちが、決して既成宗教の神なるものに満足し、それに捨身の原動力を見出してゆける筈はないのである。神の喪失と神の恢復と、之は近代世界の問題である。そしてニーチェはこの悲しみを体現したのである。特に今世紀及び十九世紀において、西欧諸民族が志し描かんとして彷徨を続けたものは彼等の民族の神であった。彼等が久しく民族の神を失って来たことは、西洋史第一段階の問題である。そして既成宗教としてのキリスト教、即ちイスラエルの世界的の疑惑は、すでにこの時に萌してゐた。今日ゲルマンの民族は、すでにあたらしき民族の神を創りつゝあるのである。

今日のごときはげしい動乱のさなかにおいて、民族が決死の戦におもむく時に、すでに在る既成の抽象的神々はその力を失った。それは民族の血とともに伝はり、民族の命とともに護持された神でなく、抽象的な個人を対象とする神に過ぎなかったからである。民族の命とともにあり、民族の命とともに永遠の生命を持った神のみが、我らの決死の遠征の日において、偉大な守護神となりうるのである。日本のみがこの日のための民族の神を有し、日本民族のみがこの日のための民族の神話を、生きた命として今日にもちつゞけて来たのである。この時ドイツ民族は、遠く異教と称せられて死滅しきった古代の考古学的世界からすらも、はげしい努力をもって民族の神を復活させつゝあるといふではないか。まことにルネッサンスとは、偉大な暗黒と頽廃のうちより生れるものである。西欧近代の先駆をなした十五世紀のルネッサンスは、久しい中世の形式的教会主義の暗黒と頽廃のうちに、古代ギリシャの古い神々の生命の恢復から起ったのである。あのころの不安と頽廃の時にはげしい生命力をもってよみがへって来た古代ギリシャの神々の生命を考へたい。これは千年の土の埋蔵のそこからさへ発掘されたのである。日本における近世のルネッサンスは如何であったらうか。之も久しく中世的な暗黒の雲のうちにおほはれた世界のうちから、遠い古代の神々と神話との、無限の創造生命を発掘した時より、近代日本の世界史的進出の民族精神の基礎は成立したのである。あのころ出現した多くの民族精神のための戦士を考へてみるがいい。契沖、眞淵、宣長、篤胤、いづれとして民族の神話の恢復と、神々の再現のために身命を挺しなかった人があったであらうか。民族の神々とその生命のみが、民族を無限の中世的頽廃と危機とより救ひうるものであることを、この人たちのかぎりない苦闘は物語ってゐる。そしてこの頃ドイツの詩人ヘルダーリンは、民族の神を求めて彷徨しつゝ、つひに之を発見し得ずして狂死した。ニーチェは敢然としてアンチクリストの名を受けつゝ、ドイツ民族の精神の健康のために、既成教会と既成思想界に挑戦して、その悲劇的生涯を終ったのである。すでに近代の悲劇は此所に始った。ローゼンベルクは二十世紀の神話を書いて、ゲルマンの神々の恢復を叫んだが、我が大和民族は、すでに百五十年の昔において、多くの国学者等によって、古代の神々の恢復が敢行されてゐた。中世的な危機と頽廃、それは異国の虚無や無常の思想が、如何に久しきにわたって民族を毒しつゞけてゐたか、又中世的な本地垂迹の思想が、民族の神話の精神の自主性のために、如何に害悪極るものであるか、此所より近世の国学運動は、ひとつのシュトルム・ウント・ドランクの運動となったのである。民族の神話と神々の恢復のみが、近世日本の危機を救ったのである。近世日本の危機が、単なる現象としての西洋人渡来の黒船にあると思ってはならない。すでに近世の危機はその以前より存在してゐた。国学者等は、果敢に民族神話の精神に照らして、久しく民族の精神を暗黒と虚無と事大とに引き入れてゐた中世的本地垂迹思想の打倒に志したのである。まことに儒学の輩はびこって、中世皇室は式微したもうたのである。承久の変は王法百代の末世思想によって兆し、吉野朝の大乱は国体信仰の失墜によって起ったに外ならぬ。しかもこの長い中世の暗黒時代を、わづかに孤塁によって王法を護持した民族の戦士のみが、今日我々に無限の勇気をあたへるのである。正成は王法護持のためには、桜井の子別れの悲歌の精神を、民族の心に無限の教としてのこしつゝはるかにさびしいうしろ姿を、湊川に向はせねばならなかった。明治の国文学者落合直文の悲しい調べの小学唱歌は、民族のカオスにあるもののなげきを最もよく語ってゐる。実に民族精神の危機の日に、敢然戦ひにおもむく無数の戦士が、桜井の子別れの悲歌を無限にのこしたのである。そして楠公の物語は、その一つの象徴としての民族の生命の悲願である。実に南風競はざる日は、単に中世の吉野朝時代のみではない。この南風競はざる日の正義の戦士の悲歌は、今日も私らの心を限りなく深い嘆きにさそふのである。そしてこの中世の暗黒時代を、長い危機の間に、民族精神の真の正義のために、わづかに燃えつゞけてゐた灯火こそは、式微をきはめられながらも、なほ宮廷の祭壇に、絶ゆることなく燃えつゞけて来たひとすぢの火であったのである。この灯こそ、わづかに国民の心に、ひとすぢのやがて来るべき次代への光明となったのである。上杉謙信も、武田信玄も、織田信長も、いづれも遠くこの灯をのぞんで、勤王上洛を志した戦国の武将であった。

この宮廷の世々を連綿として、中世の暗い嵐のなかにも、消ゆることなく燃えつゞけた灯と、わづかに孤塁によって、我が肇国の神の日よりの教を護持した民族の戦士の悲願とが、近世に入って草莽市民の心に伝はった時に、芭蕉は、長い放浪の旅をへて、古王朝の美観を最後に記した隠遁者となったのである。近松でも西鶴でも、強い伝統への回想を、はげしい近世的意慾に盛らなかったやうな人は、果して一人として存したのであらうか。この時長い南風競はざる日の悲願をうけて、近世のルネッサンスに開花した人々こそ、一団の国学者の群にほかならなかったのである。国学者によって、初めて我が国の生命の恢復とその無限の護持とが、民族の精神の護持とが、民族の神話の恢復であり、民族の神々の生命の悠久な振張であり、ルネッサンスとは、結局民族の神話の復活であるといふことを、この人々は初めて日本の歴史の精神として示してくれたのである。国学者たちは皇国の皇神の道の比類なき精神を知って国体の把握を言ふに至り、その尊皇の思想は此所より発した。故にその尊皇の大義の精神には、根本的に攘夷の精神が共存するのである。何故ならば、我が国体の万国無比なる皇神の道をけがし、之を異国的頽廃によって濁す外来思想を、厳格に峻別すべき精神の医家であったからである。これに比して一部儒教の間におこった尊皇論は、大義名分論、特に名分の論に発して論理的な発展をとげた。水戸学は之を代表し、その結果として討幕と攘夷を言った。故にこの立場にあっては、攘夷は本来のものではないのである。そして我々は近代精神の真の確立は、日本にあっては、古代精神の恢復をおいては遂に不可能であった。つまり新しい民族の神の創造であった。日本の危機は、必ずしも幕末黒船の渡来によって始ったのではない。民族精神の危機は、すでに早く久しい中世的頽廃のうちにあった。深く長い暗黒のうちにあった。日本の自覚と近代の樹立とのために、すでに早くこの暗黒に光明をもたらすことは、我が国学の先覚等のつとめであったのである。久しく地下に眠り、長い中つ世の暗黒のうちに長夜の眠りに落ちてゐた古代の精神が、近世への光明となったのは近世文化の根本の意味であった。この日本の自覚の確立ののちにおいて、初めてかの黒船の撃攘は可能であった。民族本然の自覚の確立なくしては、つひに日本文化の自立なく、又かの幕末黒船の撃退も不可能であったらう。尊皇攘夷は、決して幕末西欧の帝国主義者の渡来によって起ったのではない。其の久しい以前より、精神の自覚のための、外来文化の害悪への攘夷が存在してゐたのである。この思想が、近代西欧諸国の東洋侵略に当って、勃然として日本の自覚と神州不滅の思想となって勃興したのである。この思想なくしては、真の明治の精神も又理解しがたいのである。日清日露の両役も理解しがたいのである。民族の真の自覚のうへに民族創造の神を見なかったならば、我が国史の精神は真に理解しがたいのである。今日国史の精神を言ふものはまことに多い。日本の自覚を言ふものはまことに多い。もとより言はざるより言ふがまさるは勿論である。しかし西欧的全体主義、西欧的民族主義より一歩も出でず、又西欧的愛国主義より多く別るゝところないのはあはれである。我が国の真の民族的自覚は、神話の神の自覚にまでゆかなければ本物ではないのである。文明開化的愛国心にすぎないのである。本地垂迹的愛国心にすぎないのである。本地垂迹的文化観の如何に多いことか、今日かゝる思想を一掃せずんば、真の近代の思想も、真の日本文化の樹立も、又真の外国文化の理解さへも不可能である。己をもっともよく知ること、己をもっともよく自覚することなくして、外国文化の摂取など、果して健全に行へるであらうか。今日のインテリの多くはこの点において、やはり西田幾太郎的世界観を一歩も出てゐないのである。未だに大正の精神である。本地垂迹説の世上滔々とはびこること、又今日のごとき日は多くない。これは文化万般にわたってのことである。ひとり既成宗教界に止まるところではない。かゝるものの一掃なくして将来世界を指導すべき日本文化の確立など不可能である。本地垂迹的日本主義さへ存してゐるのは、まことに憫笑にたへない問題であるが、又今後の日本文化のために黙視し得ない問題である。民族と国家への愛好心は、必ずしも日本民族のみの専売特許にあらざることは申すまでもない。只我が民族の無比の精神が、万邦に冠絶してゐることは、我が民族の神々の存在と、我が神話の精神の存在と、それへの献身とによる。今日かくのごとき日本民族精神の本質の優秀性にたいして、いさゝかたりとも、その力を骨抜きせんとする隠謀は、宗教と言ひ、思想と言ひ一切存在をゆるされぬのである。意識すると意識せざるとによらず、かゝるものの横行は、民族の精神の健康のためにゆるすべからざる存在である。

日本に神話が無窮の成長と創造との理を示してゐることは今さら申すまでもないが、今日世界変革のたゝかひのさなかに、あたらしい神話の創造と民族の神の自覚なくしては、この大業は不可能である。我が日本の戦ひが、つねに聖戦であることの理由は、この民族の神話の精神にあり、世界の動乱のさなかにおいて、あたらしい献身の熱情としての神を創造する使命を有するからである。今日のこの不安と動乱のさなかにおいて、果して我が大和民族の若者たちが、既成の安易な宗教心理や、抽象の神の理念によって、己を捨身し献身しうるであらうか。民族の血と歴史に流れ伝はる神の恢復においてのみ、この未曾有の日への捨身と献身のために、笑って死地に赴きうるものであることは、今日海に陸に遠く御国を出でて戦ひつゝある戦士たちの、笑って君国に報ゆる姿を見ればよい。しかももし銃後において、この前線の将兵の、世界再建の聖業に献身する姿に相矛盾するごとき思想や宗教が、我が大和民族の神代より云ひつぎ語りついだ血のうちに侵入しつゝありとせば、之は民族の精神の健康のために断乎一掃せねばならぬのである。今日最も必要なことは、民族の捨身と献身とのための、真の民族神話の復活である。近代の克服のための、文明開化的イデオロギーの打倒のための、純日本的古代精神の恢復が必要である。ルネッサンスとか維新とかと云ふことは、かゝることを意味してゐるにすぎないのである。我々は維新の精神の本質を理解しなければならないのである。在来の自然主義的文藝文化観、左翼的文藝文化観にたいして、浪曼主義の果さねばならぬ意味は、かゝる立場におけるルネッサンスであり、維新であり、又近代の克服である。そこにシュトルム・ウント・ドランクの意義が存したのである。真の民族信仰の必要なることは又この意味において言ひ得る。今日神の必要について、信仰の必至について説かれる声は、必ずしも少くないのである。しかも真の民族の精神の健康のための神の恢復や献身の意義や、その世界の再建のために神話の意義を言ふものはまことにすくないのである。しかるに我が大和民族が、今日ほど献身と殉教的精神を発揮した日はまたすくないのである。それは又遠く神代より、我が遠つみ祖の血のうちに、言ひつぎ語りついで来た精神の発揚である。かの特別攻撃隊の想像を絶した行為を見るならば、それはすでに在来既成の一切の価値を転倒しつくしたのである。如何なる殉教的行為も、神のまにまに我が大君の大みため、遠く海底に散った若桜の心底に比するならば取るに足りない。十字架上のキリストなどまことに之に比すれば力弱い存在にすぎないのである。我が民族のはげしい殉教的精神は、すでにかくの如く、一切の既成価値観を転倒したのである。新しい神話の精神は、かくして今日止まることなく創造発展しつゞけてゐるのである。神話の精神といふものが、単に古事記や日本紀の記載のみに止まるものと考へるのは、すでに根本において誤りである。神話は永遠に止まることなく発展しつゞけるのである。記紀ののちには万葉集が存し、万葉集は無数の民族の生命と民族の神への慟哭と献身の情を歌はざる歌は一首も存せぬのである。そののち歴代の勅撰集や多くの文藝を見るならば、之は単なる文藝ではない。皆信仰と文藝との結合である。民族の信仰の唯美的な表現である。民族の神が文藝に宿ったのである。今日献身と殉国の信仰なくして、民族の神は再生しない。民族の神の再生しないところに日本の自覚はないのである。精神の血統を喪失して、単なる輸入品の全体主義や民族主義を唱へ、また西欧的愛国主義を唱へても、なほ一歩深く民族の底に流るゝ命にふれることなければ、今日未曾有の日においては大した用をなさぬのである。

　大伴の遠つ神祖《みおや》の奥津城《おくつき》は著《しる》く標《し》め立て人の知るべく

大伴家持の歌った我が大君への献身の思想は、かくのごとき悠久の父祖よりの血に根ざしてゐたことを知らねばならぬ。海ゆかば水漬く屍、山ゆかば草むす屍、のあの民族の慟哭の悲歌は、家持の血に流れ、大伴の氏族の血に流れて、神代の古より、悠久の悲願となり来った。大君の辺に進軍しつづけた大和民族の血にある父祖の神々のみ魂の自覚による以外の何ものでもない。単に今日の西欧的教養による生活協同体への奉仕といったごとき思想のみによって考へうる愛国心ではないのである。民族と血に根ざして、悠久の歴史精神となったものの国家非常の日における自覚でなければならない。「大伴の遠つ神祖の奥津城は」と大伴氏の祖先を回想する時に、そこには遠く神代の古より、天孫この国土に降臨し給ひてより、大君の辺に朝の守り夕の守りと仕へまつった大和民族の悲しき命の集約への、はげしい回想とそこより生ずる決意がある。我々の歴史の精神とは、かくの如き、「著く標め立て人の知るべく」といふごときものでなければならぬ。我々の父祖はこの国土のうちに無数に国土守護のみ魂となって、かのふるさとの土のうちに眠るのである。奥津城のうちに眠るのである。我々はこの父祖の命をかけて守り通して来た民族の精神を、今後も民族の精神の健康のために守らねばならぬ。父祖の身命をかけて守りついで来た日本の精神を、著く標め立て守りつがねばならないのである。父祖の信じ願ひ、命をかけて伸張し来った日本の生命は、我々が父祖の光栄の歴史として、大伴の遠つ神祖の奥津城のみではなく、我が民族の全ての父祖の光栄の奥津城の前に、著く標め立て語りつぐ時においてのみ日本の精神は安泰であらう。今日敵国の物資の多大を言ひ、生産力の拡充を言ふ声すくなくとしない。しかも、我が民族精神の健康について言ふ声意外にすくないのは何故であらうか。我々は我々の父祖の文藝詩歌が、又民間の口誦伝承や民謡に至るまで、如何になつかしい祖先の神々の精神と、民族の慟哭の悲歌に充ち充ちてゐるかを知らねばならない。民族の高い理想と願ひとが、偉大にして崇高であればある丈に、その民族の存在と前進には幾多の試練が必要である。ことに我が民族のごとき世界無比の肇国の理想を有し、未来世界創造の使命を有する民族においては申すまでもないことである。我々の民族がこの偉大なる聖業の行使のために、この歴史の精神の護持のために、いかに今後かつて万葉の日に我らの父祖が歌ったごとく、我が大和の国の精神を「著く標め立て人の知るべく」護らねばならぬことであらうか。万葉の人麿や家持の歌は、いづれも我が民族精神昂揚の日の慟哭の悲歌である。民族の慟哭である。遠つ神祖より流れ伝はる偉大な使命の確信と自覚なくしては、かゝる激しい民族の慟哭は存しないのである。今日のごとき未聞の日に処して、我々の護らねばならぬものは、わがふるさとの山ふところに眠る、かのなつかしい遠つ神祖の奥津城である。そして今日において示さねばならぬことは、かの家持の歌のごとく、「著く標め立て人の知るべく」の心である。我々は遠つ神祖の奥津城に父祖の魂と志とを守らねばならぬ。そしてそこより新しい歴史創造の神の生命を恢復せねばならぬ。世界の変革を行為するものが、我が大和の神のまゝなる文明の精神であることを自覚すべきである。日本の国への献身はひとつの絶対の信仰であるからである。

近世美の樹立

――評論的に――

近世における文藝精神の壮観は、堺、桃山の雄大にはじまって、元禄の天才西鶴と近松と芭蕉に終る精神である。この時代のはじめに溌剌《はつらつ》として下剋上と天下一とに象徴される近世の新興精神は、すべて秀吉と言ふ英雄の時代的性格に凝固される近世精神の規模の壮大さであり、中世的な旧秩序の破壊のうちから出現した近世の精神が、英雄主義的な浪曼の抒情をかなでて、意慾奔放の情熱の混沌のうちから、三寶院《さんぼういん》や智積院《ちしゃくいん》を生む文化の構想となった。

この日堺の檀那衆たちは、その唯美の生活を世界文化の構想にゑがき、彼らの豪華な茶室のしづかな交情の背景には、遠い呂宋《るそん》、安南、大明《だいみん》の文化のにほひがあり、はるかな泰西諸国の文化さへ詩情して、この国の藝術は未曾有の開花の日にゆき合うてゐた。この日すでに近世をこえてはるかに近代の精神すらも、堺の市民文化の盛大のうちにきざしてゐたのである。あらゆるものが混沌とし、形式をなさないもの、そのはげしい熱情が中世的倫理観をやぶって新しいものを求めつゝあった日、こゝに堺の世界文化と、不世出の英雄秀吉の偉大さにゆき合うて、近世精神の形なす日の壮厳があった。

長い戦国の世の不安は、しかし平家が語る落日哀調の不安ではなかった。弥陀来迎《らいがう》の欣求《ごんぐ》来世のこころではなく、戦国百年の相闘は、この国の庶民の心に不逞な生の力を目ざましめ、積極的な生活意識をふるひおこした。近世精神の発生はこのときにあらはれ、なべての文化の旧秩序と既成の概念は、この不屈の人間精神の相闘の意識のもとに漸次改変せられて行った。

英雄秀吉は下剋上と天下一とを身をもって象徴し、無名の草莽より身をおこして、あたらしい人間精神をひらいてゐた。彼はこの新興庶民の文化のうへに、僭主的雄大の美を未曾有の形式にゑがき、桃山の城をうづめつくした金碧の襖絵は、この時代の豪壮を誇り、利休と永徳と宗達は、この島国に稀有《けう》の僭主の気宇を、堺と桃山の間を交通しつゝゑがいてゐた。堺の自由市民の文化は、このときはるかに世界文化の流れにかよひ、早期海外資本の流通は、すでに近世をこえて近代の精神さへ有してゐた。

近世精神の開花はまづ造形の美術に現はれ、ついで文藝の世界に近世の開花がもたらされた。元禄の時代は文藝開花の頂点であった。中世隠者文藝の光彩は、この日最後の完成を此所に見出し、久しい山野の流離漂泊ののち、近世市民のはかない巷間に、その定着と開花の場所を見出してゐた。我が元禄の日は、中世精神の完成と究極と、同時に近世精神の樹立を言ふ日であった。

王朝の花やかな怨情の相聞ののち、日本の文藝は、心ない身にもあはれを知る、長い漂泊と流離の日があった。この久しい隠者の漂泊による日本の美の伝承が、近世市民の生活に定着した日、その日に代々の宮廷の詩心を本家とし、王朝の相聞の系譜をよりどころとして、彼らの詩心をはてしない山河の空閑に放散してゐた隠者たちは、やがてはなやかな近世の心にふれ、市民生活のうちに定着して行った。

この長い隠者らの心なき身の生活がかもす王朝の美への追想は、その定着の日、山野の間の宴楽の気易い遊戯のこころをすて、近世唯美の生活に近づいて行った。それは主として新興僣主の茶席においてであり、彼らの鬱情の放散の場所であり、社会の教場であった遊里の巷においてであった。

王朝の予前に失恋の悲劇を人工して悲しむ詩情ののち、新古今集の饗宴の結集を頂上として、久しい流離の旅にのぼらねばならなかった日本のうたは、古王朝の宮廷の女房たちの、悲劇を人工して悲しむ美の発想を、はてしない山野の放浪のうちに、心なき身としてうたはねばならなかった。ここに中世詩歌の悲しい宿命があった。この日よりやがていたましい無心の流れが、日本のうたごころの発想の本質となって行った。

日本の美の裁可者は、王朝の後宮の女房の手をはなれて、やがてはてしない山野の空閑に放浪し隠遁する隠者の心なきうれひにたくさねばならなかった。それは宮廷より地下《ぢげ》への、日本の上代からの詩心の、宮廷においてゆききはまった日の下降の姿であった。後鳥羽院はこの日いたましい遠島の悲劇を体験してをられるが、その至尊の御気宇によって叓がかれた新古今集は、すでに無心の隠者たちへの暗示となってゐた。西行のうたを受け入れた御共感はすでに中世の久しい隠遁と流離への暗示であった。西行はこの漂泊の文藝の先駆として、最も早く出た日本の漂泊詩人であった。彼はこの時代の隠遁的気風を、さらに山野への放浪によって、新しい抒情の素直な表現を見出してゐた。心なき身にもあはれ知るとうたった無心衆の文学は、長い中世を貫流して、やがて近世精神の開花にゆきあたるものであった。

百年の戦国の争乱が、不逞の庶民の気宇を養成し、前代の長い伝統の倫理がくづれゆく日、近世美の樹立の日はこのときにあった。文藝の世界において之は我が元禄の時代であった。日本の長い文藝史は、このときをひとつの峠として前後にわかれる。そしてこの峠の頂上に、稀有《けう》の三人の天才が光り立ってゐる。中世隠者文藝は、この日最後の完成を此所に見出し、久しい山野の流離漂泊のうちに、近世市民のはかない巷間に、その定着の場所を見出して行った。この日こそはまことに近世文藝最高の開花であった。我が元禄の日は、日本文藝の歴史において、中世精神の完成と究極と、同時に近世精神の樹立を言ふ日であった。

このときは、この国にはじめて地下《ぢげ》の世界観がうち立てられた日であり、この日長い間中世隠者の手に裁可された日本の美観は、近世新興市民の生活に定住の日を見出し、久しい漂泊ののちにあたらしい開花を発見してゐた。隠者の文藝は此所に庶民の文藝にとってかへられ、はてしない山野の放浪の自虐と修道と鍛練は、やがてははかなくも明るい市民の人情のうちに没入し、しづかに巷間に花開いた。

日本の文藝はつねに宮廷を中心として、地下にむかってながれてゐた。地下文士としての隠者は、又階級をこえた気易さのうちに、つねに都の文壇とはてしない自然とを交通し、貴族の悲劇を人工する詩情と、名もない山間の庶民の詠嘆とをゆき交うてゐた。そして絶えず無心のうたを、あかるいさびしさのうちに山野に放散してゐた。この自嘲のまじった悲しい韜晦《たうかい》のうたは、超然としながらも我々にしたしみ深い人情であった。これがそのままにうけつがれて近世の精神に開花し、蕉風の風雅となり、西鶴の小説となった。宮廷の美観が隠者を流れて近世庶民のうたとなる日、近世美の開花がもたらされた。

利休や宗達の天才を用ひて未曽有の日本の美を開拓した秀吉は、農民の子にして生来の英雄であった。庶民的な不逞の新生命が近世の美のはじめにあった。市民の英雄的表現すらそこにみられた。武門の門閥に血脈をもたぬ彼は武家専権の方法をとらず、宮廷の廷臣の形を表現して、代代の日本の宮廷の唯美的なおほらかさを、近世ルネッサンスの時においてうけてゐた。この英雄の規模のもとに、近世の美は浪曼的に開花し、文藝の精神に豪放にして毅然たる決意が生れて行った。

遠い異郷の怪奇な伝承や無常迅速の浄土の諦念への耽溺《たんでき》を、むなしい幻想にくらくゐがいてゐた中世文藝の他界の観念は、近世の不屈な人間復活の日において、すでに童蒙の炉辺の物語となって、唯なつかしく語りつたへられてゐた。中世的な美の観念は、近世精神の庶民生活の現実に即して樹立された日に、すでに遠くなつかしいむかしがたりの語りものとなって残ってゐた。

不屈な近世の精神は、英雄秀吉の僭主的文明の規模に壮大に構想せられ、堺の文化はこの日以来絶後の自由市民の気宇を、呂宋《るそん》南蛮の彼方にゑがいてゐた。ひとりの英雄の誇りが海を渡って遠く大陸を圧倒し、槍ひとすぢで土民も一城の主となったときである。個々の人間性は有史以来はじめての開放にむかひ、長い中世倫理の因襲のきづなは絶たれてゐた。桃山、堺の美術の天才たちは、この日未聞の僭主のもとに、白鳳天平の世界国家の日以来、初めて自己の天才を存分に発揮してゐた。

英雄と天才とが肩を接して出で、未だ混沌として人間精神の形なさざる情熱が、原初の日の如くに文藝精神の浪曼的な発現をとってゐた。堺、桃山に造形的に完成せられた近世の精神は、元禄に至って文藝に開花した。隠者のうたはこの日より、文学史上にひとつの峠を区切って、庶民のこころにうけつがれた。

古王朝の美的生活をつらぬく宮廷の詩心が、相聞の怨情に完成された日、日本の才女たちのうたごころは、悲劇的な人工の自虐の精神によって、早くも神人交感のうたを、美的に詩情することをおぼえ、歌の悲劇的な小説的発想をおぼえて行った。この王朝の相聞の小説精神は、日本人の早く知った文学意識であり、それはすでに遠く天平の家持を中心とした文壇に生れた詩情であった。

この詩情をものがたりとしてゐがくことを知った王朝の才女たちは、和泉式部あたりを頂点として、漸次にその恋情の詩を予前の失恋にゐがく切なさを知って来た。この怨情が新古今の才女によってきはめられた日には、すでに心なき隠者のうたが、この後宮の色ごのみのこころを、ここころとして自覚することによって、おのれたちのさびしくもあかるい笑ひを、心なく山野のうちに放散してゐた。――うづらなくなり深草の里――のうたは、やがて「しぎたつ沢の秋の夕暮」に、「心なき身にもあはれを知る」といふ、隠者のうたの完成に至ってゐた。このときより日本のうたごころは、その王朝の絢爛たる後宮の怨情が形成した有心《うしん》の美を、心なき漂泊放浪の半僧半俗の詩人にたくして、はてしない山野の空閑にはなってゐた。

王朝の有心のうたは、この日より無心の連歌へとくづれてゆく。長い相聞の栄華ののちに、しづかな山野の間の宴席に、気易くうたひかはされる連歌の詩心が、無心衆の隠者たちによって育てられた。彼らはたえず心ない笑ひのうちに、わびしさを発散させ、王朝の女房たちにかはって、日本の美の裁可者となり、又童幼婦女の教化者となった。近世精神の出現は、文藝においては、この隠者たちの無心の笑ひが、市井唯美の生活に流れ入る日をもって始まる。

無心衆の連歌は、王朝のうたが隠者にゆだねられた日より、日本の一般流通の文藝となり始めてゐた。有心の連歌といへども、その創作態度においては、つひに気易い座興の域を脱せなかった。秘蔵の言葉は和歌においてのみ示すものであった。日本の文藝においては、まことに和歌のみちのみが真の文学であった。連歌が放浪の半僧半俗の詩人によってうまれたとき、それはすでに、彼らの気易い生活がもつ如き、たはぶれのありのすさびにすぎなかった。無心の衆によってもちはこばれた連歌は、遂に日本の文藝において、一介の戯作《げさく》にすぎなかった。此は又近世文藝の精神が、やがて表現せねばならなかったかなしい宿命でもあった。この連歌は和歌ののちのひとつの座興のこころであった。このはかない連歌のながれが、やがて近世文藝の源流となった。西行はすでに有心と無心の分裂のかなしみを、あのはてしない山野への流離漂泊によってゐがいて行った。彼のうちたてたこの隠遁の悲劇美は、又近世文藝のひとつの源流であった。西行がこの悲劇精神を、わびしい放浪にうち立てた日、それははなやかな王朝の文藝が、やがて分裂すべきときのなやみであった。彼はそのくるしみを、あたらしい地下階級出身の詩人として、清新の気のうちに山野自然にゐがいた。長明、兼好、正徹、宗祇をとほり、詩情は有心と無心のあはひを漂泊してゐた。この中世の悲劇精神は、王朝の花の宴の怨情ののち、僧形《そうぎやう》の漂泊詩人西行をもって始まり、近世の半僧半俗の元禄の天才芭蕉をもって終ってゐる。

芭蕉は此の分裂のかなしみを、近世ルネッサンスの市民的光彩のさなかにあって、最後に運命的に体験し、有心と無心の結合を完成して、俗の心のうちに、日本の和歌のみちがつらぬく詩心を、高貴に持することを教へてゐる。それは彼の生活をもって、身をもって示した詩の表現であった。

芭蕉は近世における隠者文藝最後の日に出でて、隠者の詩心を最高の藝術境にひきあげ、雄大悲痛の叫びにまで規模した。あたかも神典喪失期の最後の日に、柿本人麿が出でて、古代日本の悠遠の神典的発想を、至高の文学的表現にもち来し、堂々のクラシックを表現したごとく、芭蕉は無比のクラシックを俳諧のうへにゑがいてゐた。しかしこの元禄における隠者文藝最後の日の、未曾有の絢爛たる開花は、至高至大の規模に芭蕉によって表現されるのであるが、そののちにくるものはすでに顚落《てんらく》の深淵であった。ここに近世精神開花の宿命があった。

芭蕉は無心と有心の流れを綜合し、無比のクラシックを日本の文藝のみちにひらいた。このために彼はその文藝への雄大な意図を、彼ら隠者の遠い伝統の宗とする西行に回帰した。このことははかないはぐらかしやなげやりの、戯笑的の隠者の久しい伝統を、とほい王朝の最後の日の、うたごころの自信の雄大と厳粛にかへすことであった。彼の文藝の意図は、近世文壇のルネッサンスの日における英雄的な天才の雄図をもってをり、それは王朝の詩情の最後の完成を、新古今にゑがかれた後鳥羽院をはじめまつり、当時の天才たち以来のものであった。彼は遠く連歌をこえて王朝の和歌につらなり、藝術史上主義運動の随一であった。

芭蕉は正風を樹立して、このはかない無心の文藝に、高い詩情をあたへることを志した。平易凡俗なこの文藝の形態は、雄大にして風雅のまことにとめるものにもたらされた。彼は近世美の樹立の日において、中世精神の最後の仕上げと、近世精神の最大の発想をともになしとげた人であった。平俗のうちに風雅の心を生かし、俗談のうちに高い文藝精神を生かして行った。はかない市井人事の風物人情をとらへて、全く新しい文学素材を伝統の詩情にうつすことであった。

この貞門にしておよばず、談林はますます俗に没入した文藝の発想を、彼に至って藝術的に大成した。連歌よりの俳諧の独立は又ひとつの近世精神の展開であるが、このとき連歌は中世的な事大主義の積弊におちてゐた。それは王朝の美への依頼によって、自己の藝術の権威を保つ方法であり、これはなべての中世の精神をつらぬく思想である。

もとより我らは長い中世文化の生んだ、伝統の精神による行と鍛練の方法を、日本文化史上にたっといこととおもひなつかしむのであるが、この伝統の精神が、英雄と天才との、彼岸的世界よりの覚醒にくづれつゝあった近世には、又この現象をとりあげないではゐられない。之が貞門と談林のひとつの現れであった。貞門は俳諧の連歌的構想を考へ、王朝の美に規範をとる事によって向上をはかり、談林はますます庶民の日常茶飯に没入して、新しい文学素材をひらいた。それは庶民の発想の自覚の展開であった。やがて来山《らいざん》や鬼貫《おにつら》が藝術史上の作風をおこし、市井にまことの心と唯美の精神を浪曼的に花開かせたころ、芭蕉はこの新形態の文藝を、再び古の道統の師承のみちにこころみてはてしない奥の細道に、西行らのみちを再びあゆむことによって、日本の新型の詩心を壮大な規模にゑがいた。

彼は中世文藝の最高の完成者であるとともに、近世文藝の最高のクラシックであった。彼の壮厳のくづれゆく日、蕪村の唯美主義が開花するのであるが、その古典的壮大においてつひに芭蕉に比すべくもないものであった。蕪村は近世美の顚落時代、そのデカダンを浪曼的な唯美主義にゑがいた。この同じ日秋成はすでに早い近代のいきどほりを、時代を超えた天才によって近世美頽廃の日にゑがいてゐた。

およそ近松にしても、芭蕉にしても、又西鶴にしても、この近世美の頂点における最高の存在は、つひにその先後において比類なく、彼らはいづれも長い中世隠者の詩心の発想を完成した日、そこにはすでに近世の、早くも堺自由市民の世界文化的庶民の英雄的気宇を喪失した町人文藝の、いびつな卑屈な鎖国的表現が運命づけられてゐた。之はまことに、堺、桃山の英雄的気宇の藝術における喪失の日、近世美のたどらねばならぬ宿命であった。

庶民の不逞の気宇を英雄の高邁に表現した秀吉の壮大は、この元禄の天才たちにおいては、すでに不安のなげきにおいてゑがかれてゐる。近世美のゆききはまった日、その終末にこの天才たちはのぞんでゐた。堺、桃山に開花した近世の美が、その極点においてこの三人の天才に完成した日、彼らは中世隠者文藝の伝統のうへに、最後の不朽の美の完成をしるした。

この意味においても彼らは、日本文藝史上稀有の古典である。近世における文藝史上の古典的存在は、やはりこの三人をもって最高となし、近世美の極点はこの三人にあつまった。この三人を転機とした近世の美観は、この日よりその豪放な表現の方法を失った。のちに八文字屋本や江戸の洒落本《しゃれ》、読本《よみほん》の時代があった。そして近世美の喪失ののち、美の表現を倫理で言ひ、日本の美の精神を志でのべる古学──国学がおこった。

近世の俳諧が近世精神を求めてゆきづまった日、その元禄の開花の日に、西鶴は談林俳諧の俗談平語のこだはらない心を、もっとも豪放な近世初期市民の精神によってゑがき、やがてそれをくづしてものがたりとした。俳諧より展開した彼の小説は、やはりどこか古い日本の隠者たちの、妙にすねてはぐらかす韜晦《たうくわい》趣味があった。そして先駆の仮名草子の気をぬけきらない教化趣味があった。

俳諧の俗談平語的な談林のゑがく市民の気宇を、そのままものがたりにゑがいた彼の浮世草子は、つねに久しいお伽草子以来、ぼそぼそとこの山島に童蒙教化風に語りつがれた古い物語を、つひに近世の精神によって小説的構想にひきあげた。彼の作品に前代仮名草子のおもかげがかそかにただよひつゝも、つひに近世美の樹立者として、近世の精神をゑがいてゐる。彼のゑがいたものは実にはかない市井《しせい》巷間の無名の青人草《あをひとぐさ》のこころであった。彼はこの市井の人情に、在来とはことなる文学精神の発想を発見し、それをあたらしい写実の形でゑがいた。之は新しい文学素材の発見による近世精神の展開であった。彼が巷間の人情を写実の形でゑがいたことは、近世美の表現が生んだもっとも新しいものであった。

この市井の人情美が発見された日、久しい隠者の色道伝授の才能は、市井巷間の情事と遊里の交情をうつし、長い隠者生活の所謂有心の文学生活の面を、市井の人情にうつした。しかもその教化趣味と韜晦趣味とはその長い伝統をおもはせ、脱俗客観の自由な隠者の態度は、人情描写の正確透徹をたすけてゐる。彼は俗談平語のわびしさを、市井の世間ばなしのうへにひらいた。

近松はこの日、文藝開花の近世精神の浪曼的な情熱を、現世の人情のうちにゑがいた。西鶴とおなじく市井の情事をうたひつゝも、それは悲劇的な浪曼精神にもえてゐた。之は二人の個性のちがひのみによるのでなく、やはり無心の俳諧者の客観的態度の冷静と、前代の多くの語りものの歴史をひいて、日本のふるい叙事詩の語り口をつぐものとのちがひであつた。他界的な哀感をうたつてゐた怪異な中世精神が、彼に至つて現実に即した熱情的抒情詩として、人情の世界を市井巷間に求めたことは、やはり西鶴と共通した近世の精神である。彼の出現した日、すでに早く語り物の造形的表現は、奔放豪華の堺、桃山の精神に開花してゐた。彼はそれを詞章の世界にも展いたのである。彼はやはり中世の語り物の他界的哀切のこころの終末に出で、新しい近世の美をゑがいて、至高の古典としての価値を有するのである。

この三人の天才以後においては、近世美の展開はその壮大さにおいてはゆききはまつてゐた。そしてその後にくる近世美の顚落の日、すでにその予前に、この三人の天才と時を同じくして、難波には古学者の草創第一のひと、釋契沖が出てゐたのである。

彼はこの近世美の詩情を遠い万葉の古に見出すことを知って、万葉より直ちにうけ取った明るい素朴の郷愁が、その古代の鬱情の燃焼のうちに、この近世の自覚期において、今のものとして身に感じてゐた。

近世美がこの三人の退去とともに、壮大な美の表現を失ひ、市井のいびつな駄洒落をつぶやく市民等の、はかない軽口の文学となった日、国学者たちはその近世の美を思想としてゐがき、志として現はすに至った。かくて眞淵はこの近世の現世的主情主義を、壮大な美ののちに万葉のますらをぶりに求め、宣長は源氏物語のもののあはれ論において、文藝美の独立を企画した。近世美は国学者によって思想とし、又志として現はされた。日本の美の精神が、思想的に志として自覚されたのはこの時代であった。

この近世美における上方を中心とした豪放な市民の気宇は、堺の世界文化と秀吉の英雄の風をうけて、日本の宮廷の唯美の伝統の流れつたはる上方の京のほとりにうまれた。こののち日本文藝の、江戸の武家専権都市への移動ののち、そこには宮廷の唯美の伝統と市民の自由の気宇は失はれて行った。

このののち都の伝統に近い松阪に、本居宣長が上方商家の子として生れ、堂上系の学者富士谷御杖《ふじたにみつゑ》が、京にあって日本美の古王朝的理想を言ったことは、意味ふかいことに思はれる。

変革と創造の精神

橿原の宮に還ると思ひしはあらぬ夢にてありけるものを　矢野玄道

芭蕉の老年の句と記憶されるが「このみちやゆくひとなしに秋のくれ」といふのをこのごろしきりにおもひ出すやうになった。少年時代勝手な解釈をつけてすましてゐたこの句の意義が、この句の気もちがちかごろやっとわかる気がして来たのである。すべてひとつの世代の変革を行為するごとき詩のたゝかひといふものは、その偉大な精神といふものは如何に孤高のものなるか、ちかごろしみじみ知り始めたといったら可笑《をか》しいであらうか。私がこの句をもって芭蕉の句中第一とするゆゑんである。かかる句を叫ばざるを得なかった日の芭蕉の時代を考へてみたいとおもふ。そしてあの元禄の盛時の一代の文運に際会した彼が、中世後鳥羽院以降、我が国文藝の精神の壮烈な行為者となり了《おほ》せたことは、この句を読んで、まことにむべなるかなとおもはせられるのである。後鳥羽院に至って、ひとつの文藝の頂点を完成したかとおもはれる我が国の文藝が、芭蕉に至ってその流離漂泊の日本の詩情を、この古典的天才の一身にあつめてあたらしい近世の文藝が樹立された時、彼の闘争の苦悩はこの一代の名句をはかしめた。これは実におどろくべき詩情神の問題である。一見隠遁流離の代表ともおもはれるかの芭蕉が、また多く世上の俗人どもが、大てい彼をもって隠遁的退嬰詩人と早合点してゐるうちにあって、我々わづかのものたちが、彼の、このみちやゆくひとなしに……の句を知って、詩人の壮烈な闘争を思ふのである。かかる言説を詩の短い形にして叫んだ日の芭蕉は、おそらく旅に出たかったであらう。そして彼のまはりにまつはる表面上の友人同士にさへやりがたい反感を感じ、知らせがたい心情の孤高高邁のこころを味はったであらう。かくて芭蕉の不屈な漂泊の文学が生れた。この時私は、久しい中世の流離の文藝のさびしさが、彼の一身に凝集して、いよいよ壮烈な孤立をすらおもふのである。私はこの心情を彼の文藝に読んだ。彼には多くの門下があり、当時すでにその名声は全国にわたり、檀林を圧するものがあったが、しかし私は芭蕉はつひにさびしく枯野をあるいたと信ずるのである。こゝに彼の世俗を超えた英雄の姿があった。そして彼が奥の細道の旅に出た日に、おそらく彼はだれにもかたりたくなく、だれにも物が言ひたくなかったにちがひない。彼は彼の周囲にまつはる世俗のわづらはしい俗人の言にあきあきし、怒りさへ感じ、つひにやみがたいひとりの心情はおそらく当時元禄の文化と文明の生んだ文藝を超えてゐたであらう。それはまことに痛烈にも悲壮なことであった。彼は当時文壇の一つの中心であり、世俗においても文壇の頭目のひとりであったが、彼はかかることとも別にやはり悲痛な孤立人であったと言ってでも言ひたりないのである。しかも当時の文壇には、今日のごとき低俗のジャーナリズムはまだ存せなかったのである。そしてこの日芭蕉はひとりいきどほりつつ旅に出たであらう。彼は悲痛な心情をひとりつぶやき、はてしない東奥に出立った。彼はひといちばいひとなつかしい人間であったゆゑに、ひといちばい俗人どもとものをいひたくなかったにちがひない。彼はこの旅のうちに、いよいよ世代の文藝文化を変革する痛烈の詩情と決意を高め、何ものにも超えたいよいよ高いものを知ったであらう。しかも近世の純文藝はほとんど彼以後二三の人物をのぞいて昨今まで跡をたってゐたのである。秋成のごとく痛烈な文藝の純粋家が、わづかに当時の封建の低俗に悲壮に反抗して破れた丈であった。そしてこの日に、この封建の低俗のうちから、いつか真の近代がめざめつつあった。たくましい日本の近代は、それ自体の郷土を自覚し、ひいてそれ自体の日本を自覚し、国の歴史を自覚するところよりおこりつゝあった。そしてこの近世の低俗を破って、宣長や眞淵の国学が起りはじめ、封建の頽廃のうちからあたらしい日本の詩精神が眼ざめはじめて行った。之はひとつの真の近代を開く決意であり、やがて幕末勤王の悲願に至るはげしい慟哭の前駆であった。そして芭蕉は、この国学の血統恢復運動、いはば浪曼主義運動が日本につよくおこる直前に、身をもって果敢の壮烈を行為した古典人であった。私はこの芭蕉の句をおもって、何故かしきりにローマの古英雄シーザーのことがおもへてならなかった。彼がローマの元老院で多くの反対派の刺客の手に刺された時、「ブルータスお前もか」と、叫んだ彼の言葉に、何か古今東西を超越した悲壮の感銘を味はったのである。事実彼を刺したものは、同志で親友のブルータスであった。彼をとりまいた刺客たちは、必ずしも彼の反対党ばかりではなく、むしろ昨日までの親友と同志が多かったのである。そして私はこゝに英雄と詩人のさびしい痛烈な生涯をおもひその詩をおもったのである。

これはかの日本武尊の壮烈果敢なご生涯からおもへば、まことに懐しい英雄の詩心であることを知るであらう。尊が遠く東国を征せらるるに当り、伊勢の国において御伯母倭姫命《やまとひめのみこと》にむかってなげかれた英雄のなげきのお言葉は、今も古今東西の英雄と詩人の詩の範となすべき孤高壮烈の言葉である。かかる言葉は唯に偉大な歴史の変革者によってのみ発しうる慟哭悲痛である。そしてこの尊の悲痛な慟哭のうへにおいて、あたらしい上代の歴史は開花し、日本文藝の源流は確立せられたのである。我々の変革と創造の行為といふものが、芭蕉の世代においてはびこってゐた俗流へのたゝかひのごとく、壮烈な既成のマンネリズムの打破にあるとするならば、我々の浪曼主義とはかゝる悲壮な歴史変革のたゝかひを言ふものである。それはあたかも古の英雄日本武尊がまつろはざる東夷を討って遠くすすまれた日に、古の東国の草ふかい原野になげかれたごとき悲壮ななげきとたゝかひであらう。私は尊のあのはげしい遠征のたゝかひを終ってかへる日に、碓日の尾根にのぼってかへり見しつゝうたはれた歌をおもふのである。我が日本にあってはすべての煩瑣な言挙げは、支那や西洋と異って全く無用である。しかもひとすぢの詩の言葉だけが尊く、ひとすぢの詩の悲願のみが国脈の中心にあった。それゆゑに尊が碓日の尾根にのぼってなげかれたこのひと口の言葉といふものは、今もかはらず永遠に珠玉のごとく尊いのである。そして之が我が国柄である。そして、之が日本国の文藝である。

我々の民族において痛切に必要なことは、たゞひと口ほのかな詩の言葉である。我々の神の信仰とは、神は詩の司宰者であり、詩は史であって神語であった。そして重要なことは詩は史であって志であるといふことのわからない間、浪曼主義文藝の意義はわからないであらう。之は我らの浪曼主義が、既成のロマンチシズムと異るものであり、単なる文藝の思潮を言ふ文藝史乃至思想史上の用語でもなく、主張の概念語といった風のものでもなく、深奥にある身命にかかった慟哭の詩情を言ふものであるから、之は日本のこゝろをつらぬいてながれるなつかしい詩情の中心である。そして我々の浪曼主義運動といふのはかかる正しい日本の詩情が文明開化の壁にさへぎられて植民地的いびつな自然主義に没落した日に、之を恢復し之を正道に返す国史の回想を言ふのであり、その国史の回想乃至その血の回想それ自体を言ふのであることを知るべきである。すなはち我々の浪曼主義とは単なる概念語やイデオロギーの主張ではもとよりない。むしろ我々はイデオロギーを軽蔑し、イデオロギー文学をいやしめるのである。日本浪曼派の運動が若い我々の先達の詩人達によって、昭和九年の頃樹立されはじめたころ、それは我が国文明開化的没落と危機との最後の頽廃を示したマルキシズム文藝の打倒と、文明開化思潮の明治以降の主流となりつゝあった自然主義文藝の一掃にあったことより見れば明らかであり、之は自づから日本文藝の血統恢復運動となり、国史の回想ひいては古典の回想となりつゝあったことは、当時澎湃としておこりつゝあった日本とアジアの壮大な倫理的使命の歴史の行為につらなりつゝあったのである。そしてこの成果は保田與重郎氏の『後鳥羽院』による日本文藝の志の発掘や、芳賀檀氏による『古典の親衛隊』における、真の人間と血統との恢復をまねいてゐた。之はそれ自体壮烈なルネッサンスの運動であることを示してゐる。之はつねに正しい言葉の恢復、すなはち言霊の恢復運動であったことを示してゐるといへばいい。国の精神と血脈とをつらぬくものはひとつの詩の言葉であり、志の言葉であり、史の言葉である。これは神典学者によっていはれた言霊の発想である。我々浪曼派の運動がこの言葉の恢復運動であるといへば、それですべては明白となるのである。我々はかくも詩を信じ、言霊の威力と、その歴史上の意義の重大についてよく知るからである。そして詩人の使命とは、国の言霊の護持と伝承にあるといふことを了知するからである。そして久しい文明開化の壁が、この我々の美しい詩の言葉の血統を、民族の祖々より橿原の遠つ神祖の古よりうけついだうつくしい詩の言葉、つまり歴史の精神といふものを、久しくおほひかくしてゐることを知るからである。そして我々の浪曼主義運動は、まづこのわるい文明開化の壁を打破って、おほらかな大和心にかへることである。すべての壮大で痛烈な日本の藝術はこのおほらかな大和心にかへるところにはじまるであらう。この大和心とは、保守や退嬰でなくして、進取である。奪取である。しかも岡倉天心のごとく偉大な保守は、もっとも偉大な進取と奪取であることは、今日こそ我らの銘記すべき秋《とき》といふべきである。岡倉天心は「大きな黒雲の影が、みかどとみかどの朝廷のみ光をおほひ、みかどと万民の間の光明をさへぎった。そしてこの時幕末の志士たちは、泣いて奮起した。彼らは誓ってこの黒雲のさへぎるをはらひ、光明のかゞやく古の大御代にかへすことを決意した」と彼は『東洋の理想』といふ書物に、日本が真の世界の日本国としてみとめられる戦ひであった日露戦争のはじまる前夜にアメリカで書きしるしてゐる。この言葉は今日の我々の浪曼主義運動にもあてはまるのである。我々の正しい民族の血の叡智をさへぎり、正しい遠つみ祖よりの地に脈うつうつくしい言葉をさへぎって、民族の真の精神の流れを抹殺した文明開化の黒雲にたいし、自然主義文藝にたいして、我々は維新の志士の奮起せしごとくに奮起せねばならぬ。

　そして国のうつくしい詩の言葉をさへぎる黒雲をはらって、何より日本文藝の光を恢復せねばならぬ。之が今日我らの思念し決意するところの日本の光栄の恢復であり、日本の文藝の主潮の進展の正しいあり方である。そのたゝかひのあるべき悲壮な姿である。事実我々の国の言霊は、長い間文明開化の黒雲におほはれてゐた。そして果敢に之をとりのぞくべく我々はたゝかはねばならないのである。それは今日において、単に既成文壇といったごときけちな小さな目標を言ってゐるのではない。それは日本の在来思想乃至文化のすべての既成権威へのたたかひであり既成の思想学問すべてにたいするシュトルム・ウント・ドランクであるからである。それはもとより在来の既成文壇の打倒といったごとき生やさしい言葉で言ひあらはせるものではありえない。そんなものよりもさきに、その思想および発想法のいできたる本家本元の打破であり、低俗頑迷なる植民地的思想の翻訳業者の一掃である。日本に真の近代も真の西洋も真の世界も知られなかったのは、かかる植民地的翻訳思想の横行によることを銘記すべきである。今日において、故に、文藝評論家の必要の業は、文藝評論家であるよりも前に、まづ高邁な文明批評家であり、更に高邁な古典の恢復者であり、血統の体感者であり、国史の回想者であることが絶対に第一の必要条件であることを言はねばならぬ。今日に必要なことは、断乎として、文藝評論乃至文藝評論家なるものの概念の変革にあるといふべきであり、我らは身をもってまづこの変革の行為を行為するであらう。故に我々の評論したゝかひとる目標は、昨今多く市場にはんらんする多くの低俗な個個の作品の作品批評などに存するのではない。そして我らのなすべきことは、かゝる今日の作品の低俗を来した根元の是正と、その根元の文化観乃至史観の根元を正すことであり、即ち言霊の恢復である。言霊の恢復とは真の日本の代々の詩人の血脈にかへり、その詩人のかなしみをわがかなしみとすることをいふにほかならないのである。すなはち詩人が真に詩の言葉の絶対を信じ、その言挙げに責任を感ずることである。故に我々の国にあっては、詩はわづかに三十一文字の言葉によって、無限の真情のかなしみを示しえたのである。この意味において国の歴史の根元は文藝であり、我々は文藝の至上を信じ、文藝の絶対を痛感するのである。しかも在来の如き、国の詩とその歴史を文明開化の黒雲におほひ、世上に横行する合理主義の論理万能の黒雲にさへぎって、植民地的イデオロギーによる歴史を喪失した文藝の普遍を考へ、文藝の無国籍、誤信したごときユダヤ的文藝学による文藝至上主義とは異るのである。かつて萩原朔太郎先生も私にいはれたことであったが、我々は日本の詩人であるゆゑに日本の言葉でかたり、日本の国学者の血統に立つものでなければならないのであると語られた。そして私は日本の国学者であるから我が国の言霊の叡智を信じ、あらゆる思想と理論のうへに詩の絶対を考へるのである。むしろ日本においては詩こそ全体であり詩こそすべてのうつくしいまゝの抽象であり、すべての思想は三十一文字の和歌によって象徴された。之を古の学者は、諷詠倒語と言ったのである。之はまことになつかしくゆかしい日本の発想である。我々はまづこれらの国学先達のあとについで、詩の言葉を正すことよりはじめねばならぬ。この日真の人間の決意の恢復と創造と変革の行為を示し、黒雲のさへぎりをはらって光をうばったひとは、そしてそれを我々に教へたひとは、保田與重郎氏と芳賀檀氏のふたりであった。そして我々は再び古の日本武尊の歌にかへらねばならぬ。尊が碓日の根呂に立って「わがつまはや」となげかれたことは、はてしない遠征の壮烈と神ながらの戦闘の果敢な光栄ののちに、この武人的英雄の雄心より発したなつかしい詩のみやびの言葉であった。これをおもふとき我々は、在来文藝学のごとき歴史を無視した抽象概念による分類を排撃するのである。我々の古典批評が、真の歴史とその志とを恢復すると共に、古の英雄や詩人のまことの詩の志は我らの血脈によみがへり、古の決意は今日の決意となるであらう。

そしてその英雄や詩人の伝説を発想し伝承し、それを代々崇敬し祭祀して来た日本の民衆の、いはゆる民衆の真の叡智を回想し、その根源の民族心理を素直に究明してゆく時に、あたらしい日本の思想家が生れ、真の科学が生れ、新国学は樹立さるゝであらう。我々はかゝるものの先駆としてすでに保田與重郎氏の『民族と文藝』を有したことをよろこびとするのである。そして世代の歴史変革を壮烈に行為した芭蕉は「このみちやゆくひとなしに秋の暮」の句をはいて黙々として実践したのである。彼は恐らく何をか語るべく、あまりに周囲の俗流にはらだたしく、あまりに周囲の無自覚に泣けたのであらう。そして「ものいへばくちびるさむし秋のくれ」の悲痛な句の気持のすこしは私にもわかるのである。そして偉大な古典人の芭蕉は黙々として実現し、壮烈な変革をたゝかひとった。芭蕉の時代はまだそれだけ世の中がよかったのである。しかし秋成の出たころは彼はすでに来るべき近代の実現のために、この当時の封建的発想にたいして痛烈なたゝかひをいどむべき不遑の詩人であらねばならなかった。時代はそれ丈下ってゆき悪くなってゐた。彼にはすでに芭蕉や、近松や、西鶴のごときおほらかな泰平の風は存しない。そして秋成の出たころには、すでに宣長や眞淵の国学者が、当時の唐心すなはち儒教的合理主義へのたゝかひを開始し、日本の神代よりつたへ来った真の詩精神、すなはち言霊恢復の浪曼主義運動を開始してゐた。そして芭蕉のころはまだ意識されてゐなかった古典学について、秋成は痛烈な意慾をもってゐた。といふよりむしろ彼自身が古典学者であったのである。しかもその世代のはげしさが彼の古典学者としての志をゆがめて、痛烈な文人の処世となった丈であった。しかも今日我々の時代はすでに芭蕉のごとく黙ってをられないのである。黙ってゐたら国の詩のあやふきは目前に見えてゐる。我々の現今の文化はそれ以上に危機にあるのである。我らは言霊の恢復によって、今日世上にはびこる合理のやからを討たねばならぬ。秋成がゐたころ、そして宣長や眞淵が戦ってゐたころの、当時世上にはびこった形式主義の合理儒学に代って、今日は文明開化の黒雲が世上をおほひ、植民地的知性がはびこってゐるのである。我々はだまってひとりいきどほってゐたい。我々も何より風雅を愛する日本の詩人であるから。しかしながら我らはなすべきことをなさねばならないのである。芭蕉の代とも秋成の代ともことなるこの未曾有の世代である。之は私の文藝評論といふより詩人としての言葉である。

　そして最後に私は、最初に引いた和歌について語りたい。この明治初期に生きた国学者のかなしみは、政治とか愚痴とかを超越した日本の詩の問題である。之については別のものにかくことになってゐるので、くはしいことははぶくけれども、当時において考へられた壮烈な歴史の回想の追究への熱意をおもふがいい。そしてこの悲劇はなべて悲劇を生んだ近代日本の文化である。私はこゝでいたづらに復古を言ってゐるのではない。例へばこの今日の詩人のかなしみをもっとも痛切にゑがいた萩原朔太郎先生の『歸鄕者』など、容易に世の俗流には理解しえないであらうと考へられる。そして近代の大家でこの悲しみをわづかにゑがいた作品として、島崎藤村先生の『夜明け前』など稀有の作品のひとつであらう。橿原の宮のむかしとは、いふまでもなく真の日本の文明のあるべき姿といふことである。そしてこの美麗にしておほらかな日本文明の理想は、後鳥羽院以降代々この国の伝統正しい詩人の心にのみ、うつくしい詩の言葉としてつたへられたのである。之を単純なる復古と解するごとき輩は偉大なる進歩と進取を知らぬものである。そして現代は進歩を反動と考へちがへられ、奪取は保守とまちがへられる世のなかである。そしてこの日再び我々は天心の詩を回想する。玄道がこのうたに近世国学最後のなげきをしるしたころ、すでに時代に先駆した「文学界」の運動が起りはじめてゐたことを知ればいい。そして北村透谷は、あまりにも旧日本に先駆した近代であったため、若くして自ら命をたった。之につゞいて鷗外の『うもれ木』の翻訳が新しい泰西の感覚を我等につたへたことは、今もなつかしいことである。しかも玄道の源に発した明治の浪曼主義は、透谷を通り鐵幹、藤村、晩翠、樗牛をへて四十年代に至って断滅した。そののち今日に至って我々若い詩人がわづかにおどろの底を流れたこの悲しみをついだ。私は今日の壮烈な歴史の使命をすでに予感してうたったことを誇りとする。之は詩人のみの誇りである。そして我々の任務は、詩人といふ言葉の意義の、今日の俗流に対する拡張と昂揚である。

古代悲劇精神の展開

渡到河中之時。令傾其船。堕入水中。爾乃浮出。随水流下。即流歌曰。

知波夜夫流。宇遲能和多理邇。佐袁斗理邇。波夜祁牟比登斯。和賀毛古邇許牟。

於是伏隠河邊之兵。彼廂此廂一時共興。矢刺而流。故到訶和羅之前而沈入。故以鉤探其沈處者。繫其衣中甲而。訶和羅鳴。故號其地謂訶和羅前也。

爾掛出其骨之時。弟王歌曰。

知波夜比登。宇遲能和多理邇。和多理是邇。多弖流。阿豆佐由美。麻由美。伊岐良牟登。許許呂波母閇杼。伊斗良牟登。許許呂波母閇杼。母登幣波。岐美袁游母比傳。須惠幣波。伊母袁游母比傳。伊良那祁久。曾許爾游母比傳。加那志祁久。許許爾游母比傳。伊岐良受曾久流。阿豆佐由美。麻由美。

（大山守の命）渡りて河中に到れる時に、其の船を傾けしめて水の中に堕《おと》し入れき。爾《ここ》に乃《すなは》ち浮き出でて、水のままに流れ下りたまひき。即ち流れつつ歌ひたまひしく、

ちはやぶる　宇治の渡りに　棹取りに　速《はや》けむ人し　わが伴《もこ》に来《こ》む

是に河の辺に伏し隠れたる兵、彼廂《あなた》此廂《こなた》、一時《もろとも》に興《おこ》りて、矢刺して流しき。故《かれ》、訶和羅《かわら》の前《さき》に致りて沈み入りたまふ。故《かれ》、鉤《かぎ》を以《も》ちて、その沈みし処を探りしかば、その衣の中なる甲《よろひ》に繋《か》かりて、かわらと鳴りき。故《かれ》、其所《そこ》に名づけて訶和羅の前《さき》といふなり。

爾《ここ》にその骨《かばね》を掛き出だせる時に、弟王《おとみこ》の御歌よみしたまひしく、

ちはや人　宇治の渡に　渡瀬《わたりせ》に立てる梓　弓檀《あづさゆみまゆみ》　い伐《き》らむと心は思《も》へど　い取らむと心は思へど　本方《もとべ》は君を思ひ出《で》　末方《すゑべ》は妹を思ひ出　苛《いらな》けくそこに思ひ出　愛《かな》しけくこゝに思ひ出　い伐《き》らずぞ来る　梓弓檀。

記の明宮《あきらのみや》中巻のこのくだりをよむと、いまもなつかしいこのかなしみが、切々としてわが心

にくひ入ってくるのをおぼゆるのである。それはとほいわが祖先のかなしみであるとともに、いまもなつかしい我らのかなしみであらうか。まことにこのくだりのかたるかなしみにふれるたびに、わたしははてしない民族のカオスの慟哭にふれるおもひがするのである。とほいわれらの祖たちのかなしみのひゞきが、いまもわれらのかなしみのごとくに、ふかい悲痛を我らのこゝろにかきたてるのである。それはあまりにもとほい我らのこゝろのかなしみであるがゆゑに、まことにいまもなつかしい民族の血脈の底に悠久に脈うつかなしみである。そして私は古訓古事記をひらいてこのかなしみをおもふごとに、とほい日の我らの祖たちのかなしみがいまも我らの血脈のなげきであることをおもって、はてしない古代の悲痛の哲理が、いまも我らの民族の悲痛の哲理であることをおもふのである。

そしてこのくだりが我らの神典期文藝にあって、やがて大陸文明の影響のもとに、あたらしい人文の日がおとづれそめた古代文化の黎明期にあたって、はげしい人倫の眼ざめのうちに敢行をみたかなしみであるが故に、今もひとしほ我らのこゝろにふれるのである。そして我々はこの悲劇のいまひとつさきにおいて、あの日本武尊《やまとたけるのみこと》の悲痛の遠征をおもへばいい。日本武尊の遠征は、神典喪失の日における、はてしない征旅になげかれた民族の悲歌であったけれど、しかもこの一節にふれるに至っては、すでにそこには悲痛な人文のかなしみがあり、すでに覚醒された人倫のいたましい眼ざめがある。しかも我らはさらに時代をこゝまで下ってくるに及んでは、すでにそこには悲痛な人文のなげきのおりなすまことの悲しみをおもふのである。それはすでになつかしい人の世のかなしみであっただけに、いまも切々として我らのこゝろにふれてやるせなくおもはれるのである。そして我らはこゝにはじめて、古代倫理の悲痛な切迫をおもひ、すでにとほく天がけった神典喪失の日ののちにおいて、そこにはじめてかもし出されるいたましい人文の痛手をかんがへねばならぬ　そして我らは例へば紀において考へてみてもよい。すでにそこには日本武尊時代の景行天皇の章からはじまって、あひだに仲哀天皇及び神功皇后の二節をはさまねばならぬ。しかもこの古代の悲痛の哲理はなほそののちに應仁天皇のくだりにはじまってゐるのである。仲哀天皇のくだりはなほなつかしい古代のかなしみである。仲哀天皇橿日宮《かしひのみや》の御神儀の一節は、まことに心すむまでにかなしい古代の哀哭ではあるが、しかしいまだ之は神人のかなしみであって、なほ人倫の世のかなしみとおもへぬおほらかなかなしみであることはかしこいことである。こゝに宗像《むなかた》三神の出現されたまふ一節のごとき、なつかしい古代の神語であるが、しかも今の日の我らにはすでにとほい神典期の神秘と悲痛とおもはれるのである。

時代が更に下って紀の應仁天皇のおんくだりに至るとき、我らははじめて人倫発生期のすべもない悲痛につきあたるのである。それは記でいへば明宮之巻《あきらのみやのまき》にあたる。この日はじめて人文の意識が確立し、我が上代文化史のうへにおいて、あたらしい人倫の意識が強化され、神典のかなしみは、すでにあきらかに人倫のかなしみにうつりつゝあった。そして確固たる歴史意識の発生があったのもこの期であることを我らはいよいよはっきり考へねばならぬ。そしてこの期の文化と人倫の意義を考へるために、我らは遠く日本武尊の御遠征による国内経営にはじまり、その後二代仲哀應神二帝にわたっておこなはれた三韓の経略を考へ、我が国の文化があたらしい大陸の文明にふれて、偉大な国家的強化を深め、遠く上代に開花した意味を考へねばならぬ。之はおそらく我が文化史上にあって、我が国がはじめて対外的に日本としての意識を感じたはじめのときであり、この期のはじめにあたって、かしこくも神功皇后の三韓経略のあったことをおもはねばならぬ。そしてこの品陀和気命《ほむだわけのみこと》が輕嶋之明宮《かるしまのあきらのみや》に坐《ま》し天の下治《しら》しめしし時代にあってはすでにかしこくも皇子宇遅能和紀郎子《みこうぢのわきいらつこ》は、早く経書を解し修身治国の道を学び給ふ。我らはこの皇子のかなしいまで早くひらかれたこの学問のみちの先駆者としての、当代に超越されたかとおもはれる深い学識のゆゑに、ひとしほのかなしいご生涯のご反省のさまを拝するのである。そしてこの皇子は我が国における古代第一の大陸文明の体得者であられただけに、ひとしほかなしい人倫のみちをあゆまれねばならなかったことは、つねに我が国にあっては、国運の飛躍のためには、あらゆる苦痛を排して、まづたっとい皇子方が、先んじて文明の先駆者となられたことは、そののち多く歴史に拝し、下っては明治維新の日をおもってかしこいのである。そしてこの皇子のご生涯は、やはり早期日本文明の先駆者であられたがゆゑに、同じさびしいご生涯をあゆまれねばならず、孤独の生涯に毅然たる足跡をのこされた聖徳太子や大津皇子と比べ奉っても又しきりになつかしいのである。そしてこのご二方いづれもが、ともに雄々しい英雄のごとくにふるまはれた偉大な御人格であらせらるゝとともに、又なつかしい詩人のごとくになげかれたのである、即ち紀によれば、

十五年秋八月壬戌朔丁卯。百濟王遣二阿直岐一。貢二良馬二匹一。即養二於輕坂上廐一。因以二阿直岐一令二掌飼一。故號二其養レ馬之處曰二廐坂一也。阿道岐亦能読二経典一。即太子菟道稚郎子師焉。於レ是天皇問二阿直岐一曰。如勝レ汝博士亦有耶。對曰。有二王仁者一。是秀也。時遣二上毛野君祖荒田別。巫別於二百濟一。仍徵二王仁一也。其阿直岐者。阿直岐史之始祖也。

十五年秋八月《とをあまりいつとせあきはづき》、壬戌朔《みづのえいぬのついたち》。丁卯《ひのとうのひ》（六日）百濟王《くだらのこきし》、阿直岐《あちき》を遣《また》して良馬二匹《よきうまふたつ》を貢《たてまつ》る。即《すなは》ち輕坂上《かるのさかのうへ》の廐《うまや》に養《か》ひ、因《よ》りて阿直岐《あちき》を以《も》て掌《つかさど》り飼《か》はしむ。故《か》れ其《そ》の馬《うま》を養《か》ひし處《ところ》を號《なづ》けて、廐坂《うまやさか》と曰《い》ふ。阿直岐《あちき》亦《また》能《よ》く經典《ふみ》を讀《よ》めり。即《すなは》ち太子《ひつぎのみこ》菟道稚郎子《ちのわきいらつこ》、師《ふみよみびと》としたまふ。是《ここ》に天皇《すめらみこと》、阿直岐《あちき》に問《と》ひて曰《のたま》はく、如《も》し汝《いまし》に勝《まさ》れる博士《ふみよみびと》亦《また》有《あ》りや。對《こた》へて曰《まを》さく、王仁《わに》といふ者有《ものあ》り、是《こ》れ秀《すぐ》れたりと。時《とき》に上毛野君《かみつけぬのきみ》の祖荒田別《おやあらたわけ》・巫別《かむなぎわけ》を百濟《くだら》に遣《つかは》して、仍《よ》りて王仁《わに》を徵《め》さしむ。其《そ》の阿直岐《あちき》は阿直岐史《あちきのふびと》の始祖《もとつおや》なり。

（日本書紀巻第十）

と出てゐるのは、我らのこゝろにひしひしとして、この国にはじめてもたらされたもっとも有力な文化の形の、我らの祖先にあたへた感銘をかたってをり、その日はやくこゝろひかれた菟道《うぢの》稚郎子《わきいらつこ》の御《おん》さまを今もつたへてあまりあるとおはれるのである。そしてこの早期の智識文明を形成した古代倫理のかなしみは、やがて菟道稚郎子と大鷦鷯尊《おほさざきのみこと》とのあひだにおける、いまも心うつばかりうるはしい、やさしい仁愛の伝承を生じたのであらうか。

時大鷦鷯尊聞太子薨以驚之、従難波馳之到菟道宮。爰太子薨之経三日。時大鷦鷯尊摽擗叫哭不知所如。乃解髪跨屍。以三呼曰我弟皇子。乃應時而活。自起以居。爰大鷦鷯尊語太子曰。悲兮、惜兮、何所以歟自逝之。……

時《とき》に大鷦鷯尊《おほさざきのみこと》、太子《ひつぎのみこ》薨《かむさ》りましぬと聞《きこ》しめして、驚《おどろ》きて、難波《なには》より馳《は》せて菟道宮《うぢのみや》に到《いた》ります。爰《ここ》に太子《ひつぎのみこ》薨《かむさ》れまして三日《みか》に經《な》りぬ。時《とき》に大鷦鷯尊《おほさざきのみこと》、摽擗《みむね》叫哭《うちおらびな》きて、所如《せむすべ》知《し》らず。乃《すなは》ち髪《みくし》を解《と》き屍《しかばね》に跨《またが》りて、三《み》たび呼《よ》びて、我《あ》が弟皇子《いろとのみこ》と曰《のたま》ふ。乃《すなは》ち時《とき》に應《こた》へて活《い》きたまひ、自《みづか》ら起《お》きて居《ま》します。爰《ここ》に大鷦鷯尊《おほさざきのみこと》、太子《ひつぎのみこ》に語《かた》りて曰《のたま》はく、悲《かな》しきかな、惜《あたら》しきかな、何《なに》の所以《ゆゑ》にか自《みづか》ら逝《す》ぎましし。

（日本書紀巻十一）

とあるはまことにわが国の詩の真情をいまもつたへてかはらぬなつかしいこゝろである。そしてこの記述のさきに、我らはもっともこゝろにしみてかなしまれる悲痛の一節を見出すであらう。そして古代の語部《かたりべ》の慟哭は、こゝろにもっとも律動をおびてはげしい悲劇をかなでるのである。水《み》づきつゝ命のきはに歌った大山守命《おほやまもりのみこと》の悲歌は、まことにひとのいのちのきはにうたふ歌のかなしい意義を示してゐる。我が国の短歌とはまことにかくのごときものを言ふのであった。それはひとのいのちのきはに、うつせみのいのちのすべてをかけてうたひあげる生命の慟哭であるがゆゑに、まことに今の我々にかなしいおもひをそゝるのである。そしてこのうたを誦して涙した語り部の感動は、又いまそのまゝに我らの感動とさへおもへてならない。

この歌のもってゐる意義は、神代巻の隼人《はやと》舞《まひ》との一連をなすものといってもいゝであらうか。ともに水《み》づきつゝいのちのきはにうたふところは、いづれも同じ型にぞくする上代演劇の形態をおもはせてゐる。しかし火遠理命《ほをりのみこと》の時の悲劇はあまりにもおほらかな太古の無心なあらそひであった。ともにはらからの悲劇を語ってゐるとは言へ、もとより大山守の一連のごときすでに人倫発達の日のかなしみはないのである。そしてこの宇治の川瀬に水づきつゝうたはねばならなかった時代といふものは、すでに三韓経略後、当時極東における偉大な文明国家として躍進しつゝある我が国の悲劇が存したのである。そしてこの国運の進展と拡張にともなって、ひとつのかなしみのうたが、時代のおひ目としてうたはれたのかとおもはれるごとくに、いまうたをよんでもおもはれるのである。この悲歌の一連は、かの日本武尊の熊襲ご征討にあたり、熊襲建《くまそたける》によってうたはれたお歌とも、もとよりことなるのである。又出雲建《いづもたける》との間にかはされた歌とも、ことなるごとくおもはれるのである。すでにそこにはさびしい人倫の悲劇がおりなされてゐるのではあるまいか。そこには太古の代の英雄と詩人のおほらかなかなしみのかげはすでに色うすれつゝあるごとくである。

我が古典の世界において、もっともふるく慟哭の悲哀をうたってゐる一節は、そしてもっともふるく慟哭の精神を示されたのは、かの建速素戔嗚尊《たけはやすさのをのみこと》であった。しかしそこにみる悲歌とはまことにおほらかな太古のあかるいかなしみである。さらにはるかに世代を降った日本武尊の悲歌の

くだりにおいても、いまなほ神人分離の日の清くおほらかな英雄のかなしみである。記は、

故臨二其酣時一。自レ懐出レ劍。取二熊曾之衣衿一。以レ劍自二其胸一刺通之時。其弟建。見畏逃出。乃追二至其室之椅本一。取二其背一以レ劍自尻刺通。爾其熊曾建白言。莫二動其刀一。僕有二白言一。爾暫許押伏。於レ是白言。汝命者誰。爾詔。吾者坐二纒向之日代宮一所二知大八嶋國一大帶日子淤斯呂和気天皇之御子。名倭男具那王者也。意禮熊曾建二人。不レ伏無レ禮聞看而。取二殺意禮一詔而遣。爾其熊曾建白。信然也。於二西方一除二吾二人一。無二建強人一。然於二大和國一益二吾二人一而。建男者坐祁理。是以吾獻二御名一。自レ今以後。應レ稱二倭建御子一。

故《か》れ其《そ》の酣《たけなは》なる時《とき》に、懐《みふところ》より剣《たち》を出《いだ》し、熊曾《くまそ》が衣《ころも》の衿《くび》を取《と》りて、剣以《たちも》て其《そ》の胸《むね》より刺《さ》し通《とほ》したまふ時《とき》に、其《そ》の弟建《おとたける》、見畏《みかしこ》みて逃《に》げ出《い》でき。乃《すなは》ち其《そ》の室《むろ》の椅《はし》の本《もと》に追《お》ひ至《いた》りて、其《そ》の背《せ》を取《とら》へて、剣以《たちも》て尻《しり》より刺《さ》し通《とほ》したまひき。爾《ここ》に其《そ》の熊曾建白《くまそたけるまを》言しつらく、其《そ》の刀《みたち》を莫動《なうごか》したまひそ。僕白《あれまを》すべき言有《ことあ》りとまをす。爾《か》れ暫《しま》し許《ゆる》して押《お》し伏《ふ》せたまふ。是《ここ》に白《まを》言しつ

らく、汝《な》が命《みこと》は誰《たれ》にますぞ。爾《すなは》ち詔《の》りたまはく、吾《あ》は纏向之日代宮《まきむくのひしろのみや》に坐《ま》しまして大八嶋國知《おほやしまぐにしろ》しめす大帯日子淤斯呂和気天皇《おほたらしひこおしろわけのすめらみこと》の御子《みこ》、名《みな》は倭男具那王《やまとをぐなのみこ》にます。おれ熊曽建《くまそたける》二人《ふたり》、伏《まつろ》はず禮無《ゐやな》しと聞看《きこしめ》して、おれを取殺《と》れと詔《の》りたまひて遣《つかは》せり、とのりたまひき。爾《ここ》に其《そ》の熊曽建《くまそたける》白《まを》さく、信《まこと》に然《しか》まさむ。西《にし》の方《かた》に吾二人《あれふたり》を除《お》きて建《たけ》く強《こは》き人無《ひとな》し。然《しか》るに大倭國《おほやまとのくに》に吾二人《あれふたり》に益《ま》して建《たけ》き男《を》は坐《いま》しけり。是《ここ》を以《も》て吾御名《あれみな》を獻《たてまつ》らむ。今《いま》より以後《のち》、倭建御子《やまとたけるのみこ》と稱《たた》へまをすべし、とまをしき。

命のきはにうたをたてまつるといふことは、我が古典において最も重要の意義を有するところである。うたをたてまつることによって、その全精神をさゝげ、全生命をたてまつって号泣することは、わが古代における服従の意義を語るものである。熊襲建が命《みこと》にうたをたてまつった意義は、その古代精神を知るうへにおいて、まことにふかい意義を有するゆゑんを考へねばならない。わが国においては、うたはかくも古代においては、すべてのいのちをかけてうたはれたのである。うたとはかくもすべてのいのちをかけ、その生と死とのあはひにおいて、すべてを神意にかけてうたはれるものである。それゆゑにわれらは神典のうたを誦して、茫漠としてはてしない古代の父祖の生のなげきを感ずるのである。生と死とのあはひにおいて、すべてのいのちを壮大な神意にたくして、我らの父祖はうたはれたのである。しかもそこにうたはれる英雄のごとき雄心《をごころ》の行動と、詩人のごとき美麗の抒情は、その後飛鳥藤原に至って、人麿の前後において、我が国文学史上に文学意識の発生する以前において、すでになつかしい、せつない慟哭の抒情である。それは後代の文藝のごとき机上有閑の文藝とことなり、身をもって行動し慟哭されるが故に、ひとしほ今の日のわれらにはなつかしく心うたれるのである。之はまさしく絶対の古代である。そして眞淵や宣長の思念し回想した古代精神の純粋さといった風のものも、かゝる肉身にゐがく詩の純粋の絶対といふものをおいては考へることは出来ないのである。そして近世国学の先達が意識したごとく、ひとつの純粋な絶対の古代といふものは、かゝるわれらの父祖の遠い日の純正な行動の詩より生れつゞけ、つねに古典の本源として回想されるのであらうか。之はまことに日本の抒情をつらぬく重大の詩情といはねばならぬ。そして私は王朝の女房たちのつゝましい相聞歌もこの系統の抒情詩として考へたいし、近く維新回天の志士等の憂国勤皇の悲歌なども、なべてもっとも純粋なこの古代精神の回想に発してゐることは、近世国学の思念した古典の理想と、その結果としての明治維新の運動を考へればよいと思ふ。

古代の悲歌はかゝる純粋無雑の行動の悲歌であった。そして我らの遠い父祖の英雄や美女たちは、その雄健の詩情をいのちをかけた戦陣の間にうたひ、又すべてを捨身した恋ひの場にささげたのである。之はまことに浪曼的な日本の詩情の意義といはねばならない。記のしるすところによると、

即入坐出雲國。欲レ殺其出雲建而。到即結友……………………爾倭建命。自レ河先上。
取佩出雲建之解……………………爾各抜其刀之時。出雲建不得抜詐刀。即…………爾
御歌曰。
夜都米佐須《やつめさす》。伊豆毛多祁流賀《いづもたけるが》。波祁流多知《はけるたち》。都豆良佐波麻岐《つづらさはまき》。佐味那志爾阿波禮《さみなしにあはれ》

即ち出雲の国に入りまして、その出雲の国の建《たける》を殺《と》らむと欲《おもほ》して、到りまして、即ち結友《うるはしみ》

したまひき。………ここに倭建命、河よりまづ上りまして、出雲建が解けるを取り佩かして
………かれ各《おのもおの》もその刀を抜く時に、出雲建、詐刀《こだち》をえ抜かず。即ち………ここに御歌よみしたまひしく、

やつめさす　出雲建が　佩ける刀《たち》　黒葛多纒《つづらさはま》き　さ身無しにあはれ

この一節はさらに古代の英雄の悲歌として、ひとしほわれらのこゝろにしみるのである。そのむなしいまでに徹し切った偉大な精神が、古の戦陣における父祖らの雄健なあらゆる感傷を超えて突進する民族の雄叫びの悲歌と感ずるのである。かくも我らの父祖が虚心にたたかった日、その日我が上代の人文の歴史ははじまりつゝあった。そしてそこにかもし出される謀略も悲恋も、なべて古代のこゝろであるが故に、謀略は謀略ほどに、いよいよに古代に純粋で美しいことは、いまのわれらにもなつかしいのである。

この悲劇がさらに大山守の一節にふかめられるとき、我らの悲痛はさらに人倫の苦悩の影をふかめた歴史の自覚を知ってこゝろうたれずにはをられないであらう。

渡到二河中一之時。令レ傾二其船一堕二入水中一。爾乃浮出。随レ水流下。即流歌曰。
知波夜夫流。宇治能和多理邇。佐袁斗理邇。波夜計牟比登斯。和賀毛古邇許牟。

渡りて河中に到りし時に、其の船を傾けしめて、水の中に堕《おと》し入れき。爾《ここ》に乃《すなは》ち浮き出でて水のままに流れ下りたまひき。即ち流れつつ歌ひたまひしく、

ちはやぶる　宇治の渡りに　棹とりに　速《はや》けむ人し　我が伴《もこ》に来む

このくだりは、さきの日本武尊の一節よりもさらに身にしみて悲痛にこゝろにふれてくるものをおぼえる。そしてこの日さらにいたましい生命の極限における悲歌が、ひしひしと身にせまるのである。それはこれ以前、例へば景行記に出るあたりのごとき、いまだ多分に神人的な又祭祀儀礼的なおもかげがうすらいで、より人文の世界のいたましいかなしみをおぼえるであらう。はっきりした人倫の文明が、我が国史上に確然とあらはれるのは、その以前の日本武尊の悲歌よ

り発して、かの應神天皇の巻及び仁徳天皇の巻における記紀の叙述である。しかし記においては未だ仁徳帝のくだりにおいては、はじめに天之日矛の伝説を引いて、いまだ多分に神話的伝奇のおもかげを止めてゐるのである。しかも紀においては、この前後はもっとも心にしみる人倫の発生の苦悩の表現であるがゆゑに、おそらく永遠に我らの詩情の根源であらう。そしてその最もかなしい一節は、かの大雀命《おほさざきのみこと》と宇遲能和紀郎子《うぢのわきいらつこ》とのかなしい又うるはしい国ゆづりの伝承である。しかもこの伝承といふものは、おそらくとほい日の父祖のうるはしい叙事詩である。紀の叙述はやや古典発想の方法において、このくだりなどいさゝか漢意のつよさをおもはせるが、しかも記と合はせよむならば我が国上代の美はしい情愛がしのばれて、今も我らの誇るべき古典の一章である。それはよく読むならば、すでに漢意《からごころ》をはなれた上代人の神意のまゝの倫理の美風であるからである。このあたりの美はしい物語については、つゞいて別にかくことになってゐるので止めるが、さてこの美はしい国ゆづりの一節の前に、我らはかの大山守の一節をおいて考へるとき、さらに悲劇の感動を味はふのである。之は我が古典悲劇の最とすべきもののひとつである。之はすでに英雄や詩人の身ぶりを超えたもっと人倫の慟哭があると思へる。しかもこのいのちのきはにうたはれた大山守の抒情詩ののちにつゞいて、大雀命のなつかしいおうたのあるのはまことに美はしい古人の人情である。之は悲劇におけるひとつのすくひである。これは悲痛の謀《はかりごと》に徹し切ったのちにおいて、ひとつの美はしい救ひであり、天意にそひ運命を自覚した古代人倫の最初の発生期における悲痛である。之ははてしないむなしい悲劇の運命観が、のちの平家物語などとは又異る形において、あまりにも悲痛にきびしく自覚されてゐるのである。しかもこの悲痛の自覚をのりこえてさらに偉大な理想への捨身を志し、偉大な悲劇精神の達成に進みゆくことは、なべての古典にくらべて、我が皇典の世界に冠絶する最大な世界観の意義である。そのうるはしいかなしみの奥に、やはり純粋な古人の希望が輝いてゐることは、今も古典をひらく我らにとってかぎりなくなつかしいのである。記をひらけば、

知波夜比登。宇遲能和多理邇。和多理是邇。多弖流。阿豆佐由美。麻由美。伊岐良牟登。許々呂波母閉抒。伊斗良牟登。許々呂波母閉抒。母登弊波。岐美哀游母比傳。須惠弊波。伊毛哀游母比傳。伊良那祁久。曾許爾游母比傳。加那志祁久。許許爾游母比傳。伊岐良受曾久

流。阿豆佐由美。麻由美。

ちはや人　宇治の渡りに　渡瀬《わたりせ》に立てる　梓弓檀《あずさゆみまゆみ》　い伐《き》らむと　心は思《も》へど　い取らむと
心は思《も》へど　本方《もとべ》は　君を思ひ出　末方《すゑべ》は　妹を思ひ出　苛《いらな》けく　そこに思ひ出　愛《かな》しけく
ここに思ひ出　い伐《き》らすぞ　来る　梓弓檀

まことにうるはしくたっとい抒情である。我らの古典は、遠い上代において、すでにかくもうるはしい情調の世界と人生観照の人倫の意義をひらいて行った。そして最後に、記は

……………繋㆓其衣中甲㆒而。訶和良鳴。故號㆓其地㆒謂㆓訶和羅前㆒也。
其衣《そのころも》の中の甲《よろひ》にかかりて、「かわら」と鳴りき。故《かれ》其地を号《なづ》けて、訶和羅崎《かわらさき》と言ふなり。

とはまことになつかしく心ひく古代の地名起源伝説ではないか。かくのごときうるはしい地名起源の詩情をもち、それを古典にゑがいた日の詩歌の美麗を考へ、さらにそののちに、

故大山守之骨者。葬干那良山也。

かれ、大山守の骨《みかばね》は、那良山《ならやま》に葬《をさ》めき。
とあるはまことになつかしい語り伝へである。

後　記

この文章を草する気もちになったのは、恩師折口先生の国文の講義にこのくだりを説かれた、そのをりの感動が、つよい印象となって胸中にのこった。その後久しくこの感動をあたためてゐたが、つひに書いて見る気になった。しかし多忙をきはめて、全く推敲の余地もなく、ずさんなものになって只々残念である。私に古代への熱情の志をひらいてくださったのは、恩師はじめ諸先達の御啓示による。これはそのさゝやかな出発である。これはもとより評論といふごとき改まった形式ではない。又論文といへるごときものでは勿論ない。謂はばひとつのバラードにすぎない。今日多く詩精神の没落した日に、わたしはひとりバラードをうたひつゞけたいとおもふ。日本浪曼派の先達らによって、近来我が国の文藝評論は、高い詩と行動の精神がうゑつけられた。一方旧来の形式にとぢこもる古い散文小説の形式は、すでにあたらしい歴史の詩的昂揚の時とともに没落しつつある。この時自分はそのさゝやかなこゝろみとして、ひとつのバラードの形式を文学形式としてうちたてたいとおもふ。これはすでにわづかの先達によって近来試みられつゝあることは、すでに世人の知るところであらう。我らがこの精神を拡張することは歴史の詩的昂揚にそふものと言はねばならぬ。そして古い文学形式の没落の日に際会し、あたらしいバラードの精神を、かゝつて古代の語り部が、その熱情になみだして、言ひつぎ語りついで来たごとくにひらきたいとおもふ。われらは何か一つのあたらしい文学の方法を求め、旧来の権威の惰性にたいして、あたらしい日の詩の熱情を樹立したいからである。

新編竹取物語

——禁無断上映上演——

説　明

このお話は、もうずい分古い御代のものがたり、日本の国が神代から人の世になって、まだあまり時もたゝないころのお話でございます。あまり昔でございますので、何天皇様の御代かもはっきり致さないほどの昔でございます。つまり昔の昔のそのまた昔、ずっとずっとその昔、ある山奥にお爺さんとお婆さんが住んでをりました。そのお爺さんは、毎日裏のお山に入っては竹を伐り、それでお米や味噌を求め、それでもって暮しを立ててをりました。さあ皆さん。これからその竹取の翁を中心に、大へんおもしろいお話がはじまります。

――幕　開　く――

翁「まかり出でたるは竹取のぢぢい奴《め》にござりまする。これより山に入り、今日も竹を取り、それを売ってお金に代へ、米や味噌薪を買ひ取り、又今日の暮らしを立てようと存ずる。はてさて世のなかには、何と我ながら不思議ななりはひがあるものでござる。朝から晩まで山に入り、コッチンコッチンと竹を伐り、それを売ってお金をもうけ、それで暮らしを立てるとは、何と変った商売ではござらぬか。十五の年から山に入り、それから幾年の月日が経ったやら、あゝ我ながら年も忘れてしまふほど、長い年月が経ち申した。そして何時の間にか髪も白うなって、腰もこんなに曲ってしまひ申した。それでもこの竹取だけは止められぬは。あの青い竹を、コツンコツンザックザックと伐り取る時のおもしろさ、をかしさ、手間も取れ骨も折れるが、しなれて見ればまた之ほどおもしろいものはござらぬ。どれどれ、もう日もあんなに高うなって、山では鳥がさへづり、里ではさかんに朝餉の煙があがってゐるは。今日も山入りはわしが一番らしいな。よしようんとよい竹を取って帰って、今日も家で待ってゐる婆さんをよろこばせたいものぢゃ。婆さんがあのしわくちゃの顔を一層しわくちゃにしてよろこぶ様子をながめるのが、何よりもたのしみでござる。はてさて、ではそろりそろりとまゐらう。」

——此所にて場面一転——

おぢいさん、盛んに竹を伐り取り、それを積んでゆく。そのうち一息入れて腰をのばしながら汗をふく。やがてふとそこに大きな竹を見つける。おどろいてそちらにゆく。

翁「はてさて之は世にもめづらしい大きな竹ぢゃ。こんな竹がこの世のなかにあったとは知らなんだ。うんめづらしい竹でござるは。ふんふん（感じ入る形）このわしは十五の年から山に入り、それからはや何十年、山中暦日なしとかや、全く年も忘れる長い春秋を、この山に入って竹を取り申したが、いやはや、この年になるまで、こんな大きく立派な竹を見たことがござらぬは。いやこれはめづらしい。何だか伐るのがもったいないやうな、気味がわるいやうな。いやこはいやうな。（しばし思案の体なり）いやこの長い一生のうちに、このぢぢい、いまだ妖怪変化などいふものにあうたためしはござらぬ。なあに左様なものがこの世にあってなるものか、いやあるためしがござらぬは。この立派な竹を取って売ったなら、さぞかしよいお金になることと存ずる。よしよしひとふんぱつして之を取ってかへり、婆さんをよろこばすとしようか。」

思ひ切って立ち上らうとするが、何度も何度もさすがに躊躇する。しかしたうとう思ひ切って、斧を振りあげて切りつける。と途端におどろいて尻餅をついてしまふ。しばし立てない。竹の切口からはピカピカと光がさして中から美しい人形ほどの少女が顔をのぞける。ぢいさんはしばらく腰がぬけて立つこともならず、目を白黒させてゐるが、そのうちにその人形程のものが、美しい少女であるのに気づくと、やっと元気を取りもどし、やがてうれしさうににこにこ笑ふ。やがてやっとこさ、と立ち上る。

翁「あゝやっとこさ、どっこいしょ。あゝおどろいたおどろいた。この年になるまで、はてさてこれほどびっくり仰天したこともござらぬは。どうしたと言ふことでござらう。（つくづくだんの人形を見入る）ふんふん（感じ入る体）まさしく姿形こそ小さいが、之はたしかに人間、しかも美しい輝くばかりの女の子ぢゃ。うん、これは何とうつくしいことぢゃ。頭からは近ごろ天竺とやらから渡来した、めづらしい仏様とかの頭のところからさしてゐるやうな後光とやらいふものがピカピカと射してゐるは。ふん、之はまさしく輝くばかりの女の子ぢゃ、之はうつくしい。それに不思議なことに泣きもせずこちらを見て、にこにこわらってゐるは。あゝはてさて、之は一体どうしたものであらう。（しばし思案の体にて腰をのばして腕ぐみする）うんうん之は何といっても、まづ最初にこのうつくしい女の子を見出したのはこのわしより他に誰もない。しかも竹の間から生れるなどあり得ぬ不思議、昔物語にも聞いたことがない。ふんふん、之はきっと神様が、わしら二人の正直をめでられ、わし達に子供がないのをあはれにおもって、きっとこの子をおさづけ下さったのに相違ござらぬ。うん、きっとさうぢゃ。之はさっそくこの子を抱いてかへって、まづ婆さんをよろこばすとしようではござらぬか。婆さん奴、きっときっと跳び上ってよろこぶぞ。よしきた。」

子供のそばにあゆみより、それでもこはごはちょっと躊躇し、やがて手をあはせてその子ををがみ、そっと手をのばして之を抱きあげ、うれしさうに上手《かみて》にしづかに去ってゆく。

――幕。舞台変る。翁の家――

婆さんは、囲炉裏のそばで煮物を見ながら縫ひものに余念がない。ぢいさん外からそっとあゆみよって不意に、

翁「ばあさん、只今かへりましたよ。」

婆さんおどろいて出てくる。

婆さん「おぢいさん、大変早いではありませんか。一体どうなさったのぢゃ。」と心配さうにする。

翁「いやいや今日は大変不思議なことがあっての。まあごらん。おどろいてはいけないよ。」といひつゝ、そっとふところから女の子を抱いて出す。婆さん一見しておどろき、声を上げてしりもちをつき、しばし立てない。

翁「おどろかんでもいいよ、ばあさん。これは可愛い女の子ぢゃ。」

婆さん「おどろくではありませんか、お爺さん。一体そんな小さい子供があるのでせうか。」といひながらやっとおちついて見つめる。あまりのうつくしさにおどろいてしまふ。

お婆さん「まあうつくしい。こんなうつくしい子供は見たこともござりませぬ。一体どうしたと

いふのでござりますか。」

翁「之は神様がわしらの正直にめでて、きっとこの子をおさづけ下さったのにちがひござらぬほどに、わしら二人で大切に大切にそだててゆかうと存ずるが、ばあさんどうぢゃ。之はきっと天から授かった子供故、おろそかには出来ぬ。どうか大切にそだててもらひたいのぢゃが。おお、よしよし。」

子供を大切さうに抱いてゆすぶる。婆さん未だ半信半疑の体《てい》でうなづく。

翁「実は今日竹を取ってゐると、ひときは目立って大きい、ついぞ見かけぬ竹があっての。それを思ひきって伐ってみると、中にこの子が入ってゐたのぢゃ。この子はきっと天人の子供で、この世に下って来て、わし等に見つけられるのを待ってゐたのぢゃ。そうれ、ばあさん。」

といってうれしさうにわたす。

ばあさんはこはごは受け取って、つくづく見つめ、あまりのうつくしさに之またおどろき入ってしまふ。やがて二人でふとんを敷いて子供をねかす。二人坐って顔を見合せてうなづき合ふ。

説　明

竹の中から生れ出て、竹取のおぢいさんおばあさんにそだてられた女の子は、普通の赤ん坊が半年もかかる所をわづか一日で大きくなり、ふつうの子供が一年もかかるところを二日で成長してしまひました。ぐんぐん大きくなり、美しさも益々加はり、本当に家中が耀くばかりでございましたので、おぢいさんも、大変有難く思って、この子はきっと天上界の人にちがひないと、耀姫《かぐやひめ》といふ名をつけまして、大変大切にそだてました。そのうち一月もたちますと、姫はぐんぐん成長して、もう十八歳くらゐのうつくしいうつくしいお姫さまになりました。一方おぢいさんは、その次の日からは山に入って竹を取るほどに、どの竹からも伐り口から、不思議なことに大判小判がざくざくと山のやうにこぼれ出して、みるみるうちに日本一のお金持になってしまひました。そこで大変に立派なお家を建て、そこにお姫さまを住まはせて、ぢいさんばあさんも、昔に変る立派な姿をして、多くの下女下男を召しつかふ身分となりました。耀姫の姿はいよいよ美しく照りかがやき、たちまち評判が国中一ぱいになりましたので、さあ大変、我も我もと耀姫のお婿さんになりたがる、身分の高い貴公子が出てまゐりました。そのうちでも一番有力なのは、いしづくりのむらじ、くらもちの臣、右大臣阿倍のみうし、大納言大伴のみゆき、中納言石上《いそのかみ》の麿《まろ》の五人でございました。

――幕開く、前の翁の家の前――

右手より五人の若者、各々盛装して出て来る。

石作《いしづくり》のむらじ「まかり出でたるは石作のむらじでござる。エヘン。さてさて我が家の由緒を申すならば、石作の家は遠く神代の昔、火明命《ほあかりのみこと》といふあの海幸山幸で名高い神様がおはした。その子孫の建真利根命の後孫でござって、畏くも垂仁天皇の御代に当り、天皇の皇后様、葉酸姫命《はすひめのみこと》のおなくなりになった時に、み屍をお入れする石の棺を作りしより、石作の姓をたまはりし由緒ある家でござる。さてこのごろ本朝に不思議のことあり。そは竹取の翁と申すもの、朝夕山に入って竹を取り、もってなりはひといたすほどに、その竹のうちより美しき姫を得て養ひそだて、忽ち巨萬の長者となったとうけたまはる。その姫はといへば天人のごとく美しく照りかがやくにより、耀姫と名づけて朝夕仕へまつるとか。さてさて我こそは、第一に天晴れその耀姫とかの婿君と相なって、三国一の名をうたはれたき所存でござるによって、今日此所にまかり出でてござる。さてそろりそろりとまゐらう。」
車持《くらもち》の臣《おみ》「次にまかり出でたるは車持の臣でござる。我が家は即ち遠く豊城入彦命《とよきいりひこのみこと》八世の孫、射狭君の家より出で、畏くも雄略天皇の御代、お召しのお車をつくり申しあげしより車持の姓を賜った光栄の家柄でござる。このごろ石作の連とか申すをとこ、分に超ゆる望をおこし、耀姫を我がものにせんとするとうけたまはる。誠に心外の至りに存ずる。いで我こそははやばや参って、三国一の名を得たう存ずるほどに、ではそろりそろりとまゐるといたさう。」
阿倍のみうし「次にまかり出でたるは阿倍のみうし、そもそも我が家は大彦の命の後えいにして……」
大伴のみゆき「あいやまたれい。神代よりその名も高い我が大伴の家の子の前にて、その広言は無用ぢゃ、近くばよって目にも見よ、遠からんものは音にも聞け。そもそも我が大伴家と申すは、かの天孫ご降臨の折に名高い道臣命の後より出でて、神代より武をもって朝廷に仕へ、三軍をひきいて朝の守り夕の守りと、大君の御門につかへまつり、一朝有事に際しては、「海ゆかば水漬く屍、山ゆかば草むす屍、大君の辺にこそ死なめ、かへりみはせじ。」と申しつたへしは我が大伴家の言立ぢや。」

石上麿《いそのかみまろ》「いやいやまたれい。大伴さんにばかり広言はさせませぬ。そもそも我が家は遠く神代の昔、神饒速日之命《かむにぎはやひのみこと》より出でて、その後連綿と今に至る名家でござる。石上の姓を賜りしは、日本書紀によれば、畏くも持統天皇の御代にござる……いでや姫を申しうけたくて参った。翁は居らぬか、早々出でてお会ひ下されい。」

一同声をそろへて、

一同「早々出でてお会ひ下されい。」

翁この声を聞きつけおどろいて家より出で来る。

五人声をそろへ、

一同「それなるは、世に名高い竹取の翁と見かけるがまことか。」

翁「いかにも私が竹取の翁と申すものでござりまする。十五の年より山に入って竹を取るほどに、はや幾十年の春秋もすぎ申したが、見らるるごとくいつの間にか髪も白うなり、腰も曲ってしまひ申した。さるほどに世の人は、我が名を言はず、只竹取の翁、竹取の翁と申すによって、何時の間にか我と我が名も忘れてしまひ、つひに我人ともに竹取の翁で通ることになってしまひ申した。してそこなる五人のお方は、近ごろ都に名高い公達《きんだち》とお見うけ申す。さてご用は。」

一同口々に

「我こそは　石作のむらじ。」

「我こそは　車持の臣。」

「我こそは　阿倍のみうし。」

「我こそは　大伴のみゆき。」

「我こそは　石上麿。」

翁「してご用と申すは。」

一同声をそろへて

一同「さればでござる、我こそは。」
翁「あいやまたれい。」

手をあげて制す

翁「大勢一しょではとんとわからぬ。どなたでもよいから一人代表で申して下されい。とっくりとうけたまはりたうぞんじまする。」

大伴のみゆきすすみ出でて肩をあげ、

大伴のみゆき「されば竹取の翁に物申さん。このごろそなたのかしづきつかへる耀姫とか申す女、竹のうちより出でしによって、この人間界のものにあらず、天人の如くにしてその気高さ美しさ、家のうちより照りかがやくと申しつたへる。そのうはさ、今はすでに国のうちに知らぬものとてはないこと。その耀姫と申す女人をかしづき育てる翁とは、まことそなたに相違はござるまいな。」

翁「如何にもまさしくそれがし奴に相違ござりませぬ。してその姫に何ご用でござりませうか。」

大伴のみゆき「さればじゃ、我こそはその照り耀く美しき女性をめとって天晴れ《あっぱ》三国一の婿君の名をうたはれたう存ずる程に、はるばるここにまかりこし申した。早速姫に面会致したう存ずる。」

サアサアとつめよる。

一同声をそろへ「サアサア」

とつめよる。翁あはてて手で制し、
翁「お話よくわかり申した。之は何分にも婆さんに相談せずばなりますまい。しばしそれにてお待ち下されい。」

と戸を閉めて内に入り婆さんに耳うちする。

婆さんおどろいて立って姫のそばにゆき姫に耳うちする。姫はっとおどろく態。やがてかたはらなる紙に筆をとってしたためたものをばあさんにわたす。ばあさんはそれをもってぢいさんにわたす。ぢいさんはそれを読みながら立ち上って土間に降りてくる。

翁「只今姫君の返事をもってまゐりました。ここにて読みあげまするほどに、一同よっくお聞き下されい。」

うやうやしく紙をひらく。勧進帳の態にて読みあげる。

翁「石作のむらじ殿は、遠い海の向うの天竺と申す国にある仏の御石の鉢、と申すものを取って来て下さいとの姫よりのお言葉です。」

うなづく。

翁「車持の臣様には、ずっとずっと東のはて、この日本国から海をこえ、はるかに東に行ったあたりに、蓬莱山といふ島があり、そこに仙人が住み、金や銀の木が生えて、そこに、白玉の木の実がなってをります。それを一枝お持ち下されい。」

うなづく。

翁「阿倍のみうし様には、支那の国で出来る火鼠の裘《かはごろも》とかいふものをもって来て下さいとのこと。」

うなづく。

翁「大伴の大納言殿には、勇ましい方故に、海の深い底にある、龍宮城とかの龍の首にある五色に光る玉をご所望です。」

うなづく。

翁「石上大納言殿には、つばくらめのもってをります子安貝がご所望です。」

うなづく。

翁「どなたにても、以上の品をたしかにご持参の方に、お望をおうけするとのご伝言でございました。」

一同一しょに「はてさて之は難問、うむ、困った。」

と手を組む。

翁「之が出来ねば姫のことはおことわり申しあげるばかりでござる。いづれよい吉報をお待ち申しあげます。」

といひも終らぬに戸をピシャリとしめる。

一同思案の体にて引きさがる。

——幕——

——幕開く　前の翁の家の前——

車持の臣　蓬萊の玉の枝をもって出て来る。

臣「竹取の翁はご在宅か。約束の品を持参いたしました。早速お目にかかりたい。」

と戸をたたく。

翁出で来りて戸をひらき、枝の出来栄えにおどろく。

翁「これはこれは立派な枝、はてさて何時蓬莱島に行ってまゐりなされたのでございますか。」

臣「さればぢゃ。我、姫よりのおたのみをうけてより、八重の潮路をしのぎ、紀州熊野の浦を漕ぎ出し、東へ東へと、南風に帆をはらませて、はてしも知らぬ大海に乗り出し申したが、さやう、幾日まゐったことやら。日数もおぼえぬほどに船にすごすうち、神の助けか、幸にうちつづく上天気、とある朝東の方を見渡せば、之ぞまさしく蓬莱島、金銀の木に白玉の実がなって、それに名も知らぬ鳥の来てうたひ居り申した。之こそ神のお助けと、さっそく船をかの島につけ、這ひ上って取るもとりあへず一枝折って持ちかへり、早速参上仕りましたが、不思議や名に負ふ蓬莱の木の実、久しい月日をへても、さらに枯れしぼむ風《ふう》もござらぬ。」

と自慢気に示す。

翁「はてさて之はご苦労に存じまする。早速姫にとりつぎませう。」

と家に入って婆さんとともに、枝を姫に示す。姫もさすがにおどろく態なり。

婆「之はどうも、うそいつはりの品にしてはあまりの出来。もしかしたら本物かも知れませぬ。それにしてもあまりの見事さ、これはもうことわることもなりますまい。姫、どうか心をきめて下さい。」

と心配さうにする。耀姫悲し気に沈み入って、

耀姫「まさかこのことを車持さまが仕とげるとはおもひませんでしたが、つくづく見れば見るほどよい出来で、にせものともおもへません。かくなるうへは、もうおことわりもなりますまい。人間の姿は仮にこの世に現はしましたが、元は天上界に生れたこの私、今更こんなことになるとは、たとへ約束とはいへ残念でござります。」

と思案の体にて打ち沈む。

その時にあたり、下手《しもて》より玉つくりの職人頭出で来る。しきりに人をさがす様子。車持の臣をみつけてかけよってくる。

頭「車持の臣様、ずい分さがしましたぞ。ずい分ひどいお方ぢゃ、あんな手のかかる、又費用や材料の要る仕事は、一生のうちこの私もはじめてぢゃ。謝礼はたんまりいただけるとのお約束

に、おひきうけして仕あげましたに、はや半年にもなりますのに、一向お払ひ下さる様子も見えぬ。一体どうしたわけでござりまするか。私の方の職人共に、月給もはらってやらねばならず、今日は是非出していただかぬと。」

とつめよってくる。臣あわてて、しっ！しっ！　と口へ手をあて、さらに手で制するが、

一向ききめがない。一層大声で、

頭「一体どうして下さりまする。」

とつめよってくる。この騒ぎにぢぢとばばは、おどろいて表に出て来て見てゐる。様子を

知ってぢぢとばばは、声をそろへ、

二人「わっはっはぁ……車持様の化の皮がはげましたな。わっはっはっは……。」

臣はぢ入って下手《しもて》に逃げて入る。

説明　玉造の職人頭、ヤルマイゾ、ヤルマイゾの掛声にて、狂言の態よろしく追って入る。

——幕——

こんなわけで車持の臣のさすがのかしこい智恵も、つひに化の皮があらはれて、たうとう大失敗で逃げ出してしまひました。一方石作の連は中々ずるい人でしたので、天竺などいふ遠いお国までゆくのは大変とばかり、こっそりと大和国、十市郡《とをち》にあるある山寺の仏様の前にかざってあった、うすぐろく煤《すす》のついた鉢をもち出して、天竺の仏の御石の鉢だといってもって来ましたが、かしこい耀姫に忽ちそれを見あらはされ、さんざんの態で、はづかしさのあまり行方知れずになってしまひました。

一方阿倍のみうしは、家が大変お金持でしたので、小野のふさもりといふ家来に命じて、はるばる九州に下らせ、博多の港についた支那の船を待ちうけて、火鼠の裘《かはごろも》を求めてかへらせ、得意顔に姫のところへ持って参りましたが、火に焼けないはずの裘が、火にかざしてみますと、忽ちぼうぼうもえ出して、これも大変なにせものを、大金を出して買はされた事がわかり、散々恥をかいてしまひました。

大伴のみゆきはどうしたのでせう。この人は多少勇気もあり、弓もうまかったので、大胆にも難波の津より船を漕ぎ出し、龍あらはれなば只一矢に射ころして玉を取らんと健気にも、海に向って漕ぎ出しましたが、途中大暴風雨にあって、たちまちにして船は木の葉のごとくにゆりあげゆりおろされ、つひにゲーゲーとへどを吐き、まっ青になって土佐の海辺に打ちあげられ、之も散々の失敗に終りました。世間の人の話では、大それたことを考へたので、龍のたゝりで嵐がおこったのだと申してをります。

ではは中納言石上麻呂はどうしたのでせうか。この人はとびの子安貝を見つける役でしたね。石上中納言は、くらつまろと言ふ役人の意見によって、御所の御門の屋根裏に巣くったとびの巣へ、高い高い柱に綱をつけ、それに籠をぶらさげて、それにのって巣をさぐりました。ところが、綱をもってゐた家来があまり綱を引あげすぎたので、忽ち籠が引くりかへり、高い天井からすってんどうところげおち、腰をうって、それがもとで病気になり、たうとう死んでしまひました。

かうして五人の若者達は、いづれも失敗してしまひました。この話が国々につたはりますと、姫の評判はますます高くなってまゐりました。そしてある月の美しい晩のことです。たうとう時の天子様から、お召のお使が姫のところにおとづれてまゐりました。

――幕ひらく。美しい月の夜。遠く笛の音などもきこえる。竹取翁の家の前――

下手より近衛大将、威風ものものしく出で来る。家の前に立ち威儀を正し、

近衛の大将「竹取翁にもの申す。かく申すは今のみかど様につかへまつる近衛の大将でござる。このごろ竹取翁のかしづきそだてる耀姫と申すものの名前、国のうちにたれ知らぬものもなく、かくてはつひにみかど様のお耳に入り、娘を一度見たいとの思召しでござる。御勅命畏まって早速入内《じゆだい》の準備をなされい。」

ぢぢとばば月を見てゐたが、おどろいて土間に降り土下座して、

二人同声に「ははーっ」

姫、聞いて決心したやうに立ち上る。

耀姫「おぢい様おばあ様、大変長い間お世話になりました。そして今宵はおそれ多いことながら、みかど様より入内《じゆだい》せよとの思し召し。身にあまる光栄でございます。本来ならば直ちにおうけ致すべきところでございますが、私は元来天上界の天人でございます。ほんのすこしの間おぢいさんおばあさんの正直に感じた月世界の王様が、私に命じて仮に人間の姿を現はさせ、おぢ

いさんおばあさんの手助けにまゐったのでございました。しかしもう今夜はかへらねばならぬ時刻が刻々まゐりました。あれごらん下さい。あの清く照る月の宮殿から、もう美しい音楽が聞え、それそれ、そこに五色の雲にのった天人達が、もう私をむかへて天上につれかへるべく、あれあそこにむかへにまゐりました。ほらあのお山のところに雲がだんだん低く降りてまゐります。もうこのお庭につくのも間もないこと、そろそろ天に帰る仕たくをせねばなりますまい。もう私を呼んでゐる父や母や兄や姉や妹の声が、月の光につれて天上から聞えてまゐります。このまゝでかへるのはまことにみかど様のありがたいおぼしめしにたいし奉り、申しわけもございませんが、お使者の方からは、何とぞこの由を申しあげて下さいませ。この世のお別れのしるし、みかど様へのおわびのしるしに、このお薬をみかど様に差し上げて下さいませ。このお薬は一服のめばいつまでも死なぬといふ、天上界の名薬、不老不死の薬と申します。ではみなさまさらばでございます。」

とやがてうしろにむいてしづかに出てゆく。姫のかげ段々遠くなり、このころより月の光いよいようつくしく照りわたり、妙なる音楽天空よりしづかに伝はり来る。ぢぢとばばは泣いてゐる。

近衛の大将、あまりのことに夢みる心地であったが、はっと我に帰り、
近衛の大将「しばし待たれい、姫。」

とさけんで二三歩すすむがそれきりしびれたやうになってうごけない。舞台のこのころより段々暗くなり天上の音楽も次第に遠くなってゆく。ぢぢとばばのすすり泣く声、たえては又つづく。

――幕――

説　明
かくして姫は再び五色の雲にのって天上に帰ってしまひました。近衛の大将は止むなく立ち帰ってこの由をみかど様に申し上げました。みかど様は大変おなげきになりました。もう姫もゐないこの世に、いつまで長く生きながらへて、苦労のみ多い浮世にすごしても全く致し方もないことであるとお考へなされまして、人をやってその不老不死の名薬を、富士山の頂上の噴火口にお捨てさせになりました。
その頃はまだ火をはいて、その煙は高く高く天に上ってゐましたので、そこにお薬を捨てれ

ば、その煙だけでも天に上りとどいてくれるとお考へになったのです。富士山を不死（富士）の山と申すやうになりましたのは、之からのちのことだと申しつたへてをります。

我々の祖先たちが、今に至るまで幾代も語りつたへてまゐりましたこの美しい物語、ずっとずっと昔のこの美しいお話も、これで終りと致しませう。

浪曼的詩精神の昂揚について

我が国に於ける言霊の精神といふものは、日本の詩人の代々に伝承した崇高の倫理であった。之は言語に神を意識し、その言あげに絶対の信念と偉大なる責任とを感ずる精神である。故に我が国にあっては、まことに詩人の言あげといふことはひとつの倫理であり政治であった。それは詩にしてしかも祭りであり、又まつりごとでもあった所以である。

故に皇国詩人の言あげは絶対でなければならぬ。それはもとより一あって二ない精神である。それはかつて封建の代に、京の神典学者によってとなへられた通り、哲学的な解釈をとれば、ひとつの倒語といふごとき精神である。しかもこの倒語といふことは、ある意味で逆説的に絶対である。それは正言よりもより以前の絶対であるからである。しかも我が上つ代にあって、すでに倒語の文藝意識の芽生えつゝあったことは、我が国文明のふかくふるい故を示して我らをたのしませるのである。之は我が日本詩人の銘記すべきことである。かの倒語の有する意義に、詩人の絶対の決意と、堂々の言あげの責任を感じたことはたのしいことであり、我ら現代詩人の範とすべきことがらである。

この堂上系最後の学風の倒語の哲理を、正反合の考へに直し、フランス風象徴詩派などの美学意識に焼直したのは大正の学者のなさけない合理であった。倒語の説を合理主義の偉大さによって片づけるなどといふことは、まことにおろかなことがらといはねばならぬ。我々はかゝる説明の方法や註釈などあまり必要としないのである。それはまことにあはれむべき泰西美学の直訳である。

むかうの学風の直輸入といふことは、明治以降の我が国において偉大な悲壮な民族的事業であったにちがひない。しかし之は、かの土の久しい文明と、その土俗に根をもつ心意伝承のふかさを知らず、なべてかゝる文明文化変遷の因果律を考へないで、ひとつの抽象の文物としてとり入れたところに大へんなまちがひのあったことがわかるのである。

かの国土においては、長い西欧の文明史を考へればいい。そしてそこに当然出づべくして出でた彼等の学問を考へればいい。それが民族の血統の神々を失った人々のあひだにおいてひとつの天上唯一の絶対を考へ、抽象の信仰の究極が、はかない無神論と、やがてひとつの唯物史観の表現となることなど、かれらの文明史を知れば不思議でも何でもないのである。

我々の世代が、明治以降、かゝる学問の背後にある思想史と政治史と、さらにこのうらにある民族の神々を喪失した天の故国なき民、その土俗や世界観や倫理観をしらなかったばかりに、せっかくの輸入文物の壮大も、ひとつの抽象の学に終ってしまったのである。之は徳川時代の多くの犬儒らの支那崇拝のものごしの喜劇さや、それ以前のすべての大陸文物輸入者、ないし多くの盲拝者のをかしなさまとあまりことならない。

しかしむかしでいへば、我が国は何といっても東海の山島に孤立してゐたのである。之はかつて思想や形式主義の学者などあっても、大してさしつかへないおほらかさといへる。しかも多くの合理の徒輩らのあふれたうちに、ひとり正道を失なはなかったのは、そこに連綿と護持する我が国がらの詩心があったからにほかならない。之はつまり我が国がらの崇高さと、そこにつらぬく言葉の信であった。そして日本の詩人はその代々の体現者であった。

私はかつての我が上代文藝の言霊の信仰を言ひ、それを倒語の論によって示した封建の学者について考へた。そしてこの学説を今日の泰西哲学の正反合の論説で説明した大正の学者を考へた。そしてすでに百年をへて我が国の学問が、その説明の方法以外に、あまりすゝんでゐないことにおどろき、なげいたのである。これは詩人に護持せられた言霊の信の喪失にすぎない。

言霊とは何であるかといふに、それは民族の血に脈うち、その遠つ祖以来の心情のうちに連綿する崇高な詩心にたいして、その詩心を永遠にささへ、その詩心に捨身し、その詩心こそ民族の深奥のものをささへる慟哭であり、そのものこそ民族の永遠の決意であると確信し、責任をとることである。これが我が国における詩人の決意であり生理である。

故に詩人は、おのれがうたひ、おのれが慟哭する詩こそ、語りつぎ言ひつぎゆかむと、永遠にわたって伝承される民族の心意伝承であり、ひとすぢに守りつがれる民族精神の中心にある火であり、民族倫理の本質であることを、代々身をもって実証したことである。我々は故に、我が父祖の代々伝承した精神の高貴と、そのうちにふくむ深奥の倫理をおもひ、それをさゝへた日本の詩人の生理をおもって、それに無限の感動と勇気を味はひ、代々の詩人にたいして祭祀の神聖を感ずるのである。

我々はかゝる立場からして、多く大正期の学者のごとく、彼の土の物の考へ方を、向うの風土も伝承も無視し、その精神史のあり方と因果の必然も知らず、又国からの精神の必然も知らぬまゝに、その抽象の言葉の表現と、その一見壮大な言語魔術の不可思議な手品に酔って、むかうの理論を、我が文明開化期のそのまゝの抽象の理論として、そのうへにたって、我々の理論を組織したことである。そしてこの植民地的文明開化理論の横行のときに、なべての我が古典の詩情は一片の抽象の論理によって曲解といふよりも、むしろ天がける言霊の神秘な熱情を失って、たゞひとつの説明に堕したのである。

我が国の精神の深奥の倫理は、決して一片の説明ではない。その説明のおくにかがやく高い詩心の無限である。といふよりも、むしろ永遠を指示する美しい詩の言葉である。之が日本の言霊の本質である。我々はこの言葉によって日本の精神史を構想するがゆゑに、多く明治以降の学風の説明の学を軽蔑するのである。かゝる学がアカデミーであるとせば、これはひとつの歴史への反逆であり転倒であるといふべきだ。

我々は日本の学を詩の言霊に構想するすべを知つてゐるがゆゑに、あまり何ごとにつけても文明開化的な翻訳語による説明は重んじない。我々は日本の国学者であり詩人であるので、美しい詩の言葉にたくして、日本の代々の倫理の美観を、父祖の風土の血と民俗とにつながつた信念として解することを知つてゐるからであるにすぎない。故に封建の代に倒語を言つた学の方を、むしろ之を正反合で説いた文明開化の学風よりも、歴史的にでなくて、歴史の決意にたつた絶対の真正の価値として尊重するのである。そして古い代々の精神の血統の高さとふかさを知らずして、いたづらに彼の土の土俗や歴史の背景を忘れて、只その形式の抽象のみをうつしうゑた明治大正期の学風といふものは、おほむねなべてけいべつしていゝとおもつてゐる。

私は多少はこの文明開化期を意味する昨今までの学風にたいして考へてみた。そしてこの学風といふものはおほかた我が国の世界史的舞台への登場におくれた日の、ひとつのあがきであることを知つた。そして西欧文明の構想の雄大に圧倒せられ、久しい封建の夢を開国と共にさましたとき、そこに目くるめくやうにあらはれて世界史を指導し、滔々とアジアと日本の岸辺にせまりはじめた西欧の文物におどろいたとき、三千年を東海の山島に蟄居《ちつきよ》した我が民族のおどろきは、やがて己の貧困を誇大視し、己の文明の弱さを誇大視する素朴な世界の田舎者の姿の美しさをもってゐた。私はこの素朴を愛するけれども、この素朴は、世界の田舎者としての日本人の明治以降、文明開化的文物はなべてこのおどろきが生んだ悲劇であったと知った。

しかし之はそんなにかなしむべきことでもない。とりのこされたさびしさを感じた明治の我々の父たちは、彼の土の文物の雄大の構想をおもって、その構想のみをその背後の歴史から切りはなしてとりよせたのである。之はひとつの悲喜劇であったが、又大へん大切なことであった。そしてこの人々たちは、この己の開化現象を、かの国人の構想によって組織するたびごとに、年とともにおのれの貧困感を増して行った。之はつまり植民地的知性の貧困を増加するものであった。そしてこの貧困の結果が、かの土の言語魔術のあり方に酔って、かの土の抽象の哲理の歴史の背景を忘れた抽象の構想によって、架空の哲理をうちたてたことによって、これらの植民地的知性の貧困をおほひかくしてしまふすべを知ったのである。

このことが無意識におこなはれたことは余計になさけないことである。これは我が国文明開化期の悲喜劇である。それにまたいけなかったことは、明治初期政府の学問処理の混乱が、あまりにひどかったことである。之はやがてものの本末を正すうへに、大へんいつまでもさしつかへたことである。そして我々は、たとへば我が国、アカデミーの唯一の産物である西洋哲学書の翻訳を見るがよい。そのなかに書かれてある言語の異様な魔術は、まさに明治以降の悲喜劇の象徴である。

それに加へてあの哲学用語のもつ一種の漢文口調と、漢語乱用調は、まことに一代の悲惨である。これは日本の国語を知らざるものといふべく、日本の思惟の方法を忘れたものといふべく、ここにおいて日本の言霊は全く地におちたといふことである。これは日本の神聖な詩魂の喪失を意味する。之は日本の詩人の決意の喪失である。我々の運動が、我々の詩の運動が、ひとつの壮大な、シュトルム・ウント・ドランクであるべくんば、我々はまづかゝるアカデミーの己の民族の真の叡智を失った悲惨をおほひかくして、かへって植民地知性の抽象や、漢語調の江戸末期書生的、ないしはふるい伝統を失った文明開化的言語魔術の輩にたいするたゝかひでなければならない。

以上説き来ったごとくに、我が国自然主義の横行は、明治以降おほむね古典の血統の高貴を忘れ、己を世界の田舎者として立ちおくれを自覚した日の悲惨にあった。しかもこの植民地的知性の貧困の過度の恐怖症状が、ますますその病的な発想を起さしめたことは、早い話が津田氏の学問を見ればよい。又多く明治四十年以降自然主義文学のあくどいうへにしんのよわい発想と、そのうちにおほひきれない日本の伝統の修身教育の、いびつな儒教的封建思想の残存である。そしてあのやりきれないいびつな性慾描写は、詩からも散文からも詩精神の発想をうばひ、高邁な恋愛の美観を忘れしめた。これは我が国の代々のますらをの剣のこゝろと、代々の切ないなつかしい相聞の詩情とをうばひ去ったのである。考へて見るがいい。封建の代のうたひものでも、もっとなつかしい人情をもってゐたのである。そしてつひに近松や芭蕉のやうな壮大な歴史の慟哭は、はたしていつの日に出ることであらうか。

この植民地的ないびつな発想が横行して、詩の高邁な代々の精神が失はれ、我が国詩人の言霊の信念が遠く天がけった。明治の日に、ひとり高邁な浪曼的決意をかたり、日本の文明の壮大な意味を示し、その歴史に有する意義と、今後の世界史にたいする日本の文明の重要さをとき、あはせてアジアの古代倫理の高邁をといたものは、唯ひとりかの岡倉天心であった。そしてこの稀有の詩人天心を、我が国の詩脈の有力な決意とし、我が国の美の系譜にあんで、今日国の内にあふれみなぎる若い詩の精神にうつしうゑたものは、浅野晃氏と保田與重郎氏の功績であった。

そして我が国のいびつな自然主義文藝の横行の日に、たとへば日本の真の美の血統の擁護を志したものは、わづかに浪曼派の詩人たちにすぎなかったのである。そしてこの植民地的知性の貧困なあがきが、つひに唯物史観の横行にまで至って、歴史の真理にひとつの重大過誤が犯されたときに、あたらしい日本浪曼派の運動が起った。之は真の歴史を解放するためにあらゆる事大主義を打破する自由の精神であった。そして之が民族の血統と日本の決意とにかかはって、世界史の変革が惹起されたとき、それはその時代における我が日本の歴史の重大さと、文藝の決意の痛切な恢復であった。日本浪曼派の運動がひとつの言霊の恢復でなければならぬゆゑんは此所に存したのである。

我々のたたかふ目標は、おのれの貧困をあかしする自然主義的発想の歴史の変革であり、その発想のマンネリズム打破である。そしてその開化以降の多くの借りものの学問構想の理論を打破して、旧来アカデミーにいどむたたかひである。之は我々が真に民族の血の叡智と、その血統のうへに立って、風土と伝承のうへに、おのづからにすなほな詩の言葉が倒語によってうたひあげられる学問であるべきだからである。之は徳川期国学運動と似てゐてその規模において大へんことなり、又ドイツ浪曼派運動の血統恢復運動と似て又大へんそれより雄大である。我々の浪曼派運動は、この意味でひとつのたゝかひであり、シュトルム・ウント・ドランクでなければ何らの歴史的意義はないからである。

我々のひらくものは真の近代でなければならぬ。そして真におほらかな日本でなければならぬ。そこに開く言霊の詩でなければならぬ。たとへばかゝるものの前駆といったものは、いま多くの日本の若い詩のうちにみなぎりあふれつゝあるにちがひないし、之を正しきにみちびくものは、ひとつに我が国柄の詩であるし、それを正しきにあらしむる皇国の信念でなければならぬ。

今日国内にみなぎる詩の発現が、在来の文学形式によって支へ切れないことは勿論である。ここに我らはあたらしい文学形式としての詩を構想し、詩精神をひらくであらう。今日国内にみなぎる日本の正気は、おそらく在来の文藝形式ではたへられぬとすれば、それは自然主義文藝の無力化であり、イデオロギー小説や、イデオロギー第一主義の評論の没落である。我々はかゝるものをもっと超えた純粋の絶対において、言霊の詩を考へてゐる。そしてかゝる純粋なものの先駆として、例へば中河與一氏の『天の夕顔』のごとき作品の生れたことは、今日のために大へんよろこぶべきことである。

我々はたとへば学校で易経をよみ、小柳司気太博士の学問識見の高邁に驚いたのみで、その内容に失望したのである。これはスピノザのごとき泰西の思想家にたいしても同一である。我々の考へることはかゝる思想の構想ではなくて、そのおくにある言霊の叡知である。これを民族への誇示として組織することは、すでにその民族の精神の血統の堕落である。我々の考へる学問とはもっと美はしい詩の言葉であり、民族の血に脈うつ生命そのものである。そして多く今日流行する日本主義の理論を軽蔑するのはこのゆゑである。理論などより先に知られねばならないものは久しい民族の精神をつらぬいて流れる只ひとすぢの詩の言葉である。今日説明や註釈は単なる物ごとのあと片づけにすぎない。こんな評論などあまりいらない。我々は只正しくうつくしい歴史の叡智と、国史の回想の正しさを教へてくれたらそれでよい。以上は大切な仕事であって、評論とは只言霊の信にしたがって、真に正しい歴史の真理を、国と民族の具体の表現のうへに示すだけでいい。言霊の精神はいたづらに言あげを欲しない。いたづらなる言あげは神の怒りにふれるであらう。一点言ふことが間ちがってゐたら、そして信念と責任を欠いてゐたら、いくら説明が上手でも発想法がおもしろくても、註釈がくはしくても、それはまるでゼロである。それは射撃と同じで、いかによい銃でも、的《まと》に向いてゐねば全然話にならない。故に私もいくらでもおもしろい発想の評論は知ってゐるであらう。しかし日本の歴史の叡知のうへにたって、保田與重郎氏や芳賀檀氏の評論をおいては他にあまりみとめることは出来ないゆゑんである。

大体私は文学以前とか以後とかいふことはあまり重大な問題にはしてゐない。そんなことをいってゐたら日本の古典文学など、ほとんどみんな火中に投じたらいゝのである。伊勢でも万葉でも大ていは文学以前の要素が大部分である。近く近松などにしても大して文学以後でもあるまい。日本で文学以後を求めるならほんの一部の歌集と、蕪村、秋成あたりからのちである。芭蕉など文学以前とか以後とかを超越したもっと偉大な古典人であった。我々浪曼派運動が目ざし、今日国のうちにみなぎる決意が詩になるときは、おのづからかくのごとくにありたいとおもふ。それは芭蕉のごとくおほらかであって、一点のなさけなさもいらない。文学以後などといふことを、うるさくいひ出したのは明治以降の美学の形式だけの輸入で歴史がない。文学以後の美学を完成するには、すくなくとも今後数百年の歳月を要する。芭蕉が出るまでには、後鳥羽院以後三百年の時を要したことを知るがいい。

我が国のますらをの述志と、たをやめの抒情とが、もと唯一であることを知るためには、この行動の詩の悲劇を理解せずにはわからない。これはすでに文学以前であってこれを超えてゐる。たとへば人麿の慟哭はさうであり、芭蕉の慟哭もさうである。家持の詩はこれらの生活の象徴であって、近代美学の方法ではわからないであらう。我々の浪曼主義運動はひとつのルネッサンスであるから、我々は芭蕉のごとくおほらかな神人一如である。それは又記紀の世界の純粋である。そのあらゆる常識の美観をこえた絶対である。

私が文学以前といふことに、あまりこだはらないといったのは、日本の美観といふものの悠久を考へ、そして我が国の文藝がつねに原初の神話の日とともにあり、かの記紀の清純の絶対とともにあることを知るからある。我々の考へてゐる文藝といふものは、ひとつの壮大な歴史の決意が、民族のいのちの深奥にふれて鳴動する壮大な振幅であることを知ってゐるから、つまり詩とは偉大な歴史の抒情であり、その歴史の詩神にみなぎる変革の行為を、その剣とうたとの志を、やさしくうるはしい象徴の言葉にかへるものは、偉大な時代の詩人であることを知つてゐるからである。

我々の父祖は歴史を文学したのである。大鏡や増鏡の語る歴史のうちに、優にやさしい詩の言葉をきゝとるものは、それがすぐれた歴史であるとともに、又文学であることにこゝろうたれるのである。私は源氏物語を在来とことなる歴史として考へ、日本の物語文学のかたる歴史の高さをおもつた。これは国の詩の血脈と、その民族とをとりはなして考へられぬものであるからである。しかもこの日本文藝の伝統になじんで、つひに知つたことは、国のいのちを支へるものは、ひとつに美はしい詩の言葉であることである。この意味において我々は絶対に藝術至上である。しかしこの藝術至上とは、在来の土俗や伝承を喪失し、歴史と分離した藝術至上とはことなるのである。

我々が美を深奥の倫理として構想し、国の精神の深部と考へることは、国学の立場にたつて物を考へるからである。日本の国学はすべて詩のことばの発現に、その言霊の信にまで至る決意のうへに、神話を味はつて歴史の決意をひらくからである。故に国学の哲理といふものは、かのすべてを理論の構想のうへにおく学や、治国平天下の道徳観に隷属せしめる学とはもとより異るのである。この意味において近世封建の代の国学は、やはり国の言霊のいのちをとりかへすための偉大な言あげの運動であり、ひとつの浪曼主義運動であったことは、あの国学の前提として、元禄の盛時をもって芭蕉、近松に開花した壮大な文藝のあらはれをおもってもいゝのである。西鶴の不逞な凡人文学への突進なども、なべてあの世代の諸天才の詩の生命の恢復は、日本の中世期の没落を示す前程であり、しかも真の近代はそれにつゞく国学の文藝による日本の歴史観恢復運動であり、既成権威へのたたかひによった。我々の運動も、若い世代の日本の浪曼主義運動である以上、ひとつの歴史観の変革を行為し、言霊の詩をとりもどす解放運動であることを知るならば、我々の詩がひとつの世紀の変革を行為する行動であることを知るのである。

この意味で佐藤春夫氏のごとき純正詩人が、上田秋成のごとき重要詩人を現代文藝の血脈に再現し、萩原朔太郎氏のごとき先駆的詩人によって、国の文明の詩人による決意の不動を、『歸郷者』を著して示されたことは、我々詩人として日本の詩脈を樹立し、あたらしい日本文学史の構想を樹立せんとするものとして、偉大な勇気の源であらう。

日本の叡智のために

――「民族的優越感」に捧ぐ――

今や我が民族の遂行すべき光栄の任務は、ひとつに我が遠つみ祖よりつたへた歴史の理想の、今日における開花である。我らはこの大和民族永遠の悲願を遂行すべく、あらゆる危機と苦難にたへ、偉大な希望を歴史の理想として、アジアと世界の規模において樹立すべきである。之は二千六百年代の我が大和民族に課された神聖にして光栄ある使命であるとともに、又祖先が神話の日以来、この東海の松青く砂白い山島に、語りつぎ言ひつぎ来ったひとつの神聖な悲願であった。我らはこの悲願を遂行すべく、今や民族の全叡智をあげて、未聞の歴史的偉業を達成すべく、国をあげて偉大な浪曼的事業におもむかねばならぬ。之は我ら昭和の若者に課された、もっとも厳正なる事実であるを知るとともに、もっとも光栄にみちた任務に他ならぬことを確信するのである。

即ち我ら今日の若者の使命といふものは、神話の日以来、かつて我が祖《おや》天上にあつて誓ひいのり、そののち長く我が民族の神授の光栄として語りつぎ来つた日本の理想を、日本歴史の理想としてに止まらず、世界歴史の理想として、この昭和の大御代の国の運命にかけて、一挙に実現決行すべきことをいふのである。之は偉大なる苦痛と困難において、更に偉大なる希望と光栄とを加へることを確信するのである。かゝる日にこそ真の民族の叡智といふものが、今日の叡智として、この昭和の大御代の聖業を支へる叡智として、ふたゝび我々の上にもたらされねばならぬ。これは国の危急の日にあつて、ひとすぢにこの危機をさゝへ、之をもつて明日の希望をひらくものが、果していかなる精神であるかを考へるうへにおいて、今日もつとも必要なことといはねばならぬ。今日この聖業に奉仕する我等の気宇と、その決意といふものは、おそらく日本歴史にかつて存せざる程の偉大にして悲痛な精神の決意といはねばならぬ。之は又今日においてもつとも光栄ある若者の任務であるとともに、我ら民族の敢行せんとしつゝある遠征は、もつとも浪曼的な精神の壮厳といはねばならぬ。

我が皇国にあっては、つねに国が危機にひんし、国の運命がその窮極を思はせる日には、つねに雄渾な民族の叡智が国内の津々浦々にわきおこって、必ずひとつの壮途を達成せしめたことは、近く明治の歴史に徴してもあきらかである。之は一に我が国体の御《ご》稜威《みいづ》といはねばならぬが、つまりは我が皇国に連綿する歴史の決意といふものが、か丶る至難の日において、つねに民族の真の叡智をよびさましたことに他ならないのである。これは我が日本国の歴史における一に絶対なる事実である。国の至難の日にあたって、我が祖々らはつねに光栄の古典を回想し、父祖の決意をおもって、ふるって難におもむいたのである。之は我が国史上歴然の事実である。しかも我が民族を常に奮起せしめ、我が民族にかぎりない決意をよびさましたものは、実にこの歴史の精神、つまり真の国柄の自覚、言葉をかへていへば、真正の国粋即ち真の民族的優越感といふことに他ならなかった。之こそ我が民族に課された使命の実現の決意、民族的使命の自覚をいふに他ならない。か丶る精神こそ国のあやふきにあたり、必ずおこって我らの本心をよびさます歴史の声であり、遠つみ祖らの呼声に他ならないのである。

今や我が日本の当面した歴史こそ、まことに世界史を変革する壮大の規模といはねばならぬ。

かゝる国と民族の行動こそ、まことに世界の倫理をその末世の乱雑よりすくひ、あらゆる精神の構想を根本より変革する世界史上かつていくつもない偉大の事業といはねばならぬ。しかもこの壮途が二千六百年の悲願をもって起った我が日本国における、この東海山島にはじまって、まづアジアの光栄を昔日に恢復する決意にはじまったといふことは、ひとつに偉大な歴史の精神が、我が日本国におとづれ来り、かつてない詩精神の躍動が、もっとも浪曼的な決意をもってうたひあげられたことを物語ってゐるのである。

かゝる日にこそ我らは真に国を支ふる歴史の精神の躍動をおもひ、国の血脈を正す学問の展開をおもひ、我ら若ものをふるって難におもむかしめる詩心の高邁を求むるのである。しかしてかかる時にこそ真の民族の叡智といふものは、我らの民族のうへにおとづれ来らねばならないのである。しかもこの精神を、先駆してこれらの決意をひらく壮大な詩が、浪曼的な開花をもたらさねばならないのである。之は日本の危機を我らの若者の決意にさへ、しかも今日至難の日において、我が歴史の理想を世界に敢行する日本の若者らの心にひとつの輝く歴史の精神となって、おそらく万世に貫くごとき詩心を開花せしめるであらう。しかも我らはかゝる国の未曾有の時にあたり、その国の決意と民族の悲願の慟哭とを、まづもっとも先駆してききとり来り、それをひとつの詩としてうたふ今日の詩人の任務をおもひ、はてしない光栄を味はふのである。我らの青春のうたといふものは、世のつねの青春のうたとことなるのである。それは剣と血とによって明日の世界と日本とのためにうたはれねばならぬたぐひなき我らのうたである。このうた心こそは遠つみ祖のちかひに立ち、遠つみ祖の啓示として、我が日本国の歴史の決意のうへに立ってうたはれるであらう。

かゝる光栄のうた心の日をもったことは、我が民族の若者たちのもっともよろこびとするところである。かゝる光栄の歴史の現実における敢行をうたひ、かかる光栄の壮途の決意をうたふことは、我ら昭和の詩人らにもっとも新しく起った精神である。これこそ昭和の大御代に生き、この至難の聖業を身をもって先駆する我が国詩人の任務であるといふべきである。かゝる光栄の世代を生き、かゝる光栄の任務を行ふ我らの立場に於ては、もとより旧来のあやまれる文化感覚を否定し、まづ浪曼的な今日の文化を樹立すべきである。我らの国の文化が、昨今多くいびつな植民地的知性と、封建的な自然主義文化感覚によって立ってゐたといふことは、かゝる至難の聖業を敢行すべき我ら皇国文化の徒によって、すみやかに一掃されねばならないのである。それは一に日本国の使命の確信にある。

こゝに我々の主張する浪曼主義といふものは、在来多く考へられて来たごとき、単なる文藝上の用語にぞくする自然主義、浪曼主義といったごとき区別とはもとより異るのである。我らの浪曼主義といふものは、国の運命を身をもって慟哭し、国の運命とともに生死し、この光栄の歴史の遂行のために挺身してをしまない偉大の精神をいふのである。かゝる決意と行動の精神を、そしてその精神体系より生ずる詩を、これを我らの浪曼主義の詩の時代と言ふのである。しかもかかる浪曼主義の詩といふものは、すでにうたはれる前に行動の詩のごとくであり、書かれる前にすでに剣であるごとき歴史の精神を言ふのである。即ち我らの浪曼主義といふものは、今やかつてない壮大な歴史の精神が、世界を変革する決意となってうごき出した時において、その行動の精神が、わが大和民族の悲願の詩情によって象徴され、この悲願のもゆるがごとき現実の躍動が、我らの志にひとつの燃ゆる火となって移されたとき、その燃ゆるごとき一団の焔となって、国の危急におもむく我ら若ものらの詩心を、ひとつの詩の志にあらはしたもっともはげしい民族精神の象徴の言葉を言ふのである。我らの浪曼主義はかゝる一団の火焔となって明日のアジアの光栄の恢復と、世界変革のたゝかひにまっしぐらにおもむき投ずる精神である。かゝる精神こそ我々の浪曼主義文学によって樹立されねばならぬ至高の志である。

今や我が日本の決意とするところのものは、我が日本国の歴史の理想における世界の変革と、アジアの光栄の恢復である。之はかつて天心の詩によってのべられたごとき、最も浪曼的な我が民族に課された歴史の責任である。かゝる日にこそまづ我が日本国の、真の民族の叡智を正し、真国の歴史の精神の何であるかを明らかにし、国がらの本質の何であるかを知ることによって、真の国粋を示すことこそ我らの浪曼派詩人のつとめとすべきところである、その日いち早く、我らの敬愛しておかない先達保田與重郎氏が、もっとも浪曼的な日本詩心の高邁を語り、我が国民の理想の真意を示して、かゝる至難の日に我が国柄のゆるがざるためしを示すべく『民族的優越感』のごときすぐれたる書物を出されたことは、我ら後輩のもっともよろこびとするところである。この書こそ真の国粋とは何であるかを示す書といふべく、この書こそ真の国の叡智の意味を示し、日本歴史の理想のよるところを語って、今日至難の日に、民族の決意のよって立つべきところを示してゐるのである。この書によって我らはいよいよ決意をあらたにし、我が民族の本来の使命を感じ、在来多くあやまれる我が国文化感覚を一変することを知って、もっともよろこびとするのである。

我らは在来多く、ほとんど真に我が国柄の高貴を語り、我が民族に課された光栄の任務をかたるごとき詩人を有さず、我が歴史の理想の真精神を語るごとき詩人先達を全く有さなかったのである。しかし我らは初めて保田與重郎氏のごとき、真正の国粋詩人のあることを知った時に、始めて我らの生き甲斐を感じ、皇国文藝の血統に参ずる詩人の誇りを知ることを得たといってよい。我らは先覚保田與重郎氏によって救はれたといってよいのである。之はひとり我ら少数の若もののよろこびに止らず、今日至難の昭和の大御代の聖業に参ずる若者たちのために、もっともよろこばしい事実といはねばならぬ。在来多く教化宣伝の具としての歴史の理想や国の使命の意義しか教へられなかった若者たちがあるならば、速やかにかゝる草莽にあって、烈々として真の国柄の意義を語り、我が民族の今日ゆくべき意義を語る詩人のあることを知って、己らのゆくべき道を明確に自覚するとともに、又至難の運命をささへる日本の詩が、今尚うつゝに存して我ら若者の決意のよりどころを示してくれることに、無限の力づよさを感ずべきである。

保田與重郎氏によって示された我が皇国の真の志といふものは、今日の危機をさゝへ、今日の聖業を樹立すべき決意を語り、国の倫理の万代にゆるがぬことわりを示してゐるのである。かゝる文章の真の志が草莽の詩人によって、支へられ、かゝる詩心がこの国粋の詩人の志によってひらかれたことに、我らは無限のよろこびを感ずるのである。在来多く我が国にあっては、かかる思想は単に教化宣伝の具としてのみ云々され、真に国民の血の覚醒と躍動とにもたらされることすくなく、保田氏によって始めて民草の決意が、今もかはらぬ高邁の志を、国の内外にみなぎらすことの可能を示したといふべく、おそらく在来インテリゲンチャの文化感覚を一変させるであらう。

今や我が日本の決意といふものは、世界を変革する精神の要《かなめ》であり、又アジアの古い光栄の精神を、西欧帝国主義の荒波より守る最後のとりでを意味するのである。我々の若い民族らが起したかつてない浪曼的な遠征は、この西欧帝国主義の侵略によって、不当にゆがめられてゐた古きアジアのおほらかな文化感覚をとりかへし、アジアをして昔日の高い倫理を恢復することにあった。即ち昨今の文明といふものは、西欧のゆがめられた人種的偏見にたった文化感覚に他ならず、この西欧のあやまれる民族的優越感によって、幾多の光栄ある世界の古代倫理は没落したのである。しかもつひに我が国にあってのみ、かつがつにこの古代の倫理の崇高はささへられ、没落しゆくアジアの光栄は、ひとり大和民族の決意と悲願によってのみさゝへられたとおもはれるのである。

しかも昨今はかゝるおほらかな人倫の最後のとりでを形成し、やがて世界に我らの真意を示さねばならぬ日本国にあってさへ、この光栄の自覚は多く忘れられつゝあった。これは一に植民地知性のはんらんと、いびつな島国的自然主義文化感覚のなすところである。我々はかかるものを抹殺すべき真の国粋を樹立し、国の歴史の理想を確立して、民族の任務の重大を自覚すべきである。この精神の我が日本における発揚は、ひいてはアジアの倫理の高邁をとりもどし、世界の文化を一変するのである。この事業をさきがけてうたひ、在来の文藝にあふれる国の理想の喪失を暴露してはぢない自然主義文藝文化を一変するものは、今日の若い昭和の詩人たちであらねばならず、今日の浪曼をアジアと日本の行動の規模にうたふ詩業でなければならぬ。この日これに先駆して、保田與重郎氏のごとき先達が、正しい国民の自覚を歴史の理想において歌はれたことは、我らのもっともよろこびとするところである。

我ら伝統正しい皇国の詩人にとって、最後の悲願ともいふべきものは、かつて天心のうたったごとく、アジア及び日本の光栄の歴史の文明を、そしてその人類文化に対して有する倫理の最高の理想を、没落したアジアの国々の最後にあってひとりささへ、しかも我が大和民族の文明の悲願として、之をやがて西欧帝国主義のあやまれる偏見に代り、世界に光被せしめ世界を変革するものは、ひとり我が日本国においてのみ可能であり、この精神を大和島根の岸辺に守り、この使命を世界史に達成するものは、ひとり我が日本国なることの理想の自覚にある。そして今も尚滔滔としてアジアを侵略し、又日本の岸辺をかむ荒波の何であるかを考へる時、我らの決意の今にしていよいよあらたなるを覚えるのである。我々は昨今流行の合言葉で、国の古典や伝統を云々するごときはむしろいやしむべきである。ひとつに我々の決意は、アジアを侵略してその光栄の倫理を泥土にゆだね、さらに我が日本の光栄ある精神の血統を犯さんとし、我が松青く砂白い東海の山島に、この大和島根に、二千六百年を語りつぎ、守りついだこの歴史の理想を保つ国土に、今や刻々に岸辺をかんでうちよする西欧帝国主義の荒波を、我らの若い世代の偉業にささへ、さらにアジアの光栄を昔日に恢復して、世界文化の没落を正すにある。かかる日保田與重郎氏のごとき敬意おくあたはない先達が、高邁な浪曼的詩心を語って我が皇国の歴史の理想を示し、我らのゆくべきみちを示されたことは、我々のもっともよろこびとするところである。

明治の文学者小泉八雲が、日露の風雲を前にしてかいた『神国日本』のうちにおいて、八雲は日本の理想とその国柄とのたぐひなきゆゐんをかたり、しかももし将来、この独自の日本の信仰の衰へるときは、日本の危機のときなることを言ってゐるのである。之は帰化人八雲の、もっとも好意にみちた警告といはねばならぬ。我らは神州不滅を確信し、あくまで国の悲願を達成すべく、この大和島根にうちよする荒波より、まづ正しい日本の精神を守らなければならぬ。ここより我らの自覚の発し、我らの使命のはじまることを知るべきである。この意味においても、保田與重郎氏の著『民族的優越感』は国たみの持すべき民族倫理の本質を語り、日本歴史の真の理想を説いて、我らの教へらるゝところ多大であった。在来西欧的文明感の偏見によって、「民族的優越感」といふ言葉は誤解され、さらに日本の叡智はあやまられた。我らは今や真の国の自覚を振起し、宮廷のおほらかな文明と、草莽の志とによって文へられた国の理想を恢復し、もってこの国難の日におもむかねばならぬ。

最近代の先駆精神

我々日本の詩人が、今や千載一遇の機に際会し、かかる雄渾な時代の文藝を、我々若い日本の詩人によって打ち建てねばならぬ時に来合うたことは、我らのふかいよろこびとするところである。しかもその偉大な日々のさなかにあって、我々は近代日本の生んだ最大の詩人のひとりである萩原朔太郎氏を失ったことは、まことに我々の悲しみにたへないところである。萩原氏ほど、我々の若い日本民族の気宇を理解し、むしろ近代詩精神の後退の時に、もっともさきがけて青年の詩をゑがいた人は、ひとり只に萩原朔太郎氏と佐藤春夫氏とをもって第一とするであらう。しかも萩原氏ほど、つねに若者の心をしり、つねに自らが若者であり、つねに自らが青年日本の先駆であり、つねに自らが青春の日の日本を体意してゐた詩人を私は知らないのである。そしてその詩人の第一人者として、おそらく萩原氏の名は永遠不滅であらうことを、私はひそかに氏の数部の著書をひらいて感ずるのである。

萩原氏をおもって第一に感ずるものは、萩原氏が青春日本そのもののごとくに語った詩人であることは、詩人としての氏の晩年のわづか二ケ年、時々お話をうけたまはるを得た私の、つねにふかく感動おくあたはざるところであった。かかる私の言説をあるひは世のひとは奇異に感ずるかも知れぬ。しかし私は自ら萩原氏に問うてこの答を得たのである。しかもこの未曾有の時を体感し、未曾有の時に先駆して歌った日本近代の大詩人は、つねにあまりにも早い近代であり、あまりにも偉大なる先達であったゆゑに、つひに代々のさびしい日本の隠遁詩人のあるいた道をあるかねばならなかったのである。こゝに私はひとりの高邁な時代に先駆した詩魂の崇高な悲劇を見、ひとり時代に先駆した最近代の象徴の追随をゆるさぬ偉大を知るのである。そして私は萩原氏も又、代々の日本の大詩人のゆかねばならなかったさびしくも気高い宿命をおもふのである。例へば在原業平のあるいた道を思ふがよい。又鴨長明を思ふがよい。芭蕉でも西行でもよいであらう。此らの痛烈孤高なる大詩人ののちに、萩原朔太郎氏をおくことを私はひそかによろこびとするのである。そしてこれらの大詩人ののちにゆく萩原氏が、最近代の日本の詩人として、又もっともふかくさびしい代々の日本の詩人の古い脈絡をうけついで、さびしいそのみちをあるく姿を思って感涙にむせぶのである。氏はまことにかくのごとき人であった。氏はまことにかくのごときもっとも伝統正しく、しかももっとも新しい日本の象徴であったが故に、つひにもっともさびしい長明の路をおもはねばならなかったのである。（私はかつて在原業平の生きた時代の歴史をおもひ、その孤高なるさびしさに落涙して、一篇の小説を草した。〝うひかうぶり〟がそれである。そして私はこの作品をかきながら、私の学問の師匠とともに、今ひとり萩原氏の処世がおもへてならなかったのである。そして氏に、どうにかあの作がよんでいただけたのをよろこびとするのである。）

私は多くの詩人のために、否多くの後世の文学史家のために、このことはあへていはねばならない。つまり氏ほどに近代日本であり、青春日本であったことがありえたかといふことを。そして氏ほどに憂国の詩人であるひとも又稀であるといへば、あるひは多くの世人は意外の言におどろくかもしれぬ。しかし私は氏のためにあへていはねばならない。そして私の言におどろく人は、それはおどろく方がまちがひである。氏が如何に憂国の詩人であったかは、氏の生れた明治の時代と氏の家系と氏の出生地とを考へればよい。そして一見弱々しくさへ見えた氏のはげしいいきどほりの姿をみるがよい。氏はつねにそのいきどほりを我々若者に語って居られた。そして尚信じない人は、氏の著書『日本への回帰』を読むがよいのである。そしてさらに『歸鄕者』を中心に、氏の精神の如何に青春日本であり、さらにそれよりも遠く先駆したかを考へればいいのである。そして私は、「文藝」六月号の先覚保田與重郎氏によって草された文章をみよと多くの人にすすめたい。そして私の言葉によって安心されんことをのぞみ、それをあへて悠久の日本文藝のために希望して止まないのである。もっとも近代であり、もっとも先駆である詩人が、つねにさびしい隠遁の形をとらねばならぬことは、我が国の歴史においてつねに明白の事実である。後鳥羽院のご生涯は申すもかしこきことなれば、此所に語ることはさけたいとおもふが、萩原氏の意義を考へるうへに、多くの日本の詩人の高邁をあげることは、この意味で必要であり、私はさらにこの他に、志士や憂国の武人や吉野朝の忠臣や、さらに奇行家といった人の伝を考へたいと思ふのである。高山彦九郎も又上州の生んだ奇異の詩人であったと知るべきであった。そしてかかる萩原氏の精神は、すでに大正の精神に生きる多くの文人にも理解しえないのである。

萩原氏の近代詩形への功労や、大手拓次、室生犀星らとの近代詩への足跡は、又別にかたる人も多くあらうとおもはれる。しかも氏が近代の最高の詩人であったゆゑんについて、そして近代日本文明の最高の先駆者であることについて、我々はあへて後世文学史家のために記しておかねばならないのである。つねに先駆であり近代であった萩原氏は、時にはもっとも泰西文藝への親近と憧憬を身をもって示してをられたけれども、之はつねに先駆者のもつこの日本国の、つねにやるせないエキゾチシズムであったことは、遠く飛鳥時代を思はずともよいのである。そして氏のエキゾチシズム自体が、近代日本、明治以後の日本のゐがいた悲劇であったと考へれば思ひなかばにすぎるであらう。そしてこの最大の悲劇を、この詩人はその一身にゐがいたのである。こゝに大正昭和二代にわたる大詩人萩原氏の悲劇があったとおもはれるのである。こゝにつねに大詩人のゆくべきみちへの宿命を、又は国家とか民族とかの精神史としての文藝の流れのうへに考へうるのである。そして我々はさらに明治の精神が、脈々として萩原氏の血に流れてゐたのを知るがよいのである。之は氏の著『歸鄉者』をみれば一見してよくわかる。そして氏は高山樗牛や與謝野晶子のはげしい抒情の崇拝者であり、只ひとりこのみちの精神を命の底にうけつたへてゐるやうな人であった。私は近代日本の最初に出た樗牛や透谷等の高邁なロマンチシズムが、萩原氏の血のうちに流れて、つねに日本の悲しみといったものをかなでつづけたことと、この明治の若い二大先達の詩が、つねに生きて昭和の青年日本の青春的先駆であった萩原氏、しかも老大家萩原氏に流れつづけたことに驚嘆とよろこびを禁じがたいのである。そして氏が、藤村の『若菜集』を何よりも愛することは、一昨年我らにかたられたのである。氏はつねに青春日本の象徴であった。そして氏の詩情はつとに明星の與謝野晶子女史の影響を、すでに少年の日にうけられたことに出でるのである。『歸郷者』はこのことをもっともよくかたりえてゐることにおどろくのである。そして名著『歸郷者』はこの詩人の近代へのはげしい抗議の書であるとともに、又近代への積極的な先駆の書であった。もっとも早い近代である日本を示すとともに、もっとも古い日本を示した。もっともはげしい隠遁の書であるとともに、時代に先駆する詩人の書であった。歴史を指導すべき詩人の使命がこの書ほどよくあらはれたものを私は知らないであらう。之は近代の終りを記し、あたらしい近代の出発を示した。しかもそのおくには、もっとかなしい代々の日本の風土と、さびしい隠者文学の寂光があった。そして明治の精神のもつかなしみは、この人によって、あの日露戦争の軍歌の哀調のまゝに、我々をなつかしい少年の日へとさそったのである。

氏の『日本への回帰』が世に出たころ、つとに氏は世上の俗流文人にさきんじて、我が国のもつ史的意義の壮烈を予感してゐたのである。之は詩人のみのもつ特権であった。そしてあの美しい文章のまゝに我が日本の詩がくりひろげられ、史的ロマンチシズムがうたはれたのであった。私は氏と詩人と国家といふことについてつねにかたり、詩人と日本文藝の伝統についてかたり、詩と国家の精神の悠遠性をかたって、つねに賛同をいただいたことを誇りとしてゐる。そして世上の合理主義への抗議の姿は、古の国学者のごとく、萩原氏においても高邁なうたごころの発露であった。さうして最後に私は氏に詩について教をうけえた最年少の一人であったことをよろこびとするのである。

『詩歌と民族』について

浅野氏の近著『詩歌と民族』は、明治以降日本における浪曼的文藝評論のうちで、おそらく最高の文藝批評のひとつに属するものと信ぜられる。我が皇国二千六百年の歴史をつらぬき、かつて我らがいまだめぐりあはなかった国の至難の日において、この至難な国の運命を突破し、来るべき日本の理想と希望をひらくべく、今日我が若い日本の詩文のうちにみなぎり、久しい父祖の歴史の理想として我が文藝に開花しつゝある精神の本質を、浅野氏のごとき詩人が、唯美至醇の国風の詩歌の発想にたくしてそれをつらぬく日本文藝の血統に示し歌ったことは、まことに意義ふかいこととといはねばならぬ。

即ち浅野晃氏によってうたはれた精神は、今日壮大な歴史の抒情となって、アジアの光栄の恢復と、世界の文化を正すために、先づ我が日本の曙としてうたはれ始めた壮大な歴史の精神である。かかる未曾有の光栄の日に逢着し、かゝる国難を突破して歴史の理想を確立すべく、今国の内にみなぎりおこりつゝある浪曼的な決意と、その民族のカオスにおける慟哭は、おそらくかつて皇国の歴史になく、また世界の歴史にも比《たぐひ》すくない精神の旺溢といはねばならぬ。浅野氏がかかる日において、『詩歌と民族』においてかたる日本文藝の今日の開花は、今国内にこぞって、未形の熱情となっておこりつゝある民族の浪曼的な雰囲気を謂ひ、それをうつくしい詩の言葉によって、もっとも深奥の大和民族の慟哭の悲歌としてうたった処に、我等日本の詩文をおもふものは強く心うたれるのである。

我が日本にあって、遠く神代の古より、詩歌は人倫のもっとも深奥のものであり、大和魂即ち国粋の倫理をつらぬくものの本質は、つねにえんにやさしい国風の詩歌によって、ひそかにその至情をひらいて来たのである。かゝる国粋の倫理の本質をつらぬき、つねに我が大君と国民との間にあって、日本の精神を支へる基本の信念をなして来た日本の詩情は、いまや浅野氏のごとき志高き詩人によって、ふたたび絶対の国と民族との信念として、今日昭和の大御代をひらくべく、これに先駆する詩心となり、又この至難の国運をひらくべき決意の本源を示されたことは、まことによろこぶべきこととといはねばならぬ。

かゝる意味においても浅野氏の著『詩歌と民族』は、我が文藝評論において、ひとつの歴史的意義を有するものといはねばならぬ。かくのごとき至醇の国粋の詩歌の精神のうへに立って、我が民族の血統を明示し、それをつらぬく倫理以上の倫理を示して、歴史の終末の苦難に立ってあたらしい運命をひらく光栄の使命のために、絶対の民族の確信のよりどころを示したことに、我らはこの昭和の聖業に参じ、その悲願に先駆すべき詩人の使命を味はふものである。

浅野氏が、我が遠つみ祖が、かつて高天原にあって、天つ日の神のみ前にちかひいのり、そののち悠久の父祖の悲願として代々をかたりつがれ、今日歴史の正気にふれて澎湃としておこりつつある日本の精神を、優にやさしい大和歌の伝統の発想にさぐり、うるはしい詩歌の立場において示したことは、我が国粋の本質が、かつて国学の先達に明示されたごとく、今もかはらず我が日本にあっては、倫理以上の倫理として、文藝の血脈において存することを語るものである。しかもかかる精神は、文明開化以降、日に日に没落喪失しつゝあったものである。しかるに今や我が民族は、かつてない光栄の歴史的使命を遂行すべく、ふたたび民族本来の血統を自覚し来ったのである。この日浅野氏のごとき先駆的詩人によって、世上求めて求め得ず、又いたづらに教化宣伝的愛国論やあやまれる偏見の愛国論者国粋主義者の多いなかにあって、我が大和歌の血統に立って、真の国粋の精神が今もかはらず我々の血に脈うち、しかも今や未聞の開花をなしつゝあることを、浅野氏のごとき、先駆的詩人の示したことは、国粋の悲願が単に教化宣伝の具と化し去らずして、今もなほ草莽憂国の志として、烈々と、日本の詩人のうちに護持せられ、世上の邪悪を正しつゝあるのをみるのである。

この書を読んで感ずるものは、はるかな民族の血統の回想であるとともに、今日おこりつゝあるアジアの正気の、日本によって開かれはじめた浪曼的な雰囲気である。浅野氏は美はしい日本の回想を説き、そのおほらかな我が大和歌の歴史の蔵するものが、今日世界において至高の精神であることを語るのである。そして氏は今日におけるそれらの開花のうるはしい結実を語ってゐる。例へば最も純正な若い国粋詩人保田與重郎氏の文章を語り、又柳田國男先生折口信夫先生のごとき、植民的知性のはびこる国の時代に、毅然として真正の国の精神を、ふかい学問の立場からさぐられた先達に就いて語るのである。浅野氏が子規や左千夫や赤彦をかたり、又遠く万葉の人麻呂や防人のうたに、うるはしい日の本のこゝろをさぐる時、それはすでにあの文章自体が、もっとも高貴な日本をたゝへる血統の書であることを示してゐる。そしてつひに氏の決意は、日本の壮大な歴史の理想と決意とを、アジアの古代の光栄の規模にうたった、明治以降唯一最大の浪曼家詩人、岡倉天心のうつくしい詩の文章を語って、我が日本国の精神の無比とその今日における歴史的使命を説くのである。この書は昨今とかく調べひくく、血統を喪失した虚妄の原野のごとき文章の多いうちに、ひとり我が文藝の伝統正しいあり方を示した、韻律高く志気にふれた浪曼派文藝の高峯といふべきか。

神保光太郎氏の詩について

神保光太郎氏の詩は私のいちばん心ひかれて愛誦してゐる詩である。私は氏の詩をよんで、いつもふかい民族の深部の血統をおもふのである。神保氏の詩がうったへるもののうちには、その詩人の美はしくかざらない素朴のうたを通じて、あらはな言葉によって示さず、抽象の論理や概念によって語らない故に、かへって詩人の美しい志が、しみじみと我々の心にふれるのである。

神保氏の素朴な韻律は、今日のごとき、正しい我が国の韻文が没落し、詩精神が地におちて、あさましい世俗の散文がはびこり、市民根性を暴露してはぢない、いびつな自然主義文藝のときめいてゐるうちにあって、ひとり毅然として浪曼的詩人の高邁をかたり、その詩のうちに高邁な詩人の気宇とともに、久しい民族の血統と、長い風土と伝承をひめて、つねにひそかにしらべ高いうたをうたひつづける意味においても、我々にふかい感動をあたへるのである。

神保氏の詩のそこをながれてゐるものは、ふかい日本の伝承と風土のささやきである。しかもその気品にみちた高いしらべは、今日浪曼の詩情が地をはらひ、高邁の気宇が去って、いびつな散文精神が詩をさへ犯してゐるときに、けだし稀有の存在として、もっと高く考へられてよかったのではないか。その素朴とまでも見える、又そのぎごちないとまでおもへる、又あまりにひなびてゐるとおもへる詩情のうちには、今日心あるものがみれば、実におどろくほどの歴史の伝承の久しい文明をつゝみ、又今日最高の叡智のながれを知るであらう。素朴なとまでみえる氏の詩の言葉は、よく味はへば、美しい我らの系譜を、今日最高の叡智に語って、惻々として我らにせまるのである。

神保氏はこの意味でも、近ごろもっと多くの愛誦家をもってよいのではないか。私はつねに氏の詩をうたって、遠い我々の父祖の日の世界にかへるごとくにおもひ、我らをして遠い日本の風土の、むかしのまゝにかはらぬ故国にさそひ出してゆくのをおぼえる。氏の詩をつらぬく、あのしづかな望郷のこゝろは、久しい間我が国の詩情をさゝへ、長い我が国抒情詩発想の基《もとゐ》となったものであった。この意味においても氏のうたはれる詩情といふものはいつの日も遠い日本のうたであり、我々のなつかしい祖先らのむかしのうたである。神保氏の詩業こそ、かゝる市民文化の害毒が、多くの高い詩心を失って、我らの故国を虚妄と化せしめた日に、ひとりかはらずむかしのまゝ、我々の心をつらぬく伝統正しい詩情を語り、もっとも詩歌発想の正しいあり方を教へてくれる素直なこゝろである。

神保氏の詩につらぬくものは、もっともふるく久しい日本の風土と伝承である。そしてそのやるせないまでになつかしい東北の土俗である。我らは日本の詩心のうへに、南方の郷愁をおもふとともに、北方の風土のかたるなつかしい哀愁を考へたいのである。そして神保氏のかたるものは、このなつかしい東北の哀愁であることは、いつか萩原朔太郎先生もかたられたことがあった。そして私は神保氏の詩をうたふたびにこのなつかしい日本の風土の土俗を感じ、その久しい伝説の流れをおもふのである。そして神保氏がこのなつかしい風土の哀愁を、すでに遠い少年の日の夢として、又遠くさりつゝある日本の父祖の夢として、ほのかな詩人の望郷の言葉にうたはれる時、我らはたへがたい風土への哀愁をおもひ、たへがたい我が故国と郷土への愛執を知って身もだえ、我が空青く雲しづかな日本への郷愁を感ずるのである。神保氏の詩に我らは正しい日本の伝説と風土を感じ、こよない国の美はしさを知り、たへがたい幼年時代の追想をなつかしむのである。

氏のうたはすでにかへらぬ幼年の日のうたであるが、又もうかへらぬうたが、つねになつかしく我らのこゝろの背後にあゆみよってくるのである。そして氏のうたをよんでゐると、何かひたひたと遠い雪ふかく積んだ山脈のそがひから、ひそかなまれびとの足音がせまって来るやうにおもへてならない。それは遠い少年の日に、我が郷国でいつの日か聞いたあの雪の山の足音であり、あの峠路の夕陽の光のこぼれるほきの路を、ひとりひたひたとせまってくる目に見えぬ異国の旅人の、あのわがなつかしい幼年の日の幻想である。

山の背に
ひかりのこぼれ
落穂の如き　ひかりのこぼれ
ひとに　逢はざる道

ひねもすを
われ
思念の如く　あゆみぬ

氏はかくのごとくにいつも、ひねもすを遠い日の日本のうたをもとめ、日本の風土と伝承のあのなつかしい路をあるいてゆかれる詩人としての、もっともふかい民族の血統であらうか。そして氏の哀愁は、東北が同じく生んだ太宰治氏とも宮澤賢治氏とも、齋藤茂吉氏の哀愁ともことなるのである。そして我らはいよいよ氏の詩魂の今後の開花をいのりたいと思ふ。

『文學の立場』について

保田與重郎氏の近著『文學の立場』を読んで深い感銘にたへなかった。氏によって語られる文學の立場といふものは、かゝる至難の日に生きて、しかも未曾有の偉大なる使命を有する日本の今日において、真に伝統正しい皇国の文学者の、その文学者の生くるみちを示した至高の書といふべきであらう。かゝる時代に生きて、我が日本が今日において、この偉大な使命の遂行のために、この民族の絶対の文明の信念を有せねばならぬといふことは、今さら我らの言ふまでもないところである。しかもこの今日の至難の日において、この日本の父祖の日よりの信念を、今日において清らかに我が皇国の決意として言ひ切ることの出来るひとといふものは、おそらく保田與重郎氏のごとき人をおいて他にないであらう。

我らはこの書によって、明治以降初めての真の国と民族とのいのちの誓ひに立った文藝批評のあり方といふものを知ったのである。まことの文藝批評といふものが、真の日本の文藝の血脈に即し、日本の歴史と精神の伝承に即した文藝批評といふものが、始めて出現したと言っていゝであらう。おそらく氏の『文学の立場』によって、在来の日本の文藝批評といふものは、こゝに一変されるであらう。在来多くの文藝批評が、単なるいびつな個々の作品批評の分類に終始してゐた時に、かくのごとき高邁な民族の詩心による批評の出現したことは、まことにおどろくべきことがらである。この書によって、真の批評の精神といふものが、高邁にして万世に貫流するごとき志気をいふものであることを、おそらく多くの読者は知るであらう。在来多くの文藝批評といふものが、多く外国の文藝様式の、そのまゝの価値判断と存在意義との口うつしにすぎなかったことを、そして真の皇国文藝の系譜を貫流する詩情のあり方といふものについての、一貫した志を忘れてゐたといふことを、この書の方法ははっきりと語ってゐるのである。そして真の批判といふものが、久しい祖先の日よりの歴史の信念にたって、無限の子孫に語りつがれ、千年ののちにも語りかけるごとき、永遠にして遠大な悲願にたつ詩精神であるといふことは、この書のもっともよく語るところである。即ち国と民との悲願につらなったまことの批評といふものは、高邁な歴史の精神の貫流する志の上に立って、来るべき将来の歴史を規模し、国と民とのゆくみちを指示するごときものでなければならぬ。それはかつて遠い父祖たちが、天上の国辺以来祈念した民族の祈願を、悠遠の子孫に向って語りつぐとき、そして千年ののちにまでも、この日本の意志する精神を、絶ゆることなくもちつたへ、やがてあらはれてくる子孫たちを鼓吹するごときものでなければならぬ。この書の示すものは、かゝる連綿たる皇国文藝の、万世にたゆることなき伝承の火つぎのうへに立って、至難の日に至高の気宇と高邁な志気をひらき、乱離の世に文藝の神聖を語るひとすぢの信念をもってつらぬいてゐるのである。

保田與重郎氏のこの書によって、日本の文藝を貫流する志といふものは、初めて明示せられたといってよいのである。それは在来のいびつな作品批評の語るごとき精神ではもとよりない。そこに表現されるものは、日本に万世をつらぬいて語りつがれた詩精神といふものが、その詩の志を志として代々生きた日本の詩人といふものが、今日の危機における日本の詩人として、如何にして永遠につらなって身を処すべきかの、生死をかけた絶対の信念を語ってゐるのである。かゝる至難の日に生きて真に国と民との悲願につらなり、父祖より子孫への永遠の詩情につらなって、それを今日の運命として展き、時代の苦痛に先駆せねばならぬ皇国の詩人の、そのまことの伝統正しい生き方といふものを切々の倫理として語ってゐるのである。かゝる意味においても、この書は明治以降稀有の存在として貴ばねばならぬ。この書は単に現代に生くるための、我ら文学に志あるものの、至高の指南の書といふに止まらないのである。日本の文藝が万代にわたって貫流するものにともなって、その不滅の信念のもとに、永遠不変の文藝の決意を語ってゐるのである。故にこの書は、我らの世代においてより以上に、我らの子孫のために必要の書であらう。

我らは保田氏がこの書を世に送ったその意嚮《いかう》を考へねばならぬ。そして今日至難の時において、日本文藝の血統に参じ、その文藝の今後の展開にたづさはるものの、はかないいのちの振起のよりどころとし、この危機に生くる我等の勇気のよりどころとせねばならない。真の詩といふものは、かかる乱離末世といふごとき時において、朗誦して無限の勇気を我らにあたへるものである。しかして保田氏の書の如き、かかる悲痛な切迫の日において、まことの生き方を我らにをしへ、その文藝につらなって生くるよろこびををしへる書は現代においてすくないのである。かかる至難の終末感のうちに、しかも未曾有の希望と悲願を、来るべき日本のためにひらかねばならない時に、我らは詩文にたづさはるものの絶対の勇気とその信念を振起し、詩人の誇りに捨身せねばならない。しかもその信念と勇気とが、果して何につらなり何によって力づけられるかといふことを考へなければならぬ。保田氏のこの書は、このことを語って我らの心に切々とせまるものあることは、読者のもっともよく了解すべきことがらであらう。

この書の語るものは、真に伝統正しい皇国の詩人の処世のみちである。我が国に於ける文学の立場といふものが、如何に悠遠な宮廷の文学の高い詩心につらなって生き、そこにつらなることによって、至難の日に生くる文人の生き方を、誇りと勇気にみちて感ずることを知って来たかを語ってゐるのである。そして日本の歴代の詩人といふものが、はかない市井巷間の文士に至るまでいかに高い宮廷の詩情につらなることによって、その生きる勇気と、高い使命とを知り得たかを語ってゐるのである。しかもかかる詩人のあり方といふものが、この至難にして、しかも未曾有の偉大な使命に捨身せねばならぬ時に、如何に重要のものであるかを語ってゐるのである。そしてその中世後鳥羽院以降、まことに伝統正しい日本の詩人といふものは、つねに草莽にあって、いかにその国への伝統の悲願を燃焼しつゞけたかといふことを、しかもこれらの隠遁詩人の自信のよりどころといふものが、いかなる困難と悲痛の状態にある時においても、その信仰と美観とのうへにおいて、常に宮廷につらなり、至高のかしこきあたりにつらなってゐたかを、この書は語ってゐるのである。このことは今日における日本の詩人たちが、この困難のときを生きぬいて、真の使命に捨身するみちを我らに語り、それを歴史によって示したといふことである。

かゝる意味に於ても保田氏の語るところのものは、まことに文明開化以降の文藝と文化の状態にたいする、痛烈な摘発と弾劾であるといふべきである。日本の詩人がかしこくもその宮廷の美観につらなって、如何なる市井巷間にあっても、彼らの美観の血統と系譜を誇り、その志のいと高きものにつらなって、生くるよろこびに、己が悠遠の生命と詩情とを感じ、文にたづさはるもののはかない誇りを思ったといふ事は、近世巷間の市井売文の戯作家においても確たる事実である。しかもかかる文藝の精神といふものは、すでに文明開化以降、日本の血統と歴史の精神の喪失と共に、文藝の志に於ても失ってしまった唯美至醇の志であり、連綿たる日本の詩人の久しい倫理であった。この文明開化理論への痛切な批判といふものは、悠久な日本文藝の志について語る氏の文章の示し方によって、もっともはっきりとあらはれてゐる。氏は久しい日本の文藝の精神の歴史を示し、そこを一貫する代々の詩人文士のあり方と生き方とを示すことによって、昨今の文明開化理論への痛烈なる批判を示したのである。それはゆかしい倒語によって行はれた場合が多いゆゑに、読者は真に著者の意のあるところを熟読せねばならぬ。しかも氏が昨今においてのべる文藝批評の転換といふことは、かかる伝承を喪失し、高い志を失った文明開化理論より、我が国の文藝批評を解放して、真の国と民とのいのちにつらならしめ、歴史の精神を一貫する宮廷の高貴な美観をふたゝび回想し、父祖の伝統に回帰することによって、わが祖らが代々を一系に語りついだ、皇国の詩人らの草莽の伝統を、今日の新しい世代をひらく詩人らの心によみがへらせることにかかるからである。けだし真の詩人の使命といふものは、ふるい祖先の叡智の回想のうへに、ゆきづまった前代の因襲の克服と、現代における正義の樹立と、そして来るべき世代の先駆の誇りにあるといふことは、真に正しい日本の文明の高度といふことについて、すでに早く烈々先憂の言をなした唯一の詩人萩原朔太郎氏や、又若い日本の浪曼をうたった保田與重郎氏の言によって明らかであらう。

日本の真の文明にたいする確かな信念といふものは、この文明開化理論の一掃ののち、いかにおほらかな国風の発想においてなされねばならぬかといふことは、保田氏が『文学の立場』において語るところであり、又萩原朔太郎氏が『歸鄕者』において語るところである。

今日における日本文明の悲劇は、この文明開化理論の二律背反に存するといふことである。このことについては又萩原朔太郎氏が、その著『歸鄕者』において、痛烈に封建的なものの抹殺といふことと新しい世代の展開といふことについて、いびつな昨今の日本文化について論ぜられたところである。最近『歸鄕者』とか『文学の立場』とか言ふ書の出現するといふことは、まことの伝統正しい文学の立場といふものが、如何なるものであるかといふことを、世上心無き輩に示す意味においてもよろこばしい限りである。真の文学者の高邁な志といふものは、もとより便宜功利の、世上滔々たる俗流の実利主義者の知るところでない。真の文学の高邁なあり方といふものは、万世を貫流して不易のものであり、万世にわたって磅礴《はうはく》するごとき悠遠の精神を言ふのである。かかる高邁の詩精神のうへに立ってこそ、まことの詩情は遠い父祖より無限の子孫に向って、伝統正しくうけつがれてゆくのである。かかる伝承の信念と不易の決意のうへに立って、まことの詩の精神を世俗に示し、来るべき世代の先駆としての詩人の誇りを考へねばならぬ。この『文学の立場』とか、萩原氏の『歸郷者』とかいふ書の語るところのものは、乱世至難の今日に毅然として生きるかくの如き真の詩人の信念であるが故に、我らはかぎりない喜びと勇気とを感ずるのである。

この書の語るところのものが、如何に伝統正しい日本の詩人の血統に立ってゐるかは、おのづから明らかなところであらう。日本の代々の文藝の正しい相承のうへに立って、その伝統正しい詩人の信念から語り出でるこの書の、今日の文明に対する批評といふものは、もっとも我らの心にふるゝところである。この書の血統といふものは、代々の日本の伝統正しい作家や批評家の血脈につらなって、今日唯一最高の至醇なる日本の詩情である。保田與重郎氏のごとき、真に伝統正しい国学者が、今日の日本にあらはれたといふことは、かかる乱世において真の国の血統によって、乱れたるを正しきにかへし、民族の真の理想を顕揚するためにも、まことにありがたいことと言はねばならぬ。保田與重郎氏こそ今日唯一の伝統正しい皇国の詩人であり、まことの国学者の血統にある唯一の詩人であるといふことは、萩原朔太郎氏も『歸郷者』において暗示せられたところである。かかる伝統正しい詩人とともに生き、かゝる正しい国学者を、今日の文明のために有するといふことは、日本の将来の文明のためにもよろこばしいこととおもはれるのである。しかも保田與重郎氏のもつ高邁の詩情といふものは、おそらく明治以降、岡倉天心の高邁の気宇をのぞいて絶無であり、その日本の美観とアジアの歴史への考へ方といふものは、天心以来かゝる高邁にして雄大の国風の詩人の烈々たるは未だ見ざるところである。保田氏によって日本の真に正しい国学の系譜は、その皇国文藝の志は、万世ののちに伝承され、我らの遠い子孫ののちまでも、つねに国のあやふき至難の時において、我らの子孫らに無限の勇気を振起させ、国と大君と民とにつらなって捨身すべき日本の詩情の悲願を回想することによって、かぎりない決意の浪曼的な本源の詩情となるであらう。私はこの書が自今、昭和の今日の至難の時に、日の本の若者たちの抱いた捨身の決意の浪曼的な高邁を語って、今後永く子孫らを勇気づける皇国の古典となることを確信するのである。天心のごとき稀有の闊達の精神といふものは、大倭宮廷以来の日本の詩人の正しい伝統として、天心以後氏によって始めて表現されたと言ふべきである。

国学はまことに危機の学問である。しかもかゝる乱世に生きて、真の日本のみちを示すといふことは、今日に生くるまことの皇国の詩人の至上の任務である。保田氏の『文学の立場』によって、まことの文学のあり方が示され、まことの文学の徒の生き方が示されたといふことはありがたいことと言はねばならぬ。詩人とは悠遠の父祖の詩情を、無限の子孫のために語りつぐものであるが故に、氏が国学者の系譜のうへに立って、高邁な批評精神を日本の文学の歴史のうへに示したことは、意義ふかいことである。何故ならば真の国学とは、国の伝統のあやふき時に出て、真に民族のゆくべき道を示し、真の血統のありかたとその自覚とを示すものであるから。この書とか萩原氏の『歸鄕者』とかの語るごとく、まことに今日の至難な日において、真の国粋家のすくないといふことは我らのもっともうれひに堪へないところであり、我が国の文明開化理論の生んだ悲劇といふべきであらう。かゝる時において保田氏のごとき、真に正しい意味での国粋家を有するといふことは、在来多くあやまった国粋論者の多いなかにあって、今日の日本のために大きな力強さといはねばならず、又来るべき子孫のための大きなよろこびといはねばならぬ。この『文学の立場』の語るものは、真の文学と真の文士との使命といふものは、この皇国の不変の詩情の伝承と、その至難な日における燃焼にあることを、そしてそれの天上にあった時の文藝の神聖のまゝ、民族の信念として万世にわたって語りつぐにあるといふことを、我らに示すとともに、今日の時代に迎合する教化宣伝の低級なジャーナリズムが、この国の文藝にはびこる日に、かかるものとは別に、連綿として久しい間を、真の文士の勇気のもち方と身の処し方とが、いかなる悠遠の悲願につらなって捨身すべきかを教へてゐる。それは中世、後鳥羽院以降、真に正しい皇国の草莽悲願の文士たちが、その詩心の唯美の至情の、大君と宮廷につらなることのよろこびによって、如何なる困難の時にも、又いかなるはかない巷間のうちにあっても、つねに燃焼した詩情によって示されるところであり、かかる高貴な詩情への回想といふものは、すでに文明開化以降忘却し去ったところであった。保田氏のこの書を出したひとつの精神は、我らの時代に喪失したこの代々の日本の詩情を復活し、ふたたび我らの文藝が、何につらなりいかなる高雅につらなって捨身すべきかを語り示すことにあらう。

最も偉大なる保守家は、最も偉大なる進歩家であるといふことは、岡倉天心が身をもって、当時アジアと日本の岸辺にうちよせた、西欧の帝国主義侵略者に示したところである。しかして天心の予言したごときアジアの曙は、雄大な息吹きをもって我が日本の曙としてひらかれ始めたのである。之は昭和の今日の我らの若者等に課された偉大な歴史的事実である。かゝる日に保田氏の『文学の立場』のごとき書が、世におくられたといふことは、我らのよろこびにたへないところである。こゝに浅学をかへりみず蕪文を草してこの先覚への敬意に代ふるゆゑんである。

現代における青春の意義について

現代の青春といふ言葉は、一見はなはだ漠然とした言葉である。しかしこの言葉のもつ意味ほどに、我等に浪曼的感懐を呼びおこし、我らに壮烈の決意を感ぜしめる言葉はあまり知らないのである。今日の日本の歴史的変革の世代が、それ自体壮大なる青年の時代であり、それ自体壮大なる青春の象徴であるからである。青春について語るといふことは、ひいては今日の日本を語ることにつくるのである。

二千六百年の歴史において、今日ほど青春それ自体が日本であり、日本それ自体が青春である日を私は知らないのである。今日の日本が象徴し今日の日本民族の歴史がになふものは、壮烈なる青春の精神である。この青春の精神こそ、つひに我々を駆って史上未聞の遠征を現実に敢行せしめ、進んで国難に投じて死を恐れざる精神となるのである。

青春といふ言葉の意義を一言で示すならば、それは正義を熱愛し邪悪を徹底して増悪する精神である。酔生夢死を嫌って、進んで危機に投じて所信を貫徹する冒険の精神である。享楽偸安《とうあん》を厭って正義の為に死を恐れざる精神である。善を愛して邪悪を討つ精神であり、無限の上昇への決意に満ちて退くことを知らぬ精神と肉体との健康である。

今日の日本が世界史的気宇を以て敢行しつゝある精神は、一言にしていへばこの青春精神の実現に他ならない。世界においては、常に青春の民族と国家が勝利し、老朽と頽廃の国家は没落するのである。我々の誇るものは質であって外形ではないからである。我々日本民族の誇るものは無意味な量ではなくて、その決意であり、決死の勇気と、正義の高邁にあるからである。我らの国土日本は常に青春である。そして我らの郷国日本が常に青春であることを、我らの父祖は代々身をもって実証して来たのである。

之はまことに有難い日本の歴史の意義であり本質である。我々の歴史の精神とは、この日本の国の常に若き青春であり青年であることへの決意と回想に始まる。そしてこの父祖の歴史を護持した精神を回想するところより、新しい日本の歴史は始まるであらう。我らはこの父祖の光栄を傷つけてはならぬ。この父祖の光栄を身命を賭して守らねばならぬ。こゝより我等の護国の精神が発し、尽忠報国の決意は勃然として湧き起るであらう。我々はこの精神よりして、新しい明日の戦ひにおもむかねばならぬ。

我々は今日の日本の青春を謳歌する。しかして我々は、この日本の青春の日に生をうけたことを、天地の神々に感謝すべきである。この神への感謝と祈念の心より、今日の日本の青春の世代を背負ふ若者たちは、壮烈な決意と決死の勇気とを確立すべきである。

もとより青春とは光栄と名誉の象徴である。しかしかゝる光栄と名誉は、未だかつて悲壮な決意と堅固な個々の責任と、而して死を恐れざる正義感と、進んで邪悪を討って闇の中より光を奪ふ高邁進取の志なくては勝ち得られない名誉の謂であると知るべきである。

特に我が日本にあっては、国の青春を支へ、国の光輝の歴史を支へる為には、もとより身命を捨つべきことをもって、神代以来、代々この日本国の若者の光輝ある義務として来たのである。

曾て万葉の歌人家持は、「海ゆかば水づく屍、山ゆかば草むす屍、大君の辺にこそ死なめ、かへりみはせじと言立て……」とうたってゐるのである。之こそもっとも重要な日本の精神であることを、今日日本の危機を支へ、しかもこの偉大なる使命を、またこの壮大なる日本の任務を遂行すべき第一線に立つ日本の若者は、この精神について確知すべきである。

まことに我々の国においては、日本の光栄は、代々「大君の辺にこそ死なめ、かへりみはせじ」の悲痛壮烈なる覚悟とその実行とによって支へられ、いよいよ実現せられて来たのである。然して、この最も適切なる精神はその具体の象徴は、かの楠公の七生報国の悲願にあるを知るにしくはないのである。

七生報国の言葉ほどに、今日において我々の心を切々とうつものは他にないのである。七生報国こそ、最も青春そのもの、象徴である。それはつねに生きかへりよみがへって、又幾度も護国の正義のために死することである。

この精神を実現するものこそ、この天壌無窮の日本の国運とともに、つねに無限に若い存在であるといはねばならぬ。七生報国の精神とその行動こそ、もっとも若い青春として、常に国史の光栄を擁護する無比の精神であり、無比の青春の意義である。

私はいささか日本の青春の使命について、しかもそれを実現する日本民族の青春の決意について、つとに志すところがあったため、今日の若い日本民族の精神の、その詩的昂揚のため、その勇気の発揚のため、しばしば文を草して詩精神の必要をとき、日本浪曼主義の文学的必要を説いて来たのである。この詩的ロマンチシズムの昂揚といふことは、若い日本の決意が一団となって、その国史の志の達成のために、火焔のごとくに捨身して死地におもむく果敢の魂を言ったのである。

今や我々の遂行しようとしてゐるものが、如何に壮烈な青春であり如何に悲壮な遠征であるかは、ひとたびアジア及び近世の世界歴史を開けば分明であらう。

我が日本の遂行せんとしてゐる歴史的使命は、かの英米を中心とする西欧帝国主義の侵略と略奪的魔手を断滅し、また古い東洋の文明国の幾つかを滅亡し、あるひは圧迫し、その侵略の鉄鎖のうちに、幾多の東洋の崇高な古代文明の倫理を埋没し去った侵略者に対して、東洋の盟主としての日本の責任を果すことである。

今日日本の負うて立ったその使命は、まことに重大なる文明史的意義をもつものである。かつて古代アジアにあっては、印度に支那にすべて世界の哲理と文物の始源は発してゐたのである。そして東洋の倫理とは、かの西欧の有する倫理と異った天そのものであり、自然の意思そのものである人倫の崇高に存したものである。しかもかの西欧帝国主義の侵略の魔手は、この光栄の東洋の文明倫理を、泥土のうちに埋没し去ったのである。

我々は今日日本の崇高な使命の第一として、再び古のアジアの光栄を恢復することをもって日本民族の負はされたる天の命と信ずべきである。しかもこの聖戦は、すでに開始されたのである。我々はこの光栄の時代に生き、直ちに生をもって死に替へねばならぬ。我ら七生報国を実現して永久に皇国のために復活せねばならぬ大御代に生れ来ったことを誇りとする。かの万葉の歌人が、

み民われ生けるしるしあり天地のさかゆる時にあへらくおもへば

と歌うたごとく、今やかつて我らのどの祖先たちも、殆んど遇《あ》はなかったごとき生甲斐ある時代に生れたのである。この感謝と感激より迸《ほとばし》る護国と報国の精神、之こそ現代における、日本青年

の決意であり覚悟でなくて何であらうか。

壮大なるアジアの曙は、我が日本の手によって開かれ始めた。

我々はこの聖なる使命に生き、私を滅して、まづ我が日本の無限の青春を確証し、神州不滅の信を実現すべく、各々が身命を賭して護国の鬼となるべきを決意するこそ日本青年の覚悟でなくて何であらう。

我らはまづこの大和島根に打寄する思想的乃至物的国難の荒波を打破し、天壌無窮の神勅を体して護国の歴史を全うした、我らの代々の父祖の志を、永遠に護持すべきである。

国の精神が昂揚し、国家が壮烈な青春を行為して、世界史的使命を達成するゆゑんのものは、つねに民族の若者の意気の昂揚の如何にある。一言にすれば民族に詩的ロマンチシズムの有るか無きかの如何にかかってゐる。我らの国の代々の若者は、つねに青春に目ざめた日において偉大な変革をなし、「偉大な聖業」を完成したのである。近く明治維新はこの決意の最大のものであった。日清日露の両戦争は、この我らの父祖の日本の理想実現への光栄の歴史である。

我らはこの明治の聖代の悲しみをついだ。又神代以来、代々を連綿する日本の悲願をうけついだ。之は天祖の神勅により、又橿原の遠つみ祖の建国の御詔勅により明々白々であり、代々その後の国史が実証し来った所である。而して昭和の聖代の若者こそは、この久しい父祖の使命を一挙に実現すべく光栄の使命をになったのである。

我らは身命を大君の辺に捧げて、新しい日本の詩を描かねばならぬ。

歌ものがたりの伝統
――『天の夕顔』評論――

つれづれと空ぞ見らるゝ思ふ人天くだり来むものならなくに

この和泉式部の一首の歌に、私は中河與一氏のゑがかれた壮大なる、この海東の島国にのみ天つ日つぎの日つぎぶみの心として、天の原の神々の世界よりもちつたへられた、あの美はしくもかなしいものがたりの伝統を見ることが出来た時に、とよみあがって来る心をどりを、長い間止めることが出来ませんでした。それはこの国における明治以来の精神の動揺のうちにあって、なほも語りつがれたこの歌ものがたりの伝統が、再び今にして輝かしくもこの国人の魂の行く手を、世にあらはれて高らかに示してくれたことに対する、うやうやしい吐息であり、かぎりないよろこびであったのです。この偉大なる先人の作に対して、若輩の身をもってかくもをこがましき言の葉を、かきつらねさしていただくことになったのも、全く以上のやうな気持からでした。私がこの物語りを初めから終りまで、一気に読破したあとの興奮は、久しい間もののけにとりつかれたやうなをののきとともに、いつまでも神々なる天の原の彼方にさそはれてしまひました。それは単にひとつの『天の夕顔』なる小説にふれたのみの感激ではなかったのです。その『天の夕顔』をとほして流れるある深い民族の熱情にゆき合うて、はげしいこの国の抒情詩のもつ神話以来の迫力に、胸つかれ心くるめくものがあったからであります。

――この国に向ってはてしない高天原より、青雲をわけて若き日の御子のみこともちて、長い神々の叙事詩が松青く砂白いこの山島にもたらされて以来、まことそれらのものがたりは、神々の歌であり神とひととのあはひの言問ひの詩としての、高く神聖なる歌がたりであった。天の原なる神々とこの地上のひととの間にかけわたされた、ひとつの清くも美はしい虹の橋として、この国の歌がたりは存したのであった。神話以来この国の物語は、神と人との間をつなぐ聖なる浮橋として、久しい歴史と伝統を誇り、光栄ある祭のよごとであり、またのりとでもあった。かくてはげしい神と人との間の神秘の熱情の言問ひは、心ゆりうごかす魂ごひの歌となって、とこしへに民族の心をつき、その底にをどむ神代このかたの気高い血のながれに、今なほ神の血統を自覚せしめ、光輝ある歴史への献身をちかはせるのである。私は今も眼つぶればまざまざと聞くことが出来る。――あの語り部たちの感動にむせぶ遠世《とほよ》の声を。ほのぼのと眼になみだしつゝ語りあげた語り部たちの、あの幾御世御世にわたる久しい時のかさなりに、祖々たちのなげきを。と胸つかれつゝ、ひたむきな国びとの感動と興奮を語りあげたふる言の語り言は、今も尚耳のそこにのこってゐる。我々はゆめ忘れてはならない。遠世なる語り部の詩人たちが、はげしい神への慟哭に身ををののかせた、あの魂ふりすます語りごとこそは、まことにひとと神との間の、命をかけての魂乞ひであったことを。――語り部の語り詞とともに、御世あらたに命若返った古代の貴人《あてびと》の、血をつらぬいて流れた語りごとこそ、まことに悲痛な神への抒情詩であった。身うちふるはして青雲のふる高空に魂あくがれ出で、天かける神秘にして悲痛なうったへの言葉であった。日本の歌はギリシヤの歌の如き、公衆の集会場における人への告訴の歌ではなく、まことに空青くして高き、はてしなき神々の国への悲痛なつぶやきでありうったへであり、身命をとしての人にして人ならぬ神秘の歌であったことを言ひたいのである。かかる時我々の祖々たちは、天の啓示の天降《あも》るのを聞いて、悲痛な神秘の抒情詩をうたひあげた。我々の国の歌がかかる神の御言としての姿であるのを知るときに、美はしい叙事詩はつねにこの歌を中心として流れ出たのであった。私はかかる語り部の血の感激の歴史を、この国の文学の血統として言ひたかったのである。私はこの叙事詩の抒情詩への結合を、歌と物語との光輝ある出会を、語り部の血すぢの流れとして、この国の文学の本質として、いく久しく貴び生かしてゆきたいのである。

歌ものがたりこそは、まことに日本文藝をつらぬく輝かしいひとすぢのみちであった。大和歌のかなしくもいとしい、しかも底に強いはげしい感動の熱情をたたへた、ひたぶるなる魂乞ひの歌を源として、長い美はしい神秘な、くねくねとはたたどたどとして、しかもたぐひなき清らかさとすがしさと、まつはりつくやうな感動をともなった古物語が、かしこくもこゝにあまた生れ出でたのである。未だ国稚《わか》き時に出でて、遠く草深い東国にその悲劇的なる生涯を終った高貴なる少年英雄の物語は、すでに悲痛なる別離の相聞の歌をもって始められ、いたましい征旅にたふるるものの、望郷の悲歌をもって終ってゐる。そのいたましくも壮大なる遠征の雄図こそは、又ひとつにはかなしい巡遊詩人の悲劇的な流離漂泊の歌として、この国の歴史始って以来の最初の出発であったことを忘れてはならない。かくしてこの若き御子の悲痛な流離の詩精神こそは、日本民族の最も誇るべき英雄の心であった。私は中河與一氏の『天の夕顔』の主人公が、あの王朝のはげしい抒情詩人和泉式部の、思ふ人青き天の原より天降り来むものとの、はげしい高天原への悲痛な浪曼精神に始まって、その全編が雄大なるますらをぶりのまことによってつらぬかれ、深くもいたましい人間性の戦ひの庭において歌ひあげられた、この国の英雄精神の心を心とした、ひとりの地上の英雄のはてしない天なるものを求めての旅であったことを、あまりにいたましく気高く貴い、悲劇的な天の理想への遠征の長旅であったことを、うやうやしく思ふのである。この物語をつらぬく英雄の旅は、又遠い古代日本の少年英雄の、あの悲劇的な詩精神の遠征にかよふのである。いたましくも宣言せられたこの浪曼主義の、あらゆる人間社会の倫理を高く超えての前進こそは、凡そこれほどの苦しい悲しみに充ちた、しかも光栄ある姿が又とあらうか。その久しい間にわたるあらゆる苦しみを超えての、生も肉も超えての、魂の抱合を志しての永遠の旅へとはてしなく進んでゆく、この『天の夕顔』の愛の精神こそは、まことの人の世を超えて、しかも人の世を常《とこ》とはにはるかなる愛の理想のうちに、輝く光もてみたし、永久なる神秘な霊の世界に向って、あらゆる苦痛を超えて戦ひ進む姿であった。『天の夕顔』のうちにおいて、あらゆる苦痛をこえての、むしろ人性を超えて神性としての己が愛するひとへの、はてしない魂よるあくがれののちに、つひに地上での恋を失った主人公は、青い天の原のまたたく星の輝きのうちに、二人の魂の永遠に相よるのを見、魂あくがれ出でてはるかなる天の光の中に、永遠の理想として夕顔を見ようとした。古代の少年英雄は能煩野《のぼの》に病んで又起たず、白鳥と化してその魂は天駆けり、風ふけば風のまにまに、雲よれば雲のまにまに、つひに大和なる青垣なして山こもれる国辺に帰った。『天の夕顔』を求めて彼の人も又、天の鳥舟に駕してはるかなる青空に、その魂あくがれ出で、天かけりゆくであらう。

中河與一氏のこの一編は、悲痛の恋ひの抒情詩をもって始まり、いたましい魂乞ひの挽歌をもって終ってゐる。それこそはこの国の少年英雄以来、この山島の文藝をつらぬいて流れる神秘な精神の血潮のひとつの発想法としての、民族の血の流れの底によどんだ発想法であった。私は語り部以来の慟哭をこの中河與一氏の一編に見て、日本文藝の本質に昭和の今日にして再びめぐりあひ、つよくふれあふことの出来た感激に、をののきを止むることが出来なかった。私はこの一編に、日本文藝のはるかなる遠世よりの、神々の国辺以来の魂乞ひの抒情詩の本質に、今にして再びゆきふれることが出来、その作のうちにこの国のあらゆる時代の詩精神を通して流れるあらゆる高貴なる文藝の本質が、更に新しき時代への文藝の歴史の意志と決意の浪曼にもえ立って、より詩的に止揚されたる遠征への劇的な、最も悲痛なるものとしての美を見出したのである。この作を貫く光輝ある遠征と流離のかなしみは、語り部の悲痛なる巡遊の歌以来、なべてこの国びとの心をゆさぶったあの高きものへの流離漂泊てふ形をとった遠征こそは、久しきにわたって必ずしも天才ある詩人を言はずとも、名もなく生きて死にゆいた天の下の青人草に至るまで、ひとしくいだいた旅のかなしみであった。伊勢物語はひとりの偉大なる業平てふ悲劇の英雄にたくして、心にくいまでにこの流離漂泊のかなしみをうたひ、いたましい遠征の高貴なる精神をゑがいたことは、遠世の大和びとのひたぶるなる愛への献身がうかがはれて、いたいたしいまでの、物語りをつらぬく民族のかなしみに打たれるのである。未だ王朝の世も稚く、後期王朝の諸作に比して、仏教的な無常感の影響をうくる所全くなく、そのうったへ来る悲痛な生へのまごころの歌は、未だ神々の御魂にふれるものが多かった丈に、伊勢物語の魂乞ひの歌は、この国の相聞歌としてのはげしいねばりと、ひたぶるなる情熱をもってゐた。あのひたぶるなる相聞の精神は、高き天の原なる我が思ふ人の魂までも、あくまで乞ひとらずば止まぬ、和泉式部の歌をもって始まってゐる中河與一氏の『天の夕顔』こそは、この国のはるかなる神代よりの歌道の中心の流れである相聞の本質をもって貫いてゐることを知るのである。私はしみじみとした気持で、この悲痛な、恋愛などと泰西風には言ひたくない、この中河氏の悲しみにみちた相聞歌の一編を、深い伝統にふれてにじみ来るなつかしみの心でよませていただいた。——つれづれと——の歌は単なる恋の歌といふよりも、天に向っての祈念であり慟哭であることをつよく思はしめるものがある。この歌より始まるこの一編こそは、私は最も日本的な祈念の文藝としての所謂神ながらの道の、文学としての現代的表現を見出して、何か大きな暗示にうたるるおもひであった。この作のテーマとなるものが、王朝文学の歌ものがたりのこころであることは、諸大家も多く指摘せられたところであるが、更に単なる美はしい王朝的構想のみに止まらず、そのおくに強く流れてゐる遠征の精神こそは、最も悲しみにみちた日本文藝の流離漂泊の英雄精神であって、ものゝあはれとますらをぶりとの美はしくも雄大なる悲劇精神のそこには、ひとつのまことの本質が、高い浪曼の輝きを放ってゐる。これは王朝の狭衣物語を始め、多くの諸物語を今の世の新しい浪曼精神によって止揚し、西行、芭蕉等の踏んだ中世隠者文藝の精神をも、そのうちにいと美はしくゑがいてゐる。この作品をつらぬいて流れる流離漂泊の精神は、決して後世仏教的な無常観にとざされた虚無的な悲しみではなくて、古代の高貴な少年英雄によって、身をもって示された、あの神ながらなる遠征の精神にみちた、英雄的な流離漂泊の悲劇美を言ふのである。『天の夕顔』における旅は、まことにさびしい英雄の旅であった。自らの一生を「只何もしなかった……」と語ってゐる一編の主人公の有する心の誇りが、死生を超越したものであった所に、今さらながらうやうやしい吐息をつくのである。はるかなるものへの悲痛にみちた流離の心は、かつて芭蕉西行等の中世隠者のなせしよりも尚高く、ひたぶるに求め進んで、この国の隠者文藝の中世的なものを、より高い詩心のうちにとかしこんでゐるのを言ひたい。自己の背負はされたる悲劇的な運命を自覚して、更に之に徹しようとして、尚も人音まれなる飛騨の奥山の、山深く空青い山原へと、雲のはてにまでわけ入ってゆく姿において、やはりこのひとも、古の詩人たちの、流離漂泊の愁ひを、あまりにも切実に知ってゐた。この国の古き世よりもち伝へた抒情詩の精神が、かくも悲しみにみちて、悲劇的な英雄の精神であったことを、この作中のひとも民族の文藝におはされた美への宿命的な遠征として、かくも悲しみにみちて身をもって、はてしない地のはての空閑に、こよない詩の世界をきづかんとしたのであった。この国の歌の負はされたる運命を、このひとが自覚したときに、そこには白雪を輝かした北アルプスの峰々が、しづかに無限の情熱をたたへてゐた。北アルプスの峰々をわたり、鷲羽ケ岳の山頂で下を流れるはるかな黒部の渓谷が白がねにかがやいて遠く消えるのをながめた時、この国の抒情歌の有する遠世よりの羇旅の悲しみの宿命を自覚したこのひとは、はげしくはてしないむなしさのうちに、胸つきあげたにちがひない。このことは倉田百三先生も鷲羽ケ岳の美はしい描写をたたへて批評集のうちに言ってをられたと思ふ。春くるころの雪溶けの、音むなしい雪山にせまってくる悲痛なしじま、吉野の奥にかくれた抒情詩人のもった宿命を、このひとも又負はねばならなかった。それは日本の歌の道が、はるかなる遠世より負はねばならなかった、美はしくも悲しい宿命であったから。岡倉天心は日本の礼儀を説明して、扇の持ち方から始って、自決の方法に終ると云ってゐるが、まことこの国のものがたりは、悲痛な魂乞ひの歌に始って、又哀悼にみちた魂乞ひの歌に終らねばならぬのか。
この作をつらぬく高い愛の高揚はその流離遠征の出発のかなしみの故に、悲痛な意義をもって、江戸文藝以来の流れを脱せぬ、我が国の市民文藝の戯作者流を止揚して、歌ものがたりのもつ深い伝統と、はるかなる民族の血のまことにゆきふれしめ、浪曼精神の復活をもたらした。

わすれじのゆくすゑまでは難ければ今日をかぎりの命ともがな

といふ王朝女流歌人の、はげしい愛情とひたぶるなる献身をもって、己が心とするこの女性は、又日本民族のをみなのかなしみを、身をもって示したものと言はうか。二人の間においてたたかはれねばならなかった愛とまことへのたたかひは、すでにその最初の日より悲劇的でなければならなかった。武士道的な克己と献身の性格が、このふたつの魂の結合を、王朝の歌ものがたりを超えた峻厳さをもって示してくれる。最初に示された歌の如く、二人の間の愛はつひにいのりの愛であった。祈念への恋愛の浄化のうちにおいて、悲痛な相聞の歌を中心としたものがたりが、展開されねばならなかったのである。王朝の情熱と封建の克己とを、ともによく今の世に生かした女性にたいして、古代大和のますらをの如き、ひたぶるなる熱情とまことと、そして武士的な献身をもったこの主人公は、愛するが故にかなしまねばならなかった。ふたりの抱擁は、すでに悲痛なる魂への祈りであった。古代より言ひつぎ語りついだ、国稚いころよりの魂乞ひの相聞の歌は、この一編によって最もよく生かされてゐる。神への祈りの叙事詩としての歌ものがたりの祈念の心は、こゝに再び新しき世の浪曼精神としてよみがへり来ったのであらうか。天に幻をゑがいた夕顔のおもかげを、単なる王朝趣味といってしまへばそれまでであるが、之は始めの和泉式部の歌が、その祈念の意味を暗示してゐる。愛への祈念をもって始まり、愛への祈念をもって終ってゐるこの歌物語の伝統こそ、けだし現代日本文藝の崇高の開花と言ふべきであらう。

『夜明け前』の意義について

島崎藤村氏の大著『夜明け前』は、かつて私が二十歳前後のころ、未だ大学の予科時代に読んだことのある書物であるが、このごろこの書を取り出して再びいろいろと考へるとき、そこにまことに感慨ふかい今日の精神が思はれてならぬのである。大詩人藤村氏に宿った日本の新しい時代の生命といふものは、此所に意識するとせざるとをとはず、ひとつの神のもののごとくに天来の歌ごころであった。それは多くその日の詩人達が、昭和維新と世界維新の形で熱祷せんとして、すでに早く必ずしも多くない先覚たちが、ひとつの文藝詩歌の形態で予言的にうたひあげたところを、大詩人藤村氏は、まことになつかしい我が王朝の文藝の詩情にみるごとき懐郷の慟哭と回想とをもって、その幼年期を通して、さらにその父と祖父との悲しみを通して、ひとつの風土や血統への回想の形にたくして、あたらしい日の日本を予言し先行してうたひあげたといふことは、そこにまことに意味ふかいものが存するのである。そしてこの詩人が、まことに我が国風の血統に立って、明日の日本文藝世界形態の創造の日のために、ひとつの先行した大思想を、日本の風土や血統への回想といった形で、一種の国学としてゐがいてしまったといふことは、また今日の時代を、早く少年の日より、漠として形に意識せぬままに、ひとつの予想として心に描いて来た自分の、まことに感動にたへぬところである。この大詩人の思想が、藤村氏自身の心のうちに、髣髴として形成せられたものであったのかどうかといふやうなことは論じてみたところで、それはあまり意味のある事柄でもないのである。ただ大切なことは、偉大な歴史の精神といった風のものが、日本の歴史的使命といったものを、ひとつの歴史の象徴として、あたらしい日のために歌ひ記すべく、藤村といふ大詩人の心に宿ったといふこと丈でよいのである。此所で藤村氏の心のうちに企てられたものが何であるかといふやうなことを、くどくどと曾て論じた国文学者や文藝批評家がしばしばあったが、そんなことは、この大作を論じて、文藝と歴史の精神とのふれ合ひを考へるにおいて、実はあまり意味のないことである。それは文藝が人智を絶した精神の高所において、神のまにまにうたひあげることが、詩人の光栄ある使命であり天分であるからである。故に大詩人藤村氏のうたに果して如何なる試みがやどったかといふやうなことは、もとより吾らの知るところではない。只この三代を通じての大詩人が、終世の大作と考へてゐるした父祖や血統への回想が、このむとこのまざるとを問はず、日本への回帰と文明開化日本の終焉を記し、ひいては今日の大東亜戦争を髣髴として、我が神話の使命として回想せしめうるやうな先行した思想が、その作のうちに宿り現はれてゐたといふことである。このことは、藤村の晩年を語り、あはせて昭和初期の文藝文化を語って『夜明け前』に至るためには、是非とも言っておかねばならぬ問題である。

『夜明け前』が、雑誌「中央公論」に発表されはじめたのは、まだ吾が中学時代の終期に近いころであった。思へば今にしてまことに感慨ふかいことであった。満州事変の勃発は、我が中学時代、丁度三年級の時にあたる。我が日本国が、世界史の終焉と文明開化といふものの最後の形を決定すべく、しかもあたらしい近代といふものを、日本の聖業といふ形において、新しく世界史のうへに記すべく、決然立ったのはこのころであった。しかもその歴史的意義といふものは、未だ漠然とした民族の叡智として、国民大衆のうちに形成されたのみであって、ひとつの新日本の指導原理としての思想形態を形成するためには、尚久しく数年の年度を要すべきであった。歴史の使命の自覚といふものは、その日未だ日本の文化のうちに確認されず、しかも日本は、何か神意に憑かれしもののごとく、大部分のインテリゲンチヤのはげしい前時代的知性主義よりの反対のうちに、大部分の国民大衆の意識せざる支持をうけて、敢然として歴史的使命の達成に突進しはじめてゐた時代であった。その日の日本は、私の少年期の最終年代にあたり、未だ国の文化は文明開化の精神を一歩も出でなかった。その当時の思想状態について、此所にくはしく述べることはあまり意味あることではないからあへて行はないが、ともかくその時代の文化といったものの表現は、大部分において大正の精神であり、民族の使命感の自覚より来る歴史の精神や、民族の血のうちに流れる魂の自主性といったものを失ってゐたのである。そしてこの国のインテリゲンチヤといふものは、血統と風土と歴史とを喪失した近代の終焉を歌ってゐたのである。それはすでに満州事変といふ形で開始された文明開化日本の終末と、新日本の世界史変革の意義といふこととは、全く逆流する精神であったのである。そしてその思想はすでに歴史をはなれ死滅に向ひつつあったのである。その当時のインテリゲンチヤが考へつつ到りついた思想や信仰といったものは、すでにもののいのちを失ひつゝあったのである。

かかる日において未だ新しい日を明確に予言する詩歌文藝の雰囲気は現はれず、未だ来るべき日を明言するごとき思想の形態はあらはれなかった。そして我々は、このころ我が国の至りつくべき道程は漠として知りつつも、その道を示し得るすべてを失って戸惑ったのである。それは自分の青春期におけるもっともうれひに閉された幾年かであった。この時国民大衆の叡智と皇国の血とが、激しい歴史の行為を、日本の聖業といふ形の歴史的使命の自覚にまで、国の状態を押し進めて行ったのである。かかる日において文学界にまだ新しき胎動すらあらはれず、思想の彷徨は必ずしも一定の目標を発見したといひえなかった我が少年期の終りころに、大詩人藤村氏の詩魂に宿ったものが、すでに意識するとせざるとを問はず、髣髴として偉大な歴史的予言を構成し、さらに今日の日本をきづきあげるための、はるかに先行した先覚の思想といったものを、ひとつの国学の思想にまでゑがき、父祖の血統への回帰といった形で日本の回帰を歌ったのは、やはりまことに意味あさからざることであった。天来の詩人に宿った神のこころが、すでに早い歴史の予言をうたひあげたのである。島崎藤村といふ詩人は、これによってみても、まことに真の意味での詩人といふべきひとであった。詩人の使命のひとつが時代に先行する偉大な予言にあるといふことは、浪曼主義の立場において、久しい以前から、すでに我々の主張して来た問題であるが、藤村氏といふ詩人は、明治大正昭和の三代を通じて、まさしくかくのごとき大詩人であったのである。早く北村透谷を中心とする「文学界」の運動と、藤村氏自身が、若い日本の新生の日に、清新な詩情としての時代の感傷をうたひあげたものが、あの永遠に優美なる『若菜集』一巻であったといふことは、まことに意味ふかいことであった。自分は少年の日より、もっとも藤村を愛読して来た詩人のひとりであるが、これは藤村氏が時代に先行する大詩人の使命を、つねに日本の幾多の文藝の大家のうちに立って、敢然となしとげた唯一の人であったと言っても過言でない位であったからでもあらう。しかもあの清新な『若菜集』の感動が、『破戒』に一転して、日本の明治浪曼主義の先駆者が、さらに自然主義の先駆となり、一転して『夜明け前』に至って語ったものが、やはり偉大なる新日本の生誕であったといふことは、まことになつかしく意味ふかい近来の偉大な文業であった。しかも藤村氏はこの偉大なる生涯の文業のうちに、つねになつかしいひとつの血統への回想をなしてゐるのである。藤村氏のごとき大作家のあゆみといふものは、歴史の過去が、美しい形をなして、歴史の未来への投影をなすものが古典であるといったベルトラムの言葉を、まことに真実にその生涯に体現した大作家であった。氏の文業はこの意味においても実に近代日本の生んだ偉大なる古典であるに他ならなかった。美しい過去の形が、美しい未来となって、大きな投影を巨木のごとくになげかける精神の歴史といふものは、まことに今思ってもうつくしいひとつの祝祭である。かかる美しい古典の精神といふものは、この三代の文化を通じてもさう多く見ないのである。強く表明すれば、島崎藤村氏をのぞいて他に果して、いくたりもあらうとは思はれないのである。藤村氏は早く青春の日に、清新なる感覚を、詩集『若菜集』に盛って、新しい文明開化日本の明治の日の悲しみを、すでに衆に先行してうたひあげたのである。しかもそこに醸《かも》し出された新しい日の若者の讃歌といふものが、またいはばなつかしい古い日本の父祖の血への回想においてうたはれてゐるといふことに、何かなつかしい感動を覚えるものは、必ずしも私だけではないであらう。あんなにまで新しいとおもへる清新の時代感覚が、古くなつかしい古典の地盤においてうたはれてゐるといふことは、まことに偉大なる古典としての藤村氏の意味を示すことに他ならないのである。『若菜集』にもられた古王朝の美観への回想といふものは、しかし未だ漠として意識しない若い詩人の血のうちにもあるものであったけれど、老大家藤村氏のうちに形成せられた大作『夜明け前』のうちにおいては、この精神は明確に父祖の血統といふものへの使命観を表はしてゐるのである。これは懐かしい日本の父祖の血統と風土への回想なくしては到底記し難いひとつの先行した歴史の予言である。あの時代のやうな日本の混乱期に、藤村氏のごとき大家があのやうに毅然とした態度で、尚むかふべき何ものも知らず、何らの目標すらなかった我が思想界と文壇にあって、あの様な大作『夜明け前』を記したといふことは、まことに意味ふかく、後世我が日本の昭和文学史の出発点として、大いに特筆大書さるべきものであること申すまでもないのである。矢張り大詩人萩原朔太郎氏が、日本の自覚といった形で、『日本への回歸』といふ書物を書いて詩人の決意を語ったことはこの時においてまことになつかしいことであった。萩原氏が明確な詩人のエッセイで語らなければならなかったものを、しかし藤村氏は、唯なつかしい血統や風土への回想として、ひとつの父祖へのかなしみとして記したのである。これはいづれも二人の、美しくかなしい日本への、何かものはかない回帰であり、さびしい島国の父祖へのふたたびする回想であった。しかし期せずしてこの二人は、偉大にして清新な日本の青春を美はしい言葉によって讃へほめてゐたのであった。しかも藤村氏の日本への回帰は、何か暗い信濃といふ日本でもっとも高く山深い国の、なつかしい父祖の炉辺に、しづかに帰ってゆき、そこで今いちど、ぢっと古い日を回想して新しい出発のための、己の心のうちの決意を、その回想のうちにさぐりもとめつつ、己の父祖のかなしく生きた日を限りなくなつかしむといった風の文藝としるし方であった。そしてこんな記し方は、私のごとく、その青春の幾年かを偉大なる日本の混乱期に生きた若者として、まことになつかしく心うたれつゝ読み味はったことであった。そしてあの混乱の日に、漠たる少年の心にふれて来たものは、何かゆくべき新しい日本の道に、ひとつの光明を投げあたへてゐたものは、かの藤村氏の『夜明け前』の一篇であったことを、今もなつかしく思ひ起さずにはゐられない。そして自分が上京して学ぶべく決定した学問といふものが、必ずしもこの書の影響すくなからざりしを思はずにはゐられないのである。『夜明け前』といふこの書名が意味するものが、今日の大いなる未曾有の日に当って、再びこの書物を回顧する時、まことに偉大なる感慨なくしては思ひ得ない書物であったのである。そして私は、私の暗い青春の混乱期日本のさ中にあって、何か来るべき明日なる日を心中に深く意識しつゝ、来るべきこの国の夜明けを熱望してゐたことを、まことに意味ふかいものにおもひ起さずにはゐられない。そしてこの書名が意味するものが、実に美しく詩の心で祈りねがった日本の『夜明け前』の心であったのである。今日においてこのことをしきりに回想するとき、この大詩人とともに、自分も又ひそかに来るべき日の夜明けをねがって、長い暗夜行路を彷徨しつゝ、その青春の半ばにしてこの書名を見出してえたやすらひとよろこびとは、まことに口に述べがたいものである。この大詩人がつねに心中に待ちつゞけたものが、新しい人生の夜明けであったことは、その生涯の多くの作を読めば、まことに明白なるところであるが、これがこの大詩人の晩年に至って人生の上における最後の夜明けを、かのふるさとの山の端に待ちのぞむが如き心とともに、さらになつかしい日本の夜明けを待ちのぞみつゝ、それを己の父祖と風土との回想として、いとなつかしく描いたといふことは、あのあたらしき日本の大いに興る日において、まことに意味ふかいことであった。大体においてこの詩人の心のうちにうたはれたものはつねに夜明けを待つ心と、その内における長い暗夜の行路である。しかもこの夜明けを待つ心といふものはまことにかの信州の山国人の持ちさうな、長い冬の日に春待つ心である。私はかつて藤村氏の小説『春を待ちつつ』にこの感慨をふかくしたのであるが、『夜明け前』に至って、この思想はまことに明確なる形態となって、偉大なる文藝の浪曼性をうち立てたのである。まことに偉大なる偉人のうたといふものは、ひとつの大きな歴史の抒情であるといふことは、藤村氏のごとき大文学者の業績を見るとき、実に意味ふかいものがある。しかもこの歴史の抒情は、『夜明け前』に至って、壮大なる歴史に先行する予言を形成した。之は作者藤村氏の意識すると、せざるとにかかはらず、民族の大詩人に神のものとして宿り、その言葉を借りてその口を借りて作りあげられた遠つ御祖の声である。さかんなる民族の歴史の意志と生命であったのである。しかもこのころにおいて、佐藤春夫氏や萩原朔太郎氏を中心として、新しい時代の息吹を日本の自覚と民族の血統との形において、将来の世界構想にうたひあげるために、保田與重郎氏や芳賀檀氏のごとき得がたい有為生新なる詩人たちの出現しつゝあったといふことは、この大作『夜明け前』を中心として、大きくうごきつゝあった、昭和初期日本といふものを思ふとき、深い感慨なくしては感じ得ないところである。それはまことに、明確なる新日本の出現を予言する時代の著者の心のうちに形成された詩心の、第一声に他ならなかったのである。

かくのごとき時代の雰囲気に先行して、島崎藤村氏のごとき大詩人が、『夜明け前』を書いたといふことは、まことに意味多いことであった。それは先にも述べたごとくに、この詩人の心のうちに宿るものが、必ずしも同時代に多く例を見ないやうな、偉大なる理想を含み、それをいたましいまでに悲しき願ひとしてゐるからである。この大きな理想といふものが、藤村氏の一生涯をつらぬく、氏をして空前の大詩人たらしめし所以に他ならない。その青壮年時代の大部分を人生の理想といふものをつねに心に抱きつゝ、これが現実の激動のうちに、はかなく破れ去ってゆく悲哀を記しつゝも、藤村氏は偉大なる理想をその行手に見つめつゝ、つねに春を待ち夜明けを待ちつゝ、太陽の出るまへのかなしみを記したのである。それはあの青春の日に、明治文明開化日本の青春の詩歌のための、美麗生新な『若菜集』の青春のほめ歌が、日露戦争を機としてはかなく破れ去った時に、やがてそのもとめてゐた現実の春は、現実には見出しえない遠い彼方のものであるといふことが、この詩人藤村氏の青春期より壮年期に至る日に自覚された時は、それは冷酷なる時代の嵐とともに美はしい浪曼的な青春の讃歌が、自然主義としてのいたましい現実に帰らねばならぬ時であった。しかし藤村氏を自然主義の作家として見ることはまちがひである。

自然主義運動の先駆に属する作家であることは申すまでもないが、自然主義の作家でないことは記しておかなければならない。大体において藤村氏が、「文学界」の浪曼主義運動から、自然主義運動にいち早く先駆して入ったといふことは、本質的に藤村氏が浪曼派であることを示してゐる。之は國木田獨歩にしても同様である。明治といふ時代は、まことになつかしく美はしい時代であった。そして藤村氏は自然主義の運動に先駆しつつ、やはり偉大なる理想を、破れ去ってゆく現実の悲しみに描きつつも、常に春を待ち夜明けを待ちつゝあゆんでゐたのである。此所にもまことにふかい浪曼的な大詩人藤村氏の姿がある。これは『若菜集』の日において、美はしい現実讃歌として歌はれたものが、破れさった現実において、来るべき明日を熱望するものの浪曼に変っただけである。しかも日露戦争以後、民族や歴史や風土や血統を喪失してすでに久しかった藤村氏が、この日本の憂鬱の日を、最後の混乱において見出したのは、民族と国家いふものへの歴史的意義の回想であり、そこより出発した明日の日本の夜明けを待つ心であった。しかもこの大作『夜明け前』が、大体において終りに近づいたころ、この大詩人のうちたてた回想と待望との文藝のうしろに、漸くにしてあたらしい、日本の若者のうたごころが、佐藤春夫氏や萩原朔太郎氏を中心として、芳賀檀氏や保田與重郎氏ら日本浪曼派の精神のうちに開花しつゝあったのである。しかもこの大詩人のうたひあげたものは、まことに壮大にして毅然たる日本の夜明けであったのである。

藤村氏が己の生涯を回想の形で書き記し、己の生涯の再出発の日より、さらに遡って、そこに父祖の悲しみを見ようとしてゐるのが、この小説の意義であり、それは藤村氏の夜明け前を求めつゝ、必然にゆきつく姿であった、といふ風に説くのが、大体今までの藤村氏の「夜明け前論」であったやうである。しかしこの考へは、大作『夜明け前』を、決してよく理解しえた論説とはいひえないのである。勿論藤村氏一個人のたどりついたみちとして、長い夜明けを待つ旅の終りとしてこれを言ふことは必ずしも間違ひではなく最も至当の言である。しかし文藝を一個人の内面世界の生成としてのみ考へず、そこにひとりの偉大な個人を通してうたはれた文藝抒情の有するものが、まことに偉大なる歴史の抒情であり、時代を変革し先駆する詩精神である以上、その思想が、その作家の心中に明白に形成されてゐると否とに関らず、ひとつの歴史の抒情としての大詩人の作品を考へ、それが歴史の志として、神のまにまに、大詩人の唇を通して語られたものであるといふことを考へるならば、それは従来のごとき、個性のみを言って、歴史といふものを抹殺した文藝観は一掃されねばならない。歴史の志といふものが、意志するとせざるとに拘らず、時代に先行して来るべき日を、熱望するものとして、ひとつの浪曼主義を形成するものとして、そこに大詩人の口を通して現れてくるのである。そしてその思想こそは、意識無意識を超越して、時代に一人か二人といったごとき大詩人の口にのぼることは、極めて必然の文藝の意義である。しかも藤村氏のごとき大作家であるならば、かかるものは意識を超越して、神のまにまに歴史の生命が、つねに心中に宿るのである。しかもこれが、かくの如き大作を草する作家は、我が国近代においてもまことにすくないのである。そして藤村氏のごとき大詩人は、ひとりこの時代に先行し予言する民族の詩人であったことは、かつて『若菜集』において開花した草創期日本の若い心のときめきも、又自然主義の出発期における『破戒』も、この偉大を証するものである。しかも詩歌において、この歴史の精神が、明確なる歴史的使命の自覚となって、民族と風土と父祖の血統への回想といふ形によって、新日本を待つ心となったのである。それはまことになつかしい帰郷者の夜明けを待つ心であった。しかも之は、単に藤村氏一個の父祖の血に帰ってゆくといふことではなかつたのである。それは文明開化日本の植民地的知性が、漸く近代の終焉とともに終らうとしてゐた日に、若い詩人達が、国の歴史と血統と民族の神話といふ形で、来るべき時代のための、起死回生の原理として描かんとしたその文藝思潮に、まさしく先行する大文学であつたのである。それを藤村氏は、父祖に帰ることによつて、さらに民族の血統に帰り、民族精神の血のもつとも本質的な純粋なる感情と思想の表現として描かんとしてゐたのである。そして国学の精神といふものと、平田国学のもつ純一無雑にしてつよい純日本の憧憬が、この作の主人公にして藤村氏の父なる半蔵において示されてゐるのである。この思想こそ、意識するとせざるとに拘らず、まことに新しい日本を開く思想であり、精神であり、熱意であり、信仰であり、神話であつた。それはこの大作『夜明け前』の書かれた時代において、昭和初期、髣髴として意識せざるまへにこの詩人の心に宿つた神話であり、来るべき新日本を展く神話であつた。この作に書かれた舞台たる明治維新期が、封建日本から、新日本たる天皇御親政の大御代の日本を開くために、この国学の思想が、ひとつの神話であり意志であり決意であつたごとく、この作の暗示する夜明け前の日昭和の新日本の出来《しゆつたい》のために、作者の意識無意識に拘らず、この作品の主人公の体現しようとする国学の純日本と、古代日本への回想こそ、まことに来るべき日本がその父祖以来の崇高なる思想を、世界に向ってひとつの聖業として敢行するための、偉大なる歴史の決意であり、新日本と新アジアの神話となり、又この未曾有の国難の日の神話となりつゝあるものに他ならぬのである。そして今日こそ、この『夜明け前』の主人公半藏のごとき、ひとつの純日本の孤高の悲しみを体現する人間を、思想として信仰として自分は望んで止まないものであるし、又かかる人物にたいして無限の憧憬を感ずるのである。そして我々は藤村氏の大作の示すごとき、かくのごとき純正なる父祖の日本の心の故郷に帰り、そこより新しい決意を、明治維新期のごとく、今日も又国学の精神として、ひとつの神話として示さねばならぬ。この非常の日平田学の半藏の悲しみといふものは、今日において益々意義があるが、このことについては、ここに無用のことゆゑ、変革期における一人の詩人半藏の悲しみとして、また別の日に語りたいと考へてゐる。

天の岩戸

明治大正の作家のうちで、古代の倫理といふことについて、真に考へ至ったといふ人は意外にすくないやうである。晩年の鷗外の武士道好きにしても、また漱石の日本趣味にしても、東洋倫理といった風のものから、一歩つき入ってゆくといふことは、ほとんど不可能であったやうにおもはれてならない。ことに漱石などは、一種の文人趣味でもって、東洋の詩人のなつかしい風姿の存するところは、まことに一読心たのしいものであるが、日本を言ふところ意外にすくないのである。

日本とは一種の古代といふことに尽きるが、古代とは神裔の民族としての発想に立って言ふのだから当然のことである。武士道とか文人茶人趣味といったものは、多くは武門専権以後のことであって、かかる面にのみ日本を強調する文士や思想家が大部分であることは、真の大和魂でもないし、真の草莽の倫理に立つ詩人でもないし、大和魂のまことを解した文人でもないのであって、神州男子の立場からものを言ってゐないのである。之は国学の発想ではないのである。天心のやうな大詩人でも、東洋と言ふことが主であって日本を言ふことはむしろすくなかったが、しかし天心の発想の根本は、『日本の目覚め』といふ風の国学の倫理を根本に有してゐた。岩野泡鳴といふ人は、この点、明治大正の作家として稀に見る古代といふものを体感した人であった。之はまことにめづらしい当代の問題であるが、悲痛の哲理をかいた泡鳴の心情には、この古代の悲しみが根本にあったのである。泡鳴の古代主義は、あのたくましい肉慾描写や、自然主義小説の裏づけになった民族の伝統があることを近ごろ知った。

古代といふことを正しく把握するといふことが、日本人としての倫理観の根本義であると考へる。藤村先生の『夜明け前』はこの点まことに意味ふかい快作として敬愛するのであるが、近作『東方の門』の天の岩戸の書き出しは、いさゝか失望を味はったのである。しかしこのことはこの論説とは別に考へることとして、古代といふことを民族の倫理観の根本義として正しくつかむといふことは、文人思想家の道を行ずる根本義に他ならないのである。その意味で昨今古代を野蛮視したり、古代倫理を文明と反するものと考へたりする考へ方は、絶対にうたねばならぬ思想である。之は古代学の根本義であり、日本民族の民族感情を文学するものの根本義である。

古代に倫理の根本を考へ得ない神を失った民族の考へ方が、知らずして我らの心中に入ってゐるとしたら、まことに危機であると言はねばならぬ。天の岩戸の神事伝承は、日本の神の光であって、文明に光明をあたへる人間の文化の根本であることを言ってゐる。之がわからずして、皇国の道をとなへ、祖国を言っても不可である。之は民族の倫理の文明観の根本であり、日本のルネッサンスとはこの神の恢復であるといふことを、明確にせねばならぬのである。この点昨今の文藝復興への論法は、いささか誤ってゐるやうであり、世上一般にあたへる点に大変うれふべき影響を思はないではゐられない。

民族の血脈と信仰の源泉である古典といふものを、我々は、よく考へてみねばならぬ。父祖は之を神典とさへ考へて来たが、之はまことにたっといことであって、我々は十九世紀人文主義の学のうちに育って、神代とか神典とか言ふものを、ひとつの科学として分析綜合し、補助学を立てて発生学的原理を考へる道を学んで来た。しかし之らの補助学発生学のゆきついた奥に、やはりひとつの信仰としての神典といふものがあって、民族の血を倫理としてさゝへ、未来に対する行動を決定してゆくといふことは、おほむね最近において之を了知し、又明確に今回国の現実が、決死の戦ひとして決行され、民族の生死を投じた悲願として、ひとつの神話として考へられ、ひとつの古代の再生といった意味での倫理であり、浪曼的詩精神として考へうるといふことは、結局するに古代とか歴史とかいふものの原動力は、つひにはひとつの信仰であるといふこと以外には、つひにその結論となるものを見出しがたいこととなることは、今日の歴史的現実が、壮大な叙事詩として決定し去ったところであった。

我々がこの立場から古典を考へ、神話の精神とか歴史の精神とかいったものを、我らの叡知のうちに樹立する以外には道のないことは、すでに誰しも否定し得ない現前の事実であり、歴史の精神の当然の進路のあり方である。之は今日の形勢において、民族詩人としての単なる直観として言ひうることであるが、又自分は、久しく西洋補助学を学んでゆきついた結論として、所謂精神科学なるものの奥に、信仰といふ否定しえない血脈の流れてゐることを自覚したまでである。丈夫《ますらを》に神のつくといふことを、日本の古い時代からの歌人は歌に詠じ、之はまた大丈夫として行動する絶大の力の源であったが、之こそ真の意味の神がかりといふものであって、神がかりなくして何事も世界変革の志の行ひえないことは、すでに多くの今日の決死の聖戦の意義が之を証して余りあるのである。故にもし自分の言ふことが、神がかりであるといって嘲笑するひとがあれば、それはあへて言へば、日本の歴史や古典の学を知らぬ人であり、無知無学にして、日本の神国なる所謂歴史的事実を知らぬ人であり、ひいては国語学的に言って、神とか神ながらとかの意義を知らぬ人である。

信仰といふことがわからない人は、丈夫に神のつくといった表現もわからないのである。しかもかかる学は十九世紀人文主義の学のうちにおいて、おほむねその終末に来た、物や群衆の支配心理から来た、かのおそるべき大陸的暗黒と、人間否定の精神以外の何ものでもなかったのである。さういふものを我々が、あへて科学と呼んでゐたとしたならば、それはまことに歴史への反逆であり、権威への反逆であり、真の文明の光栄のためには、慄然とすべきことがらであった。かかる考へ方をシュペングラーは『西欧の没落』といった。あへてかかることを、東海山島の詩人である自分が言はなくても、すでに十九世紀かのニーチェは、真の信仰を喪失した人類の苦悩について語ってゐるのである。

もとより我々は此所に、ありきたりの既成宗教の信仰など言はうとしてゐるのではない。自分は一切の既成宗教の神などといふものはみとめないし、ニーチェでなくとも、只おのれの民族の歴史といふものをふかく信仰するだけである。己のうちに流れてゐる民族の血に、ふかい神裔の血脈を感ずる丈である。又それ丈で安心出来るから真の意味のインテリだといふのであって、外のものでおしゃれしてゐる連中は、植民地的な一種の文明開化的自称文化屋であるにすぎない。が、ともかくも神話といふものは、信仰する時において初めて存在するといふことが、歴史学のうへにおける根本原理であるといふことは、歴史の護持相承といふことが叫ばれる今日におい て、又この神のまゝなる決死の叙事詩の時代において、否定し得ないことであり、民族の信仰といふことを否定しては、日本のうちに何ものこらぬといふことは、今日のインテリゲンチャも国民大衆も、よくよく心をすゑて考へなければならない。

この意味から言っても、神がかりといふ言葉の、文明開化イデオロギーによってゆがめられた一面は、絶対に訂正されねばならない。又神がかりといふ言葉の真の意味についても、今日の日において大いに考へられ、又この言葉についての歴史と哲学とが、それこそ真に正しい意味で科学的に書かれねばならぬといふことは、今日の神国と言ひ、神州不滅を言ひながら、戦時体制の臨時措置にこの言葉を考へ出し、かなはぬ時の神頼み的な意味での神風を言って、しかも内心の発想法においては、依然として西欧知性の物さしを一歩も出てゐないインテリに対しても、神がかりとか、神とか、神州とかいふ意味の、真に正しい意義を説いて聞かすといふことは、今日において絶対に必要である。

之はインテリのみではない。インテリにおいては、この迷信が、西洋的知性と称するものであり、又時には今なほ頑強に根を張ってゐる、儒教的封建の世のイデオロギーによる合理主義にすぎないものである。一般の民衆においては、之が所謂彼岸の成仏であったり、地獄極楽であったり、時によるとアーメンの天国であったりする丈である。

神裔としての民族の血脈を信じ、国の歴史を信仰するといふことがわからないならば、日本の神はわからないのである。日本の神がわからないときにおいては、日本の歴史はわからないのである。日本の歴史がわからないで、わかったと考へてゐる連中は、歴史をつらぬくものが高貴な神の叡智をうけた民族の精神であるといふことのわからない連中であって、結局は真の科学も、具体としての信仰もわかってゐない連中である。かかる連中にかぎって科学や西洋をふり廻したがるものであるが、そんなご仁には、いくらでも西洋補助学で説明する方法もあるのである。

要するに今日において皇国の国難を打開し、聖戦の真意義を明確にすることほど至急の必要はないのであるが、之は一《いつ》にかかって信仰の問題であり、日本が神国である所以を解明し、その民族の血の倫理を、神国日本の神裔の倫理より説明し、此所より絶対の神州不滅の信仰と宗教とが、新しく起って来なければならないのである。即ち日本が神国であり、神国であるべき理の使命と決意と、そのために一切のものを突破すべき殉教的信仰について、未だ之を明確に説いた人を見ない。神国とは単に国難の日に神風が来る故に神国といふのではない。神国であるのは、我が皇国に神国の使命が存在し、その決行のための苦難が存在し、それをひらくものが、真の神国の民であらねばならぬからである。しかるに今日において、真に神国の民である国民は、必ずしも前線の兵士以外においてすくないのである。之は己の信仰に問ひ、神裔のみ民われを信じうるか否かにかかってゐる。之をきびしく己に反省してみることが、他を言ふ前に、日本人各々に取って、今日もっとも絶対に必要な日々の行事であるといはねばならない。

しかし此所に注意しておかねばならないことは、所謂情勢論時務論的考へ方である。之は今日において文筆にたづさはるものの、もっとも警戒しなければならぬところであり、所謂草莽の論理からいって、かかる考へ方は、絶対にしりぞけねばならない。もしかかる情勢論時務論的考へ方において、草莽の精神を云々するものがあれば、それはまことに恐るべき便乗である。便乗とはかくのごときことを言ふものであって、真に歴史に先駆し、真に歴史を開く先駆的精神を有する、高邁なる民族詩人の立場と、かかる便乗家とは全く相反するものに他ならぬのである。しかも今日の詩人文学者は、おほむねこのたぐひである。

自分は真に日本文藝の伝統といふことを思ふ詩人であるが故に、あへてこの先駆的精神と便乗家との区別を峻別しておかねばならない。しかも時代に先駆する高邁な浪曼的詩精神といふことと、所謂便乗の心理処世とを、あへて同一視してゐる愚劣の輩の多いことは、皇国詩人の立場として、あへて黙視しがたいものである。たとへば神国開顕といふ風の浪曼的歴史観といったものは、単なる時務論や情勢論ではないのである。

日本が神国であり、又神国であらしめねばならないために、我々の父祖の孤忠の臣たちは、進んで死に就いたのである。日本の純忠の精神といふものを、単なる主君への忠義といった風に解する支那的な忠孝の倫理から考へるものは、之は一種の儒教的な合理主義にすぎない。かかる考へ方自体が時務論であって、真に日本における忠義とは、神国の本質を守ることである。即ち神州不滅の倫理を守るといふことは、神国日本の国体を守るといふことに他ならない。即ち神国の神国たる本体を守ることが忠義なのである、神国といふ本質を知らずして忠義をいふのは、我が悠遠神秘なる国体と国史とを解しえぬことである。神国なるが故に、万世一系にして天壌無窮であると言ふ理を忘れてはならない。即ち大君は神にしませばと万葉の歌人の歌った精神より、国体に殉ずることを考へねば真の忠臣ではない。楠公が真の忠臣であったのは、この精神があったからに他ならぬ。之は楠公の最後の場において言った言葉こそ、神国の倫理であることを語ってゐるのである。

七生報国といふ、人生最大の苦悩である死をさへ現実に止揚する精神の壮大こそ神国の倫理である。かくのごとき偉大な信仰や宗教が、果してかつての世界にあったであらうか。かの九軍神はまことに今日におけるこの神国信仰の体現者にほかならなかったのである。しかも日本の神国といふ倫理は、一切の世界の宗教道徳の足らざるを止揚し救済しうる日神の倫理であり、我が民族こそこの倫理の宣布と実現のために、決死の聖戦にゆかねばならぬといふことは、実に今日の詩人の第一に感受すべき志であるべきである。

しかも今日、戦ふ国の現実に歩調を合はすといふことが精々であって、真に国史の精神に参じて時代と歴史とに先駆するといった詩人は、あまりにもすくないといふことが、今日大部分の文学者が便乗をもって呼ばれ、大部分の詩人が詩精神の低調を云々される根本の原因に他ならぬのである。之は結局するところ、今日の大部分の文学者や思想家に、まことの日本の歴史の精神や国の志や、父祖の悲願や民族信仰の根本義がわかってゐないからである。神国日本が明確に把握されてをらぬからである。しかも神国を口にし神風を口にするとは、まことに笑止なことであり、又神罰をおそれぬ輩といはねばならぬ。神の実在を信じ、国体を信じて神秘を口にするからには、まづ神威をおそるるまことを致して、己の心を清めて国史の血脈に参じ、己が血に天孫民族の神裔の血を感ずべきである。かくしてこそ神国日本の民であり、天孫民族の光栄であらう。

しかも此所に注意せねばならぬことはあくまで情勢論時務論である。戦争遂行の臨時措置として神国を言ふごとき輩は、真の日本の国体を知らず、歴史を知らず、又神をおそれざる不逞の輩である。

神国とは一時のものでなく、万世一系天壌無窮のものなることは、国民一般に知るところであらねばならず、我が皇国の一切の文化は、此所よりして展かれねばならぬ。このためにこそ我が国学の先人たちは、捨身してこの使命に投じ来ったのである。いかなる頽廃の日にあっても、つねに神国をささへて之を万世に守護した孤忠の臣が、必ずどこかに存したのである。しかも今日のごとき日において、我が民族は一切をあげてこの神国を実感し、この守護のために捨身せねばならぬ。即ち神国の意義といふものは、国史をつらぬく根本の血脈であって、之は国体の本質である。故に何々主義何々イズムといった風に海彼《かいひ》の思想や国際情勢の変化につれて、現はれたり消えたりするものとは根本において異るのである。それは絶対のものであって対立のものではない。故に、左翼に代って日本主義の興ることはあるとしても、左翼に代って神国がおこるなどと考へる考へ方は、あまりにも表面的な無智な考へ方である。

神国をおほふ黒雲は、時代によって種々あるであらう。それが往時の左翼であったこともあった。しかしながら、左翼より国の危機を守ったものは、万代不易の神国の倫理であったことを思ふがよいのである。しかしながらこの当時において明確に意識されなかったものが、今日におい て明らかなる国の本質として、民族のゆく手を決定したのである。これはまことに崇高な正義のための捨身の倫理の本質であることを、今日の国民は知らねばならない。即ち神国の考へといふものは、主義とか思想とかいった、時代の流行や変化によって替り去ってゆくごとき往年のマルクシズムの思想のごときものではない。これは天地悠久をつらぬく日本国と大和民族との本質であるからである。それがわからぬ人は、之をひとつの現象的対立的存在と考へることは、要するに国の道に対する学問のわからぬ人であり、勉強の足らぬ人である。我が民族の先人の苦心も悲願も、又その血涙のあとも知らぬ人である。只此所に我々は、神国をおほふ黒雲といふことは考へねばならぬ。しかして之をはらふことが、我が民族詩人の使命であり、日本における浪曼的な詩人のあり方である。又我が日本の武人の道でもある。

古の丈夫は文武いづれにしても、このために死ぬことを唯一の光栄としたことは、我々の父祖のかつて有した至高の誇りである。明治の大詩人岡倉天心は、日本の歴史をアジアの神話といふ立場において書き、『東洋の理想』といふ本を完成したが、そのうちにおいて明治維新の原理をのべて、大君の御門にかかる黒雲をはらって、天日を古にかへすといふことのために、多く志士たちはこれをさへぎる黒雲にたいして悲憤して立ち上ったと書いてゐたのである。此の時に天心における日本の歴史は、神国といった形で把握され、これは大君の御門にかがやき給ふ天日の光であったのである。さればこそ天心は、日本といふいみじき国を中心として、東洋の神話をゑがき、アジアの一切の文化は日本によってのみ生かされ、「アジアは一なり」の宣言が、日本においてのみ実現しうることを言ったのである。之は今日を予言するひとつの神話であるが、又之は、日本を神国として天心が理解したことによって、初めて描きえた道であったのである。つまり天心はアジアの神話の根源を神国日本において確信し、日本の神話をもって、世界維新の神話のもとゐると知ったからである。

神国日本の開顕が、天の岩戸開きであることを知ったからである、遠く古事記をひもとくならば、この民族の起死回生の崇高なる倫理は、まことにかの天の岩戸の一章において、いみじくも我らに顕示されてゐるのである。我が民族の信仰と使命の一切は、ひとしく此所に発すべきを語ってゐるのである。それはかの原罪の信仰や、一切無常の信仰や、永劫輪廻の近代泰西の詩人の考へ方とは異るものである。

今日文学者の間において、信仰といふことを文にすることは、ひとつの重要のこととなりつつある。又それはかかる日において、まことに至当のことといはねばならない。しかしながら信仰が、この神国の信念につらなり、民族の血につながる神裔の生命に回帰するにあらざれば、如何に信仰をといてもすでに有害無益である。といふばかりでなく、それはつひに我が民族において実在とはなりえないのである。

我々は歴史のうへに、壮大なる浪曼主義を考へる故に、かくのごとき歴史や血の本質に反する一種の空想を打ち追はねばならぬ。民族の血につらなる原理はひとつであって、原理において二つはないのである。我らは民族の叡智をおほってゐる黒雲といふものを、今日の日において、捨身して払はねばならぬ。之こそ真の神国開顕であり、天の岩戸の神事の完成である。我々は国の文明を開花さすといふことを、天の岩戸を開くといふ神事において考へねばならない。之はあへて神道家的言辞を弄してゐるのではない。自分は国学者であるから、真の民族の叡智といふものに立って、その発想法において物を言ってゐるのである。日本的な表現をしてゐる丈である。古典にのっとったものの言ひ方をしてゐる丈である。之のわからぬ人は要するに学問が足りないのである。古典によれば天の岩戸の神事といふものは、まことに幽遠の理をつたへてゐるのである。

日本民族が古代より伝承して来た心意伝承の崇高な倫理といふものの発生を考へると、それはおほむね神と人との精神の交流、即ち神降臨の時の祭りの庭に発生し、この祭の庭において伝へられたものが多かったのである。日本民族の倫理の崇高といふことが、神とともにあり、神の意志の顕現としての天つ日嗣のみちにおいて存した所以は此所にあり、かかればこそ神ながらであるに他ならないのである。神ながらといふ言葉の説明についても、未だ多く足らざるものがあるが、自分はこのことについて、我が民族の崇高の倫理の、神とともにあるといふことを、折口信夫先生のお説によって教へられたにすぎないのである。今日において日本の倫理とか、日本的世界観とかを云々するものはまことに多いが、それが神の道につらならず、一点神意にそむき、又人工のさかしらにおいて存立して、もしも神意を覆ふごときものであるならば、如何に日本を云ひ国体を口にしても、それは全く国体にそはない私意の道に通ずるものにすぎない。即ち神州日本の原理を忘れ、大君は神にしませばの根本義を忘れてゐるときにおいては、如何に口に国体をとなへても、それは神国の倫理にあらず、かへって真の国体を誤らしめる私意の道に通ずることを思って、いやしくも皇国の民たるものは、神州日本の本義に立って、真の国体の道を忘れてはならないのである。即ち神ろぎのみちが明らかでないものに、すめろぎのみちを得々として口にする資格はないのである。またあへて口にすればまことにおそれ多いことである。

雑誌「現代」の座談会において、折口博士が、このことについて言ってをられるのは、まことにありがたいことであった。神皇一如であらせられ、天つ日嗣《あまひつぎ》であらせられることが、即ち高天原の斎庭《ゆには》の稲穂をうけて天つ神のみことを天つ神の御子として行はれる大君が神ながらであられるのが、神ながらの根本意義なのである。之は折口先生によって教へられた道に他ならないが、天つ神のみ子であられる主上をいただいて、神皇一如であらせられるところに、我が皇国の国体があるのであって、神ろぎの道をあきらかにしないでは、すめろぎのみちは、絶対にわからぬのである。

神ろぎのみちを知らずして、すめろぎのみちを云ふのは、まことに学ばずして言あげすることであって、今日において世上多くの日本主義論と称するものや、臨戦体制便乗型や、得々として中女学校等で修身を講義して、国体教育をしたと称してゐる教師校長の大部分は之である。神の道を知らずして神州を云々するのは愚劣のきはみである。

先覚平田翁の悲しみもまた此所にあった。今日神ろぎの道をあきらかにせずしては、到底すめろぎの道は明らかとならず、ひいては神州日本の敢行した聖戦の意義は明確にならないのである。聖戦とは単に被圧迫民族を開放することのみが聖戦なのではない。神国の軍が、神軍としてすめろぎの道を奉行するからである。神勅奉行とはこのことに他ならぬ。

神国の本義を忘れて国体教育とか皇国文藝とか国体明徴とか言ふのは何事ぞや。我々は只天の岩戸の光明を展くために、一切の邪悪なるものを撃つ志に徹することが、この国の文明批評家の務めであることを忘れてはいけないのである。これは世々の国学の先覚の悲願であって、草莽においで真の皇国の道を守って、天の岩戸の光明をひらくこと祈願することが、文にたづさはるものの志でなければならぬ。

詩が志であるといふことは、かかる立場から立論さるべきことであった。神のまゝの道であるから我が国の道は天に連るのであって、万世を一貫して一元なのである。外つ国の人工のさかしらの道は、つねに二元であって天に至らないのである。之を漢風の合理主義として、我が国学の先覚は撃《う》ったのである。我々が夷《えびす》を攘《はら》ふといふことは、かかるところより始めらるべきである。古へ天日の光明が黒雲にかくれた時に、草根木根草の片葉《かきは》に至るまで五月蝿《さばへ》なすもの言うたと伝へてゐる。

我々の国の民族は、古代においてすでに、邪悪なる言挙げをなす悪魔どもを、言止めさすべき使命を有し、この倫理を伝承したのである。之は皇国の学びの本義であり、我が聖戦の本義であって、天の岩戸の神事が、いみじくも古代文藝をつらぬくひとつの象徴となってゐたのであった。之は古この下界に言さやぐ邪悪の精霊みちみちて、いたづらに物いうた久しい暗黒の日に、神意のまゝなる倫理を伝来した我が父祖たちの、天来の使命として有した文藝と歴史の精神の中心に他ならなかったのである。民族の倫理の崇高といふものが、古代の信仰といふものを中心として発展して来たことは、まことに上つ代のうちに神をみるといふ我が国学の道における思考のあり方である。

古代を一種の野蛮視するといった近代のインテリの考へ方は、自分のごとく考古学や民俗学を学んで、泰西の補助学を国学の部分と考へて来たものとしても、原理的に絶対にみとめ得ぬ自然主義的散文精神である。十九世紀進化論的西欧の倫理である。神を失った民の言あげである。之は浪曼主義に反する考へ方であり、民族の叡智を昂揚する詩精神に反する考へ方である。神裔の倫理を明確にする上において、我々は民族の浪曼主義のため、この文明開化思想を撃たねばならぬ。

橘曙覧の歌と国学の精神

天《あめ》の下清くはらひて上古《かみつよ》の
　　御《み》まつりごとに復《かへ》るよろこべ

長い間の武門専権の日にも、ひそかに草莽に伝はって燃えつづけた古典の精神があった。遠く鎌倉に幕府はじまって七百年、政権日に日に朝廷をはなれて武門の専権は確立され、神武以来の天皇御親政の神ながらの理想はおほむね地を掃《はら》った。もとより京都には厳然として世々天皇の在《ま》すあり、如何なる武家専権の日といへども、我が国体の高貴な精神に一片の曇りあることはもとよりなかった。久しい武門専権の日も、日本の国民は、皇室を仰ぐこと古のまゝにして現神《あきつかみ》としての御精神はいよいよ明るく、名もなき田夫野人《でんぶやじん》に至るまで、皇室の神聖をなつかしい土俗としてさへつたへて絶やさなかったのである。しかし久しい武門専権の間において、我が神ながらの祭政一致の大精神は、時として実際上において曇りをおび、時として武臣権を専らにして、人民は天日を直ちに仰ぐこと稀となりゆくこともすくなくなかった。かくして古の大御手振りも、世をおひ時にしたがってうつりうつってゆくは又止むを得ないことであった。畏くも北條氏は陪臣の分をもって三上皇を遠流したてまつり、足利氏又武力をたのんで南風競はざる五十年の暴虐をあへてした。しかしこの間といへども、正しい皇国の精神は、もとより根本より失はれ去ったにあらず、時に非なるに当って多くの民草の心にいよいよ燃えあがったのである。神皇正統記を始め多くの書物が、かゝる時にいよいよ出現したのであった。世うつって徳川の幕府確立せられ、ここに武門政治は完成の域に達した。しかし潮満つればすでに退潮は遠くない。すでに王政復古の精神は、この時に当って、次第に草莽より燃えあがりつゝあった。

元来徳川幕府は、多くの武門政府のうちにおいても、もっとも徹底した武権政治を行ったのである。その比もとより北條、足利、豊臣等の及ぶところでない。北條、足利の時代には朝威なほ古風を存して盛んであり、院宣詔勅は強暴の武臣といへども、忽ち討追の兵をむけられる力を有するものであった。豊臣氏は位関白に列して廷臣となり、朝威をいただいてからうじて天下に号令するをえたのである。武門政権の確立は、徳川政府をもって始めとなし又最後となす。しかも徳川政府は表面極めて尊王の誠を致すごとくにして、実は政権を全く己の欲するままにとりおこなひ、専権の極みをつくしたのである。しかもかかる久しい武家七百年の専権の日を、ひそかに燃えつづけて日本国体の美風を支へつづけて来た精神は、もとより全国民のあひだに生きた上俗としての皇家神聖の精神であるが、しかも之を文明文化の高い型式でささへた高貴な精神が存したのである。これはもとより激しては楠公湊川の誠忠となり、親房の神皇正統記の精神となってあらはれたが、しかも多くの時にあっては、只黙々として草莽隠遁の心のうちに流れつづけた古典の精神であった。

此所で古典の精神といふことについて語らなければならない。古典の精神とは我が国体を支へる精神であり、皇室を中心にして発展すべき日本文化の理想である。しかも古典の精神といふものは、決して一片の理論を言ふ哲学ではないのであった。もっと悠久の心にたった歴史の精神であり、神ながらの神聖な神代以来の絶ゆることなき民族的信念である。これらのものを表現するものは、申すまでもなく記紀二典を首として、平安朝の多くの美はしい詩文であり国文の文藝である。記紀二典は、神ながら我が国体の出発の原初のまゝに悠久なる思想を語り、王朝の美麗な文藝は之を更にうらうちして日本のおほらかな美の文明観も示してゐるのである。故に我が古典の精神は、記紀二典の神典を出発点として、多くの王朝文藝によって完成される。しかもこの中心精神は、記紀と万葉集であることはいふまでもない。我が古典の精神は、かくのごとく、すでに千年の古に開花して無比な伝統をつたへ、武家の専権七百年の間をつらぬいて、しかも力強く支へられたのであった。その精神はつねに武門専権の時において久しく草莽にあり、しかもひそかな隠遁の詩人や流離の文学者の手によって、美しい古典文藝へのあこがれと、藝術創造の心を通じての宮廷文明へのあこがれの形をとって、つねに護りつがれて来たのである。しかも後鳥羽院を隠岐の島にうつしたてまつり、新古今集を終りとして、王朝文藝の花が地に落ちた時より、主として之らの美の精神を護りつづけたものは、之ら草莽隠遁流離の文学者詩人をもって宗とする。我が国中世の文学者は、かかる道によって日本の伝統を古典の精神として支へたのである。

之がはっきり国体の闡明《せんめい》と古典文藝の復興の形をとって、民族意識の自覚といふ結果をとってあらはれるのは実ははるかにのちである。しかしこの明確なる開花に先んじて、久しく数百年を支へられた日本の古典精神が、美はしい詩歌を中心とする美の精神であったことを忘れてはならぬ。しかも之が開花したのは徳川氏の政治下に入って以後国学の勃興をもって明らかな一線を確立する。そしてそれの結実を見たのは明治維新の完成である。

久しく地下《ぢげ》の詩人の手につたへられて山野草莽の間に流離しつづけた王朝的日本の美が、漸く落ちつくべき所をみつけ種をおろして花をひらいたのは、即ちこの元禄文藝復興の盛時であった。長く山野の間に流離した隠者の文藝は、遠く西行や長明のさみしい無心の心に発し、世々を伝承されつゝ漸く近世文明の光に遭遇し、新しい開花を始めたのである。そして近世文明の特質は、かの中世の山野流離の形を脱して、始めて元禄泰平の世にあって、近世市民文化のうちに根をおろし始めてゐた。芭蕉はこの時代の最初に出でて、久しく中世文藝の流離漂泊の美観を、最後に出でて最後に描いた人であった。このころよりすでに西鶴や近松の文学が、あたらしい近世市民藝術の先駆となって、力強い現実生活へ没入し開始してゐたのである。長く中世隠遁の世界に山野を放浪した日本文藝の伝統精神も、又この時において開花したのである。即ち芭蕉や近松や西鶴におこった文藝復興の光芒は、又長い文藝伝統の力をこの期において一挙に発揮し、又発揚しはじめてゐたのである。これが伝統精神の回想とその発揚へのつよい力を自覚する時、古典文化への研究が開始される。契沖の古典復興は、下河辺長流《しもかうべちやうりう》およびそれ以前の中世隠者文藝の流れをうけて、之らあたらしい近世精神の光明に開花したのである。ここより古典の学問としての研究がはじまり、荷田氏による古典精神へのつよい自覚となり眞淵、宣長の国学の樹立へと進む基礎を開いたのである。

故に我が国家の精神といふものは、草莽に久しく伝承された古典文藝の伝統が、近世文化の発達とともに開花した精神であった。故に国学は、記紀二典をもって示された我が皇国の神の道を中心として、その後の王道の文藝を言霊の風雅として考へるところに発し、我が神代より始まる神ながら肇国の精神をもととして、世々のおほらかな日本文明の美観を中心としたものであった。まづ契沖は万葉集をもって国家研究の出発点を記したが、その伝統を中世隠者の流離漂泊の古典観にうけた契沖は、之を国学としての積極的な古典復興の運動にまでもたらしたのである。

しかし国学は契沖より以後、つねに中世草莽にあって日本の風雅な言霊の精神をささへた文明観を基礎とした隠者文学の伝統をついで、近世にあってもやはり草莽民間の精神であった。

近世文化の発達は、一応我が国文物の発展を来したが、そこには自づから武門専権にもとづく封建社会の限界があった。かくして西鶴、近松、芭蕉に開花したおほらかな近世の美観もやがていびつな封建文藝の発想をとらねばならなかった。かくしてこの近世文藝の悲劇のうちにあって、只国学のみが古王朝の美観を述べ、古代精神の光栄を記紀万葉に発見せんとする復古運動によって、真のルネッサンスを完成し、痛烈なる近世文藝文化一般の文明批評を試みたのである。之は当然明治維新への過程をたどるべく、眞淵、宣長の古典研究は、平田学としての経世済民より王政復古へと展開すべき性格を有したのである。しかも前述せるごとく、国学の中心となるものは、矢張り中世隠遁の詩人たちのつたへた美しい宮廷の文藝美であった。ここに国学における言霊の風雅を中心とせる和歌の道が存せねばならぬ。歌道は即ち遠く神々の御歌として発生し、人と神とをつなぐ神秘の言葉であり、そののち長く日本の美観の中心となった、もっとも高貴な詩精神であった。故に近世国学が、中世文藝の伝統をうけて、それをさらに民族自覚の志となすときに、和歌はその中心となるべき古代の精神である。かくして近世国家と万葉集との関係はこの点において明確となり、近世国学と和歌との関係も又明白である。歌人曙覧は、実にこの近世国学の最終点に出でて王政復古の日を眼前に見、国学思想のもっとも根本の精神である勤皇の至誠を和歌にうたひあげることによって、近世国学者の和歌における最後の高峰となった。歌人曙覧を理解するためには、以上のことが大へん大切な論旨である。

最初にあげた歌は、歌人曙覧の国学者歌人としての復古の精神が、もっとも明瞭に表現された和歌である。近世国学の源流といふものは、実にかくのごとき思想と悲願とを根本として、ひとつの古典への理想を変革の志とする精神であった。「天の下清くはらひて上代の御まつりごとに復るよろこべ」かくのごとき思想が、実に近世国学思想のゆきつくべき最後の表現であった。そして曙覧は、この思想を最後に表現した大詩人であった。久しく中世の宮廷文化暗黒時代を、はかない、流離漂泊の詩心のうちに己の日本文化への理想を保持して、長い地下《ぢげ》草莽の旅路にあった日本の草莽の精神が、もっとも大きな心のよりどころとしたものは、実に我が古王朝文明の精神であり、その古王朝文明へのあこがれであった。おほらかな古王朝文明への憧憬の精神が、近世における学問思想の発展とともに、封建政治への批判と、武臣権を専にする現実的政治情勢への批判を強烈に自覚したとき、それは古代精神といふ形をとった古王朝の文明への理想を中心とする、天皇御親政への強い民族意識の自覚であった。しかもこの思想は、まことに浪曼的な古代への憧憬の詩心を中心とする変革の精神であったのである。この国学とは、まことに理想の学であり変革の学であった。そして日本の古王朝の精神が、こゝに民族詩人の悲願となり、之は遡源的に遠く遠く上代にさかのぼり、源氏物語の思想は、さらに万葉より古事記にうつり、神代の遠きに至って、そこに神話の混沌における創造の原理を発見するに至ったのである。王朝文学の理想によって開始された中世隠者文学より国学への理想が、やがてその理想を建国の神話におき、肇国の古にかへって橿原の宮の古におくに至ったのは、実にかくのごとき理由によるのである。

この理想をまづ詩人の形で明確にしたのは賀茂眞淵である。そしてこの理想を古典学として明確にしたのは宣長である。しかも之を、最後に国家と民族の精神として、政治的な変革の思想にまでもたらしたのは、申すまでもなく平田篤胤であった。かくして橿原の宮を我が国文明文化の理想とするのは、実にこの時において明確になされた思想であり、中世隠遁の文藝が、その理想のおくに悲願としてもちつづけた詩的精神が、つひに現実のものとして形をとるべき当然の姿であった。

この思想を我々は名づけて王政復古の思想といふ。王政復古の思想とは、決して儒教流の思想のごとき治国平天下といふ風の表現による政治道徳の思想ではない。儒教朱子学の大義名分論よりは、かくのごとき浪曼的な創造の精神は発展しない。王政復古とは申すまでもなく、国学の有する詩的な美観を基礎とする歴史の精神、即ち肇国の古にかへることによって、神ながらに創造される日本文化の理想である。故に之はもとより単なる復古主義ではなく、伝統による進取の精神である。かくて久しく国学者は肇国の精神による創造の原理を志し、つひに明治維新を以て一応の完結を見たのであった。明治維新とはかくのごとき詩的理想の民族精神による表現を無視しては考へえないのである。かくて橿原の宮は、国学者におけるもっともうつくしい歴史の精神であり、理想の国であった。彼らは之を現実の歴史に樹立せんとした時、之を王政復古の明治維新にもたらしたのである。之は草莽にあってひそかに久しく日本本来のあるべき姿を、文藝古典のうへに祈念した国学者の、まことに美はしい詩的理想であった。この歌のごとき理想が、もっとも明確な形をとって出現し来ったのは、実にこの明治維新前、曙覧のごとき一団の国学者や、勤王の志士たちの歌である。

天の下を清くはらふ、といふことは、我が古典思想をその精神の根本とするものの、つよく取るべき理想である。古典思想のもつ根本の精神は、もとより清浄明直の思想であり、之を一に神ながらの姿といふのである。この清浄明直の精神から発する我が古典観と国体観に立脚した国学の精神が、日本文明文化の姿を、もっとも古典の純粋な姿において存した肇国の古におき、王政復古の姿においたことは、実にかかる理由によって存したのである。故に王政復古の思想は、もとより政治的思想にあらずして、悠久の日本文明の理想にかかるものである。曙覧が、天の下清くはらひてと歌ったことについては、ここに神ながらの日本の理想がこめられてゐるのを知るべきである。天の下を清くはらふことが、つねに我が日本においては、文明開化における国家創造の原理であった。天の下に一切の唐心をはらひ、一切の雑物をはらひのけた時に、はじめて日本文明の本来の姿が表現され、こゝに限りない創造の精神がよみがへってくる。近世の国学運動や、それより来った王政復古の運動を、かかる見地から解しえないとしたならば、もとより正しきものが見えないのである。天の下を清くはらふときにおいて、無限の創造力が湧出し、さらに上つ代の御まつりごとにかへるのである。

上つ代の御まつりごとにかへるとは、もとより先にも明言したごとく、決して単なる復古ではなく、橿原の宮の昔にもとめた詩的理想による文化創造の力であった。みそぎはらひなくして、日本民族の復古と更新をなし得なかったことは、すでに日本古典の明示するところであり、近く折口信夫博士の学説に更に明白であらう。国学が、万葉をはじめに宗とし、さらに記紀二典より神代にさかのぼって行ったことは、すでにこゝによりどころを有したのであった。しかも橘曙覧は、近世におけるもっとも純粋なる国学者の一人として、この近世国学理想の一応完成の日に無限の慟哭をこのうたに托してうたひあげ、ひろく人々に教へたのである。しかも彼はこの歌をなした維新黎明直前の日に、未聞の盛典を見ることなくしてこの世を去ったのである。時に慶応四年八月二十日であった。この日曙覧自ら再び病恢復の術なきを知り、憤然として「斯の如き古来未曾有の大御代に遭ひながら、眼前、復古の盛儀大典を見奉るに至らず、況やかねての抱負も、将に達成に向はむとして、今日はかなく世を去ること、返す〳〵も口惜しけれ」と切歯瞋目したと伝へてゐる。享年実に五十七歳であった。彼の国学者として面目の躍如たるものを覚えるではないか。この年九月八日明治と年号は改元されたのである。まことに感慨無量のものが、この言よりして感ぜられるであらう。

曙覧の精神について、又この国学者としての思想と生涯について、もっともよく歌人曙覧の本質を表現されたのは折口信夫先生の文部省教学叢書の一本である。この書によって曙覧の多面にわたる思想や生活はつくされてゐる。近代曙覧研究の高峰である。我々若輩のこのうへに加へるものは殆んど存しない。只ここにあへて草するのは、この未曾有の民族発展の日に、昭和若年の詩人に宿った草莽一片の志を、いささかのべて世にうったへたいものがあったからにすぎない。明治の文藝批評家の最大の人である正岡子規は、又この曙覧紹介における第一人者であった。明治といふ時代のはげしい変動期に出でた詩人子規は、必ずしも日本古典文学の伝統理解に忠実なりし人とはいへない。しかし彼は文明開化期の荒波のうちに、やはり日本古典文学の伝統を護持した我が国詩人の最高峰の一人であることは、何人といへども疑はないところであらう。彼は明治の歌壇に始めて曙覧の精神を紹介した人であった。曙覧の写生歌人として近代に先駆する清新な感覚を発見した人は子規であったが、勤王歌人としての曙覧を近代の光のうちにもたらした人も又子規であった。「勅使をさへかしこがりて匍匐《はらば》ひをろがむ彼をして、一たび二重橋下に鳳輦《ほうれん》を拝するを得せしめざりしは返すがへすも遺憾のことなり。」と子規は曙覧の赤誠皇国を憂ふるの情に感銘してゐるのである。

しかしながら子規は、曙覧の歌に日本文藝における長い伝統の意義を理解することは出来なかったごとくに思はれるのである。曙覧において維新回天の精神として燃えあがった勤王の精神が、如何なる伝統において存する精神であるかを語ってゐないのである。曙覧における詩人の孤高の精神とその隠遁的な風雅飄逸の抒情詩人の風貌といふものが、如何なる伝統を通って抒情されたものであるかについては、つひに子規は言ひ得なかったである。けだし曙覧における中世的な思想の伝統が、近世国学歌人を理解するうへにおいて如何に重要なるものであったかといふことについて、つひに子規は伝統理解の力を有さなかったのである。此所に子規の根本的な誤りが存する。けだし近世国学の伝統は、つひに復古の精神による変革を志して、はるかに万葉を通って記紀の古に遡り、我が古典精神における創造の道を発見したけれども、そのふまへて立つ伝統は、後鳥羽院以降中世隠遁歌人の長い伝統の精神であった。そこに久しくうけつがれ来た古王朝の文明へのみやびな憧憬の精神と、そこより発する恋闕の至情に発したのである。此所に近世国学における美観と、子規における美観とにおいて、すでに同じく万葉調を言っても、本質的な差違が存在したといふことを知らねばならぬのである。子規は中世近世の否定によって万葉調や実朝を言ったが、之は国学の伝統精神とは大いに異るのである。宣長のもののあはれ論とは大へんことなる日本文藝であった。国学の中世否定は子規の伝統否定とは根本において異り、隠者文藝の理想を根本において失はなかったことは、近世最大の国学者宣長の学問を見ても分明である。子規においては一切の伝統否定による文藝の樹立においてのみ万葉をみとめた。つひに久しい日本の風雅の伝統を理解しえない草創期の詩人にすぎないと言っていい。やはり文明開化期の生んだ詩人であった。此所に子規の悲劇がある。

しかし近代文藝に曙覧を紹介した功はもとより大であった。しかし近来多く現はれた子規の亜流は、多く写生派歌人としての曙覧を、実作上の手本として理解するを出でぬ研究が多い。只最近折口信夫博士の御著のみに、日本の伝統詩人としての国学者曙覧の生活を知りうるのはありがたいことである。とはいへ子規の曙覧論は、近代における曙覧理解の先達としてやはりここに明治詩人の志は強くみとめねばならないが、曙覧における伝統理解は、折口博士をもって初めて成就された。我が所論が、もとよりこのうへに何の加へるところもないことは今さら申すまでもないことである。只自分は今日草莽青年の志をこの詩人のうちに描けば足るのである。

曙覧は申すまでもなく、越前の人。文化九年五月福井石場町の紙商正玄家に生る。父は五郎衛門、母は同国南條郡府中中山平三郎氏の長女鶴子であった。二歳にして母を喪ひ、文政九年齢十五にして父に死別した。その生家は福井における素封家として名あり、曙覧の生れた正玄家の一門は、いづれも越前国内における名族として、平民ではあったが広く人々の尊敬をうけた血統であって、特にその本家は福井藩主より名家の流として待遇さる。けだし曙覧の血のうちに、生れながらにして高邁人を抜き、風雅の情自づからそなはるもののあったのは、この血統の致すところ大であったらう。けだしかくのごとき自然のまゝの大詩人の存在は、久しい血統の高貴と文明の伝統ののちにあらざれば、なかなか出現しがたいものであったからである。しかし彼は決してめぐまれたる世上富家の子ではなかった。文政九年父に別れてより無情を感じ身を仏門に投ずる原因をなしたといふ。すでにこのころ継母には腹ちがひの弟もあり、いろいろの事情が、彼をして世俗の念を断たしめる因をなしたのであらう。かくて曙覧の勉強は、まづ仏学を通じて始められたのである。日蓮宗の巨刹、越前国南條郡大道村妙泰寺の住職明道について仏教を学び漢籍詩歌の手ほどきもうけた。このひとはなかなかの地方での学識であったので、曙覧はすでに二十歳以前において、可成りの学者となってゐたこととおもはれる。もとよりこのころの曙覧の学問は、仏学をもって基礎となし、漢学をもって主となしてゐた。後年の国学者曙覧も、当時の一般の風習のごとく、その学の基礎が、まづ漢籍にあったことは、又止むをえないところであった。しかし詩歌はすでにこの時において可成り発展を示したのであらう。父の死にあって遁世発心の情を起したあたりも、すでに如何にも後年の詩人らしい多感な彼の若いかなしみが胸をうち、すでに彼の隠遁的性格はこの時において始ってゐると言ってよい。その人生への物心知りそめた日の彼の姿が、如何にも哀傷にみちてゐるのである。しかし仏家に学を学んだといふことは必ずしも重視すべきことではなかった。当時地方にあっては、民間における碩学は、京江戸における専門儒者以外には、殆んど地方においては仏家の独占するところであった。故に私は、曙覧の遁世といった風の事情は、大体において少年の日に多くのもののもつ感傷が、肉身の異常事にふれて発したにすぎぬとおもふ。之はもとより家庭の境遇に支配されるところも大きかったといはねばならない。しかしこの感傷は、やがて国典に親しむに至って仏家を離れて敬神尊皇の思想に至り、又中世隠遁詩人の流れをくんだ風雅の生活を表現することとなった。伴林光平《ともばやしみつひら》、佐久良東雄《さくらあづまを》等、多く勤王の国学者歌人を始め僧侶たりし人も多い。しかも一たび神州の正気に感ずるや、「元之《もとこれ》神州清潔の民誤りて仏奴《ぶつど》となる云々」と歌って、忽ちにして神ながらの古代精神に帰った。ここに我々は明治維新の真の姿の象徴を見る思ひがするのである。曙覧もまたかくのごとき人であった。そして自然を歌ひ思ひを述べてこだはることなき歌風は、一面かの同時代の歌人良寛と通じ、少年期の境遇生ひ立ちより発心の動機等ともに相似たるものあり、この心境も隠者の伝統において特に近い。只良寛は生涯僧であり、曙覧は勤王敬神の国学者となったところにいささか異るものがあるが、良寛もまた曙覧とともに、久しい隠遁詩人の最後の存在の一つの型であった。日本の和歌史はこの二人をもって大きな転回をなしたのである。曙覧は越前の名家たる商家に生れ、良寛又越後柏崎の富家に生ひ立った。ともになつかしいゆたかな心の家に人となったのである。

前述せるごとく、曙覧の学に志すや、始め漢籍仏典を主としたが、もとより幼より敬神の念の浅くなかったことは、その地方の人情の素朴にして厚く深い民俗によって察し得べく、又幼年時代書を学びし人が、足羽神社神主の馬来多氏であったことによっても、暗々裏において心中すでに敬神の念を培ったとおもはれる。のち父の死にあって仏に志したことは少年の感傷とはいへ、また当時家にすでに用のない身と事実上なり始めてゐた大家の長男などの、身を捨てる道としての一般の定石が仏門にあり、曙覧も又この定道を選んだにすぎぬともいへるのであるが、ともかく父の死が少年の心にあたへた所はかなりに大であったことは慥《たし》かであらう。しかし学も進み詩歌を学び、国史国文にも心をよせるに至り、次第に仏心を去って敬神尊王の道に心をよせるに至り、又当時の国情は漸く内外共に多事となりつゝあって、少年多感の詩人をして、長くこの静穏の地に止まるの心を起さしめなかった。彼も又時事に慷慨する当時の青年であったのであらう。時勢の勢は彼をして仏を捨て、決然日本本来の伝統を自覚せしめ又憂国の思ひを沸《たぎ》らせたのであらう。それに親族のものたちも、内心はともかくも、世間態より言っても彼の発心に反対するものも多くなかったのであらう。かくて若い曙覧の皇国学への志も、比較的容易にとげうることとなった。かくてまづ彼は青雲の志をいだいて、世上多感の青年のごとく、又京師に学ぶに至ったのである。かくて初めから国学を志したのではなく、古典への献身の過程としては、まづ経学を前提としたのは当時一般の事情であった。

かくて二十歳前後のことであらう。決然志を立てて京に上り、頼山陽の高弟児玉三郎の門に入った。かくて彼の学は山陽の憂国慷慨の勤王思想を、少年の日すでにうけるに至ったのである。このころよりすでに良寛と異なる方向への出立があったのである。居ること数月、親族又学に熱中して郷家を考へぬ彼の容子《ようす》に困惑し、いろいろと世間への気づかひもあったのであらう。又呼びかへされて福井に帰り、親戚の勧めるところにより、つひに坂井郡三国港の豪商酒井氏の次女を娶った。このひとが貞節の名の高い夫人直子刀自であった。社会人としての彼の身のふり方もかくて大方きまった。それからも多く家にあったが、隠遁の志は境遇等への心づかひもあってつひに止まなかった。しかし彼の学問の傾向はすでにこのころ仏家とは遠いものになってゐたのである。此所に国学者としての後年の大歌人の出現する基礎が出発したのである。二十八歳では江戸に数ケ月遊学したりしてゐる。総本家橘宗賢家に火事があり、越前の名家再興の旨をもって藩主より木材を給せられ再建のことがあった。すでに曙覧はこの時この高恩に感じて歌と文とを成して本家の請に応じてゐる。すでに彼の歌風は、漸く身近の人々のみとめるところとなりつゝあった。このころは志もいよいよ固く、次第に歌道に長じて国書国典に親しむ度を加へたのであらう。かくて天保十五年三十三歳に至って、いよいよ本格的に国学をもって生涯の志とするに至ったのである。

彼はすでにこの時に至って皇国精神の本質に目を開いてゐた。この言はこれよりずっと先の立言であらうが、この詩人の壮烈な立志の状を語って余りある。即ち曰く

身皇国に生れて皇道を知らず、漫《みだ》りに外国の仏教に心酔して、貴重の日月を空費したるは何事ぞや、吾誤てり吾誤てり。今より吾も亦神国の民として、深く皇学を修め、以て敬神尊皇の実を挙げざる可からず。況んや吾遠祖は朝廷の直臣井手左大臣橘諸兄《もろえ》公の因縁あるに於てをや。

この立言を読んで感動せざるものはないであらうとおもふ。壮烈な詩人の立志に流涕を禁じが

たい。けだし古人はかくのごとき場において志を発し、かくのごとき伝統への覚醒によって志を立て学に進んだのである。今日の学徒のもって猛省すべきところであらう。「吾元神州清潔の民」と歌って翻然仏門を去つて勤王の道におもむいた伴林光平や、やはり仏奴となるをはぢて皇道に帰した佐久良東雄と、当時にあって共に相通ずる精神であり、かくのごときところよりして真の維新回天の大業は成立せしことを、今日多くの青年は銘記すべきである。けだし一切の外来的思想をすてて、皇国本然の純粋に立返る時にのみ、まことの日本的創造が神のまにまに現はれるのである。

とくに曙覧において重要なことはこの血統の自覚である。これは他に類は多いであらうが、かくのごとき自覚の精神の高さは必ずしも多くはない。「吾遠祖は朝廷の直臣橘諸兄公に出づ」との確信こそ皇国の歌人を生んだ根本の精神であった。橘の系統を自負するものに、由来勤皇の家は多い。かの楠公はその最大の人であった。曙覧にもこの精神の楠公に相通ずるものはもとより存したであらう。それはかの青年の時出京して学んだ学統が、山陽学の忠臣思想を受けしをもっても知るべきである。この歴史観における純忠観を受けしをもって知るべきである。彼の橘の流れにつらなることの自覚はすでに此所に存したこととおもふ。又之がおそらく国学に志す根本の動機であったこととおもふ。由来我が皇民は大君の赤子として、遠く草莽にあってもみ民吾の自覚あるを知る時のみ絶対である。之は彼が後年高山彦九郎を詠じ

大御門そのかた向きて橋上に
項根《うなね》突きけむ真心たふと

とうたってゐることをもってしても、曙覧の草莽の臣としての自覚は明々白々であるとおもへる。しかもこの無名草莽の臣子の血のうちに、遠く高貴の血をうけて橘氏の後に出づることを自覚したとき、すでに曙覧の精神は絶対であった。皇民として、又皇国精神護持の志の堅持において、絶対に固く動かない信念と、大いなる使命の自覚とを感じたことであらうとおもはれる。之はすでに常民を絶して血統の高貴のうちに感ずる高い使命への覚悟である。由来源氏平氏は早く武門に下って武名をあらはし、後世多く武臣の宗家とするところとなったが、橘氏は一門朝廷に繁栄して政を専にした家系であった。武人多く源平をもって宗となすのは、日本民族の伝統を重んずる精神としてたっといことであるが、橘氏の草莽の臣に通ふ誠心においては、未だ足らざる

ものがあった。橘氏が武門の二大家を祖と称せず、遠く朝臣橘諸兄公をもって祖としたことは、すでに必然的な意味があった。橘氏の門流は武門に入っても武臣とならず、多く遠祖の直臣なりし光栄をおもひ、草莽にあって恋闕の情を燃焼したのであらう。曙覧にも又この情はあったのであらう。しかも彼は武臣にあらずして越前の名門の出であった。橘氏は大伴氏とともに万葉集の精神を表現して後につたへた名家であり、両氏ともに忠臣として大君のために一族をあげてつひに屈しなかった。大伴家持のことは別に言ふこととして、橘諸兄公父子のことは人も知るところである。このことは曙覧を言ふに当って是非とも申しておかねばならぬ大事のことである。けだし日本の学は血統の学であり伝統の学であるからである。

曙覧はかかる理由で橘を称し、又その名は橘の実を意味することを、のち春嶽公の間に対しても答へてゐるのである。もって彼の精神のあるところを知るべきである。のち大いに学に名を成して、春嶽公より召されて文学の臣となることをすすめられたがつひにうけず、一人草莽の隠士をもって甘んじた。おもふに彼は、草莽にあって直接大君の大御心を翼賛し奉るこそ臣民の本分であり、藩公の志には感じたけれども、橘氏の後孫をもって自己の使命を自任するこのひとは、つひに武臣の大陪臣たるを心中ひそかに快しとしなかったのであらう。日本の隠遁の道に在来多く説かれるごとき仏教的な無常観よりも、かかる臣民の真精神が、脈々として発するところに我が隠者文学の道は存したのである。隠者のみちが、かくして後鳥羽院の御志を久しく悲願とするところであり、近世国学も此所より起ったものであることは、長流や契沖と言った人の学問処世を見ても明白である。処世の便宜として己の僧籍にある外形より、中世精神を論ずるは近来の学徒の軽薄である。曙覧がかかる志に達したのは、思ふに可成り早かったであらう。彼の少年の日より、その家系への自覚は深かったであらうから。そしてこれにたいしてははっきりした使命観と決意をもたしめたのは京都遊学における山陽学統への参入による。恐らく楠公の精神は、この日彼の心にはっきりした生きるうへの道を教へたとおもはれるからである。このことは後年彼が山陽を追慕して詠じた和歌によっても知られるのである。

外史朝廷《そとつぶみみかど》おもひにますらをを
　励ませたりし功績《いさを》おほかり

しかし彼が自ら皇国学徒としての自覚に徹したのは三十三歳田中大秀の門に入って国学を学ん

だ時よりはじまる。三十にして惑はずとはこのことである。しかし歌道を通じて皇学国典にはすでに可成り早くから入ったとおもはれる。そして二十代をこの一路を次第に深化しつゝ、つひに飛騨に大秀を訪れた日が彼の青年時代の思想遍歴の決定の日であった。此所より真の使命が展かれたのである。国学思想における尊皇の精神はかくして決定されるに至るのである。古典への真に不動の精神もこの日より始ったのであらう。彼の王政復古の国学者としての思想が、さらに確定されたのは、彼の友人にして保護者であり最大の理解者であった中根雪江を待たねばならなかった。しかし王政復古の思想の早い萌芽は、もとより彼の京都遊学における山陽への参入の日に始りつゝあったらう。そして国学は是を古典の精神として不動ならしめ、中根氏の平田学は、これを前掲冒頭の歌に見るごとき熱烈なる悲願となしたのである。古人も三十にして立つ、と言ってゐるが、曙覧の志も、この時において日本古典の道に確立され、つひに不動のものとなった。国学者の自覚に徹したのである。おのれの学問への護持相承を自覚したのである。天保十五年三十三歳、自ら謂《い》へらく

文を学ぶは国文に如《し》くはなく、学問は僧契沖、荷田春滿《かだのあづままろ》、賀茂眞淵《かものまぶち》、本居宣長、平田篤胤の

遺風を考究し、皇国の古学を修めざる可からず、然れども諸翁既に物故し、門人の世にあるもの亦稀なり、唯幸ひに飛騨に田中大秀の在るあり。大秀は宣長翁の高弟なれば、就いて皇道を問ひ、之を祖述せむ哉。

とここにおいてその年八月、飛騨に至って大秀に面会し、入門して名実共に宣長学統の道統に参じ、皇国学への邁進を誓ふに至った。田中大秀は人も知る宣長の高弟の一人であり、特に王朝文学の研究をよくし、又和歌に秀でた人である。一夜夢に宮中に召されて紫宸殿下に献詠したと夢み、さめて感激歌をなしたはなしは、今もなつかしい我が先覚のゆかしい美しい逸話である。我々の父祖はかくもゆかしく自然に皇国の道をしたひ日本の美をしたってゐたのである。今日論理万能の徒の猛省すべき問題である。田中大秀翁の精神を明治に入って讃仰し、これを世に紹介した人は、曙覧の門弟芳賀真咲の子、文学博士芳賀矢一氏であった。古人の学問への熱情を思ふべしである。大秀においてもっともあらはれた研究は竹取物語の研究である。当時宣長門の高弟として、飛騨山中にありながらもすでに天下に高名の人士であった。

曙覧は飛騨高山に至って大秀の門に入り、歓喜して長歌を作り「師翁の御許に飛騨国に物学びにまゐでてよめる」として感激の詠をなしてゐる。又大秀に従って高山白雲居の歌会にのぞみ、秀作をのこしてゐる。この時の和歌が、彼の生涯を通じての秀吟のひとつであることは、折口先生がすでに言ってをられる通りである。まことに古高な調べのうたである。けだし曙覧は、このころよりして次第に古調をなすに至った。白雲居とは因《ちな》みに、飛騨近世の碩学の奇僧、学にすぐれ、特に絵をよくしたと言はれる。郷土詩人福田夕咲氏は、白雲居の絵を描いて余念ないさまを作詩してゐられる。読者は改造社版現代文学全集の詩集の部を見られると画僧白雲居の面目躍如たるものを見るであらう。元来飛騨の高山は山中の小都会にすぎぬが、高地高く秀でて東に日本アルプスの秀峰をのぞみ、西に白山をあふいで清秀の気に富み、古来人情素朴にして敬神の念あつい地である。田中大秀のごとき国学者の出るのは又理由なきにあらずであらう。大秀は国書古典を講じ、郷土に古代精神の念と尊皇愛国の情を鼓吹して止まず、自ら飛騨総社のすたれたるをおこし、又飛騨一之宮水無神社の古義を研究し、晩年はみづから松風清らかな高山郊外の山ふところに荏名《えな》神社を建てて自ら祠宮となり、風雅の道に参じ、古道を説いてうまなかった。現今の村社荏名神社は之である。大秀の墓は現今荏名神社のほとりにあり、芳賀矢一先生の碑文を刻した奥つ城《き》がたち、大秀の和歌一首をきざんである。大秀の志の如何に清純なる古代の人であったかが知れる。まことに曙覧は良師をもったといふべきである。

大秀の学風は元来宣長の直系を汲む古典学であって、実行運動的な平田学とはいささかおもむきを異にした。曙覧の風雅な古代のまゝの歌風のやさしい美しさは即ち之による。故に曙覧の歌風は万葉調の古体でありながら、矢張りやさしい古今調以後のみやびの心をその調べにもってゐた。近代の天才詩人子規もつひにそこにおいて解するところなかったのである。彼の憂国慷慨の歌は、むしろ平田学派の友人中根雪江の思想に教へられるところ多く、又必然に歴史未曾有の日において湧きあがった日本詩人のますらをぶりの一面であった。しかし反面彼のうたにやさしい隠遁者の歌風の伝統があり、たをやめのみやびなした心のあったことは、近世国学の性格として忘れてはいけないことである。伴林光平の歌などは、この両者を兼ねてまことに美しい調べをなすといふべきであらう。

曙覧がはじめ平田学派にまなばずして、本居学派の大秀に学んだことについてはいろいろと考へられる。当時すでに篤胤没して、彼をして平田門下たるをためらはせたのかも知れない。又生来の彼の好みが、平田派の思想とは完全なる合致を見出せなかったのかも知れない。曙覧の実行派行動派風の志士調よりも、むしろ隠遁者に近い精神においては、良寛和尚などとむしろ共通するところのある性格の文人であったことが、平田歿後の門人たるよりも、むしろ宣長の門下大秀の弟子としての唯美風の王朝の情調に近づかせたのかも知れない。彼はやはり多分に詩人であり、世々の歌びとの伝統に立つひとであった。むしろ曙覧はイデオロギーや主義論理によって主張するよりも、文藝の伝統によって、日本の言霊の風雅を言はうとした人であったのであらう。ここに文学者としての曙覧の面目がある。近世国学のもつ重要なる素質も又此所にあった。彼は主義主張を言ふよりも先に純粋なる日本の血脈に立つ詩人であった。理論によって言はずして、歌をもって示した人である。ここに我々の心を感動させる点が大きいのである。しかし彼は決して一介の風流歌人でないことは申すまでもない。この詠歌をみれば、まさしく烈々たる志をやさしい雅懐にたくしてゐた。日本の伝統は、この人によってもっとも清純な詩としてあらはされたのである。憂国慷慨の志を、当時の心ある多感な青年の一人として、青年つとにもったことは、あの時代の風潮から考へても当然詩人的素質の彼は無関心ではありえなかったであらう。それは前述の彼の学に志す時の自家の血統への自覚から考へても、並々ならざるものがある。又青年つとに山陽学派にはしったことによっても察せられる。之はまさしく立志の動機として重要である。しかも最後に大秀に入門したことは、曙覧といふ人を生み出すにおいて、まことに重大なることであったのである。しかし彼は理論派でなく純粋な詩人であることが、いよいよ我々にとってはありがたいのである。まことにそのまゝの典型的大和民族の詩人であった。大秀に学んだ大きな原因は此所にあったであらう。又直接の動機としては、大秀は自家の商用でしばしば越前におとづれることも多く、越前の方面に早く知人もあり、いろいろと機縁があったのであらう。曙覧はこんなわけで大秀門下として宣長の学統に参ずるに至ったのである。その飛騨への往復は、越前の大野より九頭竜の流れをさかのぼり、穴馬郷より油坂をこえて美濃白鳥に出で飛騨に入って高山に至ってゐる。その間美濃郡上《ぐじやう》郡に入ってから、直ちに飛騨荘川郷に入って野々俣越えをなしたのか、又長良川を下って郡上八幡の城下に出てから高山路に入ったかはつまびらかにしない。郡上は我が郷国である丈に、曙覧へのゆかりもおもへてなつかしいのである。かつて越前大野郡を旅し、九頭竜の渓流のふかく嶮しいのにおどろいた。今にしておもへば、旧幕の世、なほ道の悪かったであらう穴馬越えに、学の心をいだいて越えた曙覧をおもふと、古人の心がそぞろなつかしくてならない。まことにその道は嶮難な山路である。敷千尺の高山とふかい谷間のあはひ、かそかなまでさびしい、日の光もとほらぬ道である。

穴馬路の畏き道を岩根ふみ　しもと押しなべ　露霜にぬれそぼちつゝ、ももしね美濃を過ぎて八重山の阪路踏みなづみ薦枕《こもまくら》高山の里に草枕やどり定めて大人《うし》のます荏名《えな》の御神の宮のべの千種の園にはろばろにい行き至りて……

この長歌は入門の感懐を叙したものの一節である。彼の感銘思ふべし。私も穴馬路を少年の日かつてあゆみ、この感動をふかくしたことであった。

彼の学の伝統と、その近世和歌における意義は以上に大体のべた。ここに究学の決意すでに固く、自国の使命への自覚のふかいものがあったので、いよいよ弘化三年三十五歳、かねての希望であった隠遁の志を果たし、家産を弟宣に与ふることを決行した。けだし少年時代より彼のもたされた境遇上の心づかひは、つひにここに至って、己の国学者としての自覚の不動の時に至るをもって、つひに決行清算されたのである。長男今滋この年に生れ、いよいよ一身上の問題も落ちつくところへおちついた。かくて専心一意文学の研究に没頭するに至った。ここに隠遁者としての曙覧の文学伝統が発展したが、之は又一切の私情をたって、一意草莽一介の詩人として、大君の大御心につらならしむるための重大な動機ともなった。まことに近世国学精神における重大な表現であった。同年京都におもむき、仁孝天皇の御葬儀を拝し、

ゆゆしくも仏の道に曳き入る丶
　大御車のうしや世の中

と詠んでゐる。すでに彼の思想は、完全に国学者としての自覚と信念に徹したものとして、まことに重大なる詠吟の一つであり、彼の志はこのころより本格的な宣長門としての血統を自覚し、我が神ながらの伝統に徹せむとした。この歌を読むものは、彼の勤王思想が、決して儒学の大義名分論より出でしにあらず、かかる惟神の信念に出でた純日本の精神であったことを知るべきであらう。師匠大秀に死別したのはこの翌年弘化四年である。師事することわづかに四年、その間千山万岳をへだてて文通によるのみであった点は、あたかも眞淵宣長の関係を思はしめて感がふかい。しかし彼の学統への自覚は四年のうちに、実にふかいものがあったのである。古人はかく

も偉大であった。「師翁のみまかり給ひけるを悲しみて詠める」といふ長歌は、この時の心情をよくのべてゐる。

城南足羽山に卜居し、黄金舎と名づけてこゝに居り、いよいよ文学に専心するに至ったのはこの弘化三年であった。ついで嘉永元年三十七歳、足羽山より城西三橋町に転居した。藁屋と名づけて居をかまへた。古歌の「空もわら屋もはてしなければ」の歌意を採って、もって己が隠遁のこころを示したのであらうか。このころより歌も学も大いに進み越前国内すでに高名の歌人とうたはれるに至った。このころより中根雪江との交情も次第に深きを加へたらしい。このひとは福井藩の重臣、春嶽公の信任あつく、我が藩唯一の勤王家は中根雪江であり、我が藩の王事につくすをえたのも中根雪江の力によるところ大であるといふことを、後年述懐してゐるのであるが、思ふに当時、大義名分必ずしも明らかでなかった封建武士の間にあって、まことに出色の高士であった。この精神は平田篤胤の門に学んだことより始まり、平田学の尊皇憂国の精神が、この人の武士魂と大いに合一し、ここに勤王にあついますらをの心を生んだのである。商家の出である曙覧の唯美的な傾向に影響するところ大であり、曙覧の素養に厚みと深みを加へ、風雅隠遁の曙覧の詩情に、烈々慷慨の詩心をうゑつけたのは、けだし雪江の武士魂の影響大であった。平田学をうけて中根氏の存在は曙覧の一生において忘れることの出来ぬものである。もっとも曙覧は京都遊学ののち、ふたたび江戸に遊学してゐるが、短時日ながら、この時直接平田派の学の影響もうける機会があり、この時又直接学んだのではないかともおもへるのである。当時越前には橋本景嶽あり、憂世経国の精神をもって一藩に重きをなした。多感な曙覧は、もとよりこの方からもうけとるものすくなくなかったらう。王政復古の悲願も、すでにこのころより明瞭になりつゝあったらう。しかしこの強い自覚のうちにも、彼はあくまで隠者であった。日本文藝史上最後の隠者のひとりであった。彼はそこに悠久の文の道に生き、又古い商家の出としての唯美の詩情は、橘氏の後てふ血統の自覚と相まって、直接我が大君へのみ民われの自覚に生きることとなった。そこに雪江や左内のやうな士分の人たちの、経国の素質をみざることをえない主を持った一国の重臣として邦家を論ずる立場ではなかったのである。彼は名家とはいへあくまで庶民であった。経世的な勤王思想を、武士の雪江よりうけとりつゝも、あくまで草莽のみたみわれとしての詩人であった。しかもこの一国の重臣と、一介の隠遁詩人とは、ともに国をうれひ幕末多感の日をかたみに教へ合ひつゝ生きたのである。このころより内外ともに漸く多事、公武合体論あれば、また洋夷の海辺にせまり、我が国体の精華をけがさむとする不逞の異国の徒の迫るもの日に日に多かった。攘夷の論漸くはげしくなった時である。多感な彼が、もとより我が国体の伝統を護持する国学の徒として、このことに関心せざるはずはない。雪江とともに国事をうれへて夜を徹すること多く、又和歌によってお互に国体明徴の志を語りあってゐる。

何わざも吾国体《くにがら》にあひあはず
　痛く重みし物すべきなり
まのあたりたよりよげなる事がらも
　後に到りてさあらぬが多し
恐るべし末の世かけて国体《くにがら》に
　兎《う》の毫《け》ばかりの疵のこさじと
事により彼の善事《よきこと》はもちふとも

こゝろさへにはうちかたぶくな
其わざを取用ふれば自ら
　心もそれにうつる恐あり
目のまへの事いふならず禍《わざはひ》の
　遺らむ末の世を思ふなり
潔き神の国風《くにぶり》けがさじと
　こころくだくか神国の人

之は当時雪江と洋夷のことを談じ、この歌をなして中根氏におくったとつたへられる。今日読んでも、まことにその識見の高く遠く、悠久の日本文明の将来を考へて文明批評をなすところ、皇国詩人の偉大さの代表的な作品である。明治以降今日に至る我が国情を予言せるもののごとく、まことに今日に至って慄然襟を正さしむるものがある。今日も我が国民の毎日読誦してもって処生第一の訓とすべく、学に志すものの座右とすべき名歌である。二首目、三首目、六首目などまことに今にして我ら自らをかへりみてはづるところ多いものをおぼえしめる。

安政五年はかの大獄あり、国内有数の志士多く斬られた時である。松陰左内いづれもこの時に死す。春嶽公も大藩しかも親藩の身をもって江戸霊岸島に幽居さる。このころすでに藩公は、文学のみちにおいて、中根氏を通じて曙覧を重んぜらるることすでに深かったのである。いつか曙覧に雪江を通じて万葉集中気節慷慨国家に忠なる歌三十六首をえらんで、唐紙に書いてさし出させ、幽居中鬱情をひらくすべとなされたのもこの時である。春嶽公の曙覧への同感の念はいよいよここにふかきを加へた。彼は一布衣《ほい》の身をもって、大藩の主を文学によって動かし感ぜしめ、挙藩勤皇に向はしむるところの功大であったといはねばならぬ。文学の道無力に似てまた文より有力なるものはないのである。時に年四十七歳であった。飛騨高山の天領代官所地役人富田禮彦が、大秀同門の友情を温めるべく、曙覧を福井に問うたのはこの翌年四十八歳の時である。更に万延元年四十九歳、三月には越前国大野郡堀名銀山に赴き、同銀山の監督に飛騨より出張した禮彦を問ふ。有名なる銀山の和歌を詠んだのはこの時であった。子規はあの一連の和歌を激賞して止まなかった。けだしこの写実の間において、在来の風雅の詠歌に見られぬ偉大なる表現をみつけたからであらう。まことにこの一連は、近代をはるかに超えて、現今においても表現しがたいやうな清新な感覚である。かかるうたを当時よみえた彼は、もとより万葉古体の風によった修練の結果であらうが、又この非凡の才と心がまへに心うたれたのである。けだし近世万葉調のゆきつくひとつの姿であった。あたかもこの月は江戸に桜田の義挙あり、志士の血は新雪を染めたのである。内外いよいよ多事、さきにあげた、「何わざも我が國体《くにがら》にあひあはず」の一連のうたをよむと、如何に当時の人が、我が皇国文明にたいして悲痛な護持の念を堅持し、漸くせまりつゝあった西欧帝国主義の侵略にたいして、我が皇国の使命とその精神を守らんとしつゝあったかがわかる。しかも明治以降この高邁なる国学詩人の志は地を払った。わづかに「アジアは一なり」を言った天心にのみこの心は宿ったのである。

曙覧の伝記については山田秋甫氏の御研究によることが少くなかった。こゝに謝意を表す。

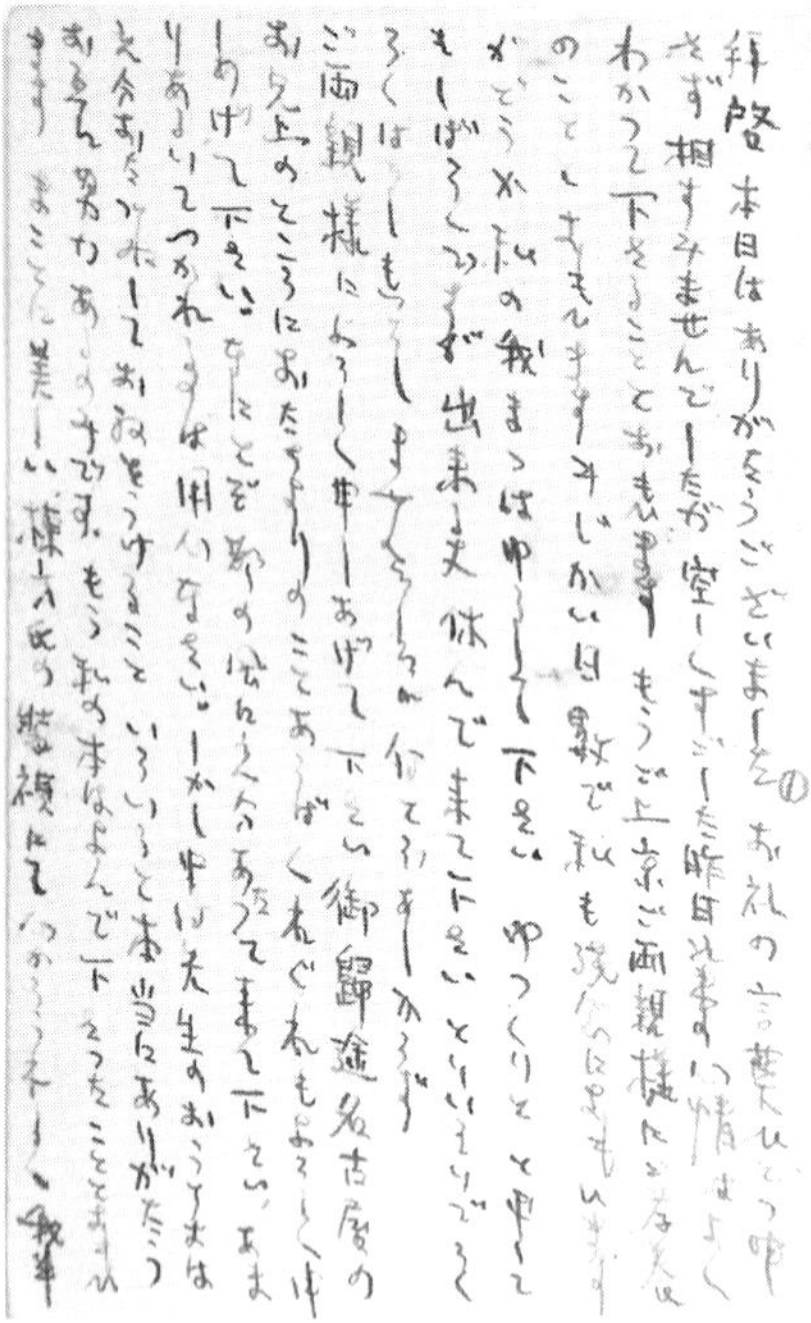

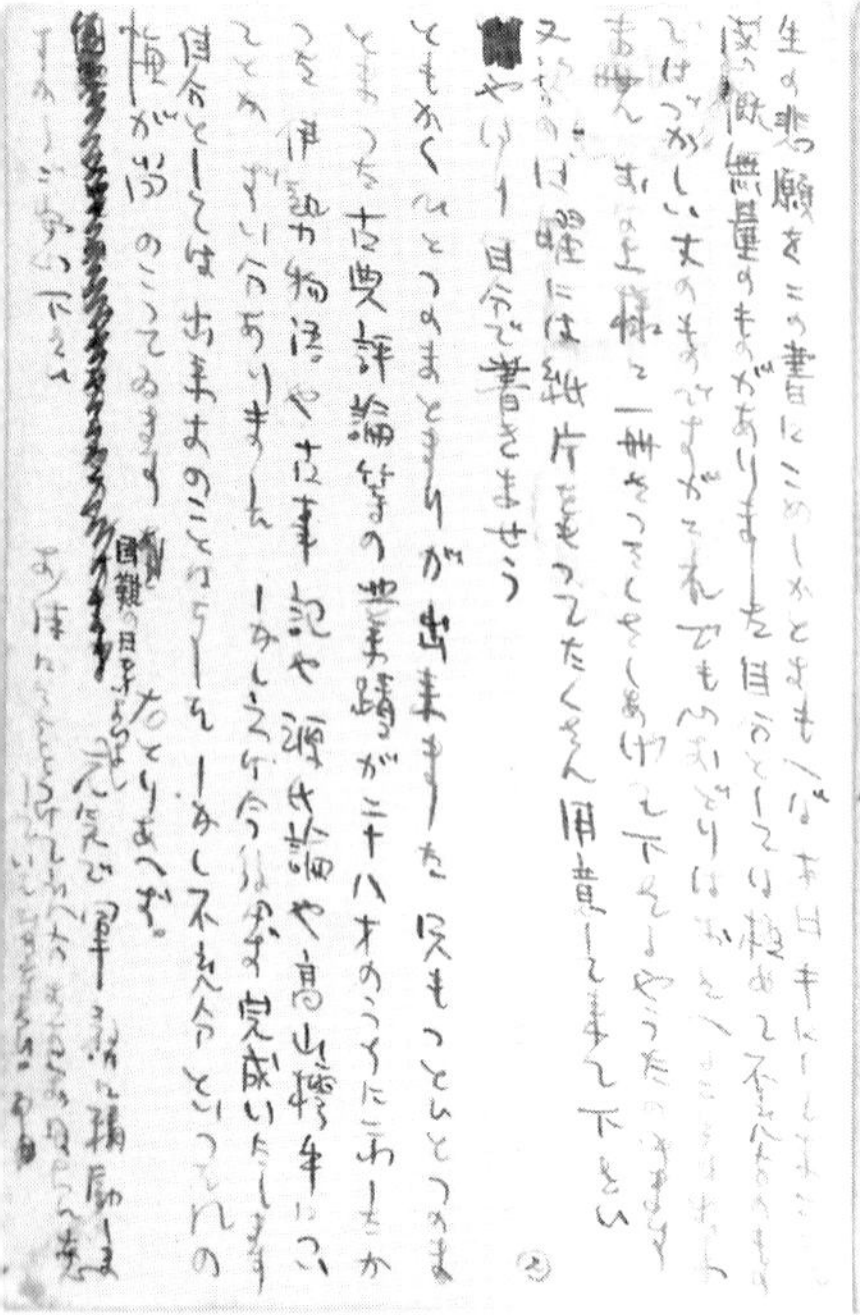

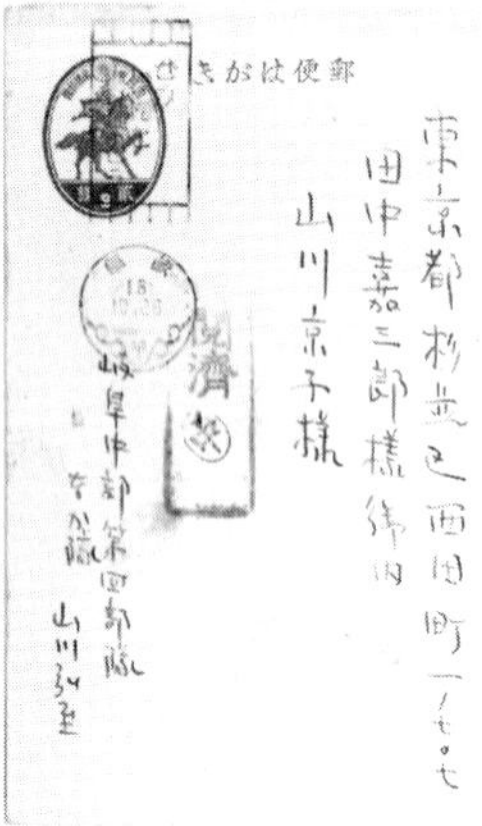

郵便はがき

東京都杉並区西田町一ノ七〇七
田中嘉三郎様御内
山川京子様

岐阜中部第四部隊
なか隊
山川弘至

上…本書初版出版直後の山川京子宛葉書（80％に縮小）
右…その表書き（50％に縮小）
〈昭和18年10月26日岐阜局消印〉

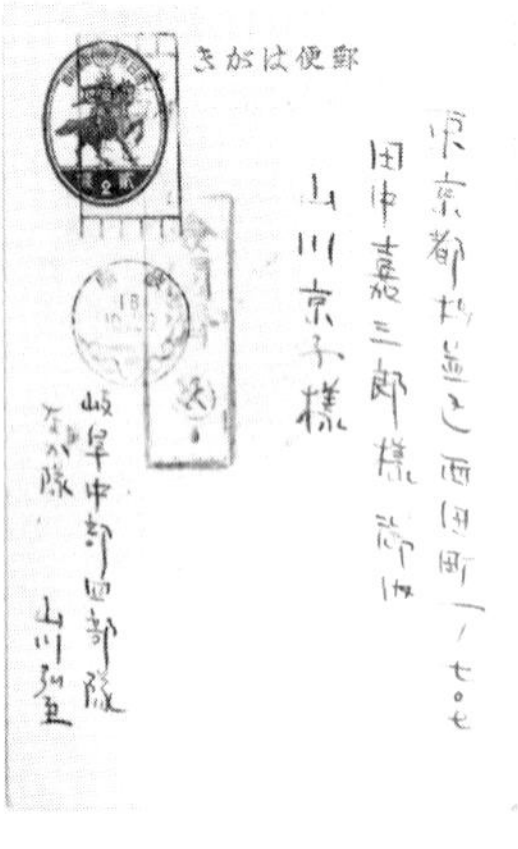

郵便はがき

東京都杉並区西田町一ノ七〇七
田中嘉三郎様御内
山川京子様

岐阜中部四部隊
なか隊
山川弘至

上…右の葉書の続きの山川京子宛葉書（80％に縮小）
右…その表書き（50％に縮小）
〈昭和18年10月26日岐阜局消印〉

《著者略歴》

大正5年9月　岐阜県郡上郡高鷲村の山川新輔、つるの長男として母の生家同郡八幡町に生れる。

昭和4年3月　高鷲小学校を卒業。同9年岐阜県第二中学校卒業。

昭和12年4月　國學院大學予科を卒業し、同大學文学部国文学科に進む。

昭和15年3月　國學院大學を卒業。研究室に留まり折口信夫博士の指導を受ける。

昭和16年3月　同人誌『帰郷者』を林富士馬、牧田益男、柳井道弘らとともに創刊。

昭和17年5月　雑誌『帰郷者』を『まほろば』と改題。／11月　同人誌『太白』を牧田益男らと創刊。

昭和18年1月　詩集『ふるくに』を刊行（大日本百科全書刊行会）。／4月　卒業論文『近世文芸復興の精神』を刊行（大日本百科全書刊行会）。／6月　召集令をうけ、急遽、中河與一夫妻の媒酌により田中京子と結婚。／7月　岐阜市中部第四部隊（歩兵第六十八聯隊）に入営。／10月　評論集『國風の守護』を刊行（大日本百科全書刊行会）。

昭和19年2月　甲種幹部候補生に合格。／4月　福知山市中部軍教育隊に入隊。／8月　第一五七飛行大隊に編入。／9月　部隊が台湾に出動し、台北の第八飛行師団司令部に赴任。／11月　見習士官に任ぜられる。この頃、勤務の寸暇に『日本創世叙事詩』を創作し京子へ送る。

昭和20年1月　台湾南部の屏東飛行場本部附となり暗号班に勤務。／8月11日米軍最後の空襲で、勤務中の耐爆壕が被弾。部下数名とともに壮烈なる戦死を遂ぐ。同日、陸軍少尉に任ぜられる。二十八歳十一ヶ月。

國風《くにぶり》の守護《しゅご》

平成十八年十一月二十二日　印刷
平成十八年十一月二十八日　発行

定価：本体二六〇〇円（税別）

著者　山《やま》川《かわ》弘《ひろ》至《し》
著作権者　山川京子
装幀者　棟方志功
発行者　中藤政文
発行所　錦正社
〒一六二―〇〇四一
東京都新宿区早稲田鶴巻町五四四―六
電話　〇三（五二六一）二八九一
ＦＡＸ　〇三（五二六一）二八九二
ＵＲＬ　http://www.kinseisha.jp/
印刷所　株式会社平河工業社
製本所　株式会社関山製本社

ISBN4-7646-0272-5